KB055698

로크미디어가
유혹하는
재미있는 세상

ROK
MEDIA
로크미디어

갑질하는 영주님

갑질하는 영주님 41

2022년 3월 22일 초판 1쇄 인쇄
2022년 3월 25일 초판 1쇄 발행

지은이 장대수
발행인 김정수 강준규

기획 이기헌 왕소현 박경무 강민구
책임편집 백승미
마케팅지원 배진경 임혜솔 송지유 이영선

발행처 (주)로크미디어
출판등록 2003년 3월 24일
주소 서울시 마포구 성암로 330 DMC첨단산업센터 318호
Tel (02)3273-5135 **편집** 070-7863-8597 Fax (02)3273-5134
홈페이지 rokmedia.com E-mail rokmedia@empas.com

ⓒ 장대수, 2018

값 8,000원

ISBN 979-11-354-7491-0 (41권)
ISBN 979-11-294-9115-2 04810 (세트)

41

장대수 퓨전 판타지 장편소설

갑질하는 영주님

ROK
MEDIA
로크미디어

Contents

초대장

마법진을 통과하자 절벽 틈 사이로 나 있는 길이 보였다.

그라일라는 그 길을 따라 계속 걸어들어 갔다.

얼마나 걸었을까.

절벽 길이 마침내 끝나고, 그녀의 눈앞에 꽃과 나무가 어우러진 아름다운 숲이 나타났다.

"누구냐!"

절벽 길 입구를 지키던 두 사내는 불쑥 나타난 그라일라를 보며 깜짝 놀라 검을 뽑았다.

긴 세월 침입자가 없었기에 그들은 크게 당황하고 있었다.

그라일라는 바람처럼 몸을 움직여 두 사내가 들고 있던 검을 회수해 버렸다.

"그러는 너희들은 누구냐?"

그라일라는 빼앗은 검을 땅바닥에 던지며 되레 입구를 지키던 사내들에게 물었다.

순식간에 검을 빼앗긴 사내들은 잠시 어이없어하다가 기운을 끌어 올렸다.

머리카락이 하늘로 치솟고 몸에서 아지랑이 같은 붉은 기류가 넘실거렸다.

"건방진 것. 감히 여기가 어디라고 들어와 방자하게 행동하는 것이냐!"

사내들의 빈손에 빛나는 창이 한 자루씩 생성됐다.

"당장 신분을 밝히지 않으면, 가슴에 구멍을 내 주겠다!"

사내들의 강한 기세에 땅이 은은히 흔들리고 주위 공기가 요동쳤다.

"입구를 지키는 녀석들치고는 제법이구나. 하얀 나무의 수호자들이냐?"

그라일라의 말에 창을 겨눈 두 사내의 눈빛이 순간 흔들렸다. 하지만 곧 눈빛을 감추며 대꾸했다.

"헛소리하지 말고 무릎을 꿇어라!"

사내들이 동시에 창으로 그라일라를 찔렀다.

그라일라는 강맹한 힘이 실린 사내들의 창 공격을 몸을 띄워 가볍게 회피했다.

"하얀 나무는 어디 있느냐? 이곳에 있느냐?"

"무슨 소리를 하는지 모르겠구나!"

사내들이 차갑게 외치며 허공에 떠 있는 그라일라를 향해 빛나는 창을 던졌다.

창이 수십 개로 늘어나더니 그라일라를 그물처럼 포위하며 날아왔다.

"흥! 네놈들이 좋은 말로 했더니 말귀를 못 알아먹는구나."

그라일라가 손짓을 하자 수십 개로 불어난 빛나는 창들이 공중에서 먼지처럼 박살이 났다.

그뿐만 아니라 지상에서 그라일라를 올려다보던 두 사내들도 입에서 피를 뿌리며 뒤로 튕겨져 날아갔다.

바닥에 쓰러진 사내들은 입으로 울컥 피를 토해 냈다.

"조, 종을."

두 사내가 바닥을 기어 절벽 입구에 세워진 거대한 종을 향해 가려 했다.

창을 박살 내고 하늘에서 내려온 그라일라는 사내들이 기어가는 거대한 종을 향해 저벅저벅 걸어갔다.

우드득!

높은 고리에 매달려 있던 거대한 종을 거침없이 떼어 낸 그녀는 그것을 공깃돌처럼 가볍게 들어 조금 전 들어왔던 절벽 길 안쪽으로 던져 버렸다.

무거운 종이 쏜살처럼 날아가더니 길 한쪽에 처박혀 버렸다.

"나는 너희와 싸우러 온 것이 아니다. 하얀 나무의 힘을 빌리러 왔을 뿐이다."

종을 치기 위해 부상 입은 몸으로 땅을 기어갔던 사내들은 그라일라를 노려봤다.

"아까부터 이상한 소리를 하는구나. 하얀 나무라니."

"끝까지 모르는 척하는구나. 너희는 하얀 나무의 수호자들이 아니더냐?"

"여긴 은둔자들이 사는 곳이다. 잘못 알고 왔으니 돌아가라."

"은둔자들이 사는 곳이라고?"

차갑게 미소를 지은 그라일라는 사내들을 기절시킨 후 숲으로 들어갔다. 그녀는 사내들의 말을 믿지 않았다.

한동안 숲길을 따라 걸어가던 그라일라의 귀에 재잘재잘 떠들며 웃는 소리가 들려왔다.

걸음을 멈춘 그라일라는 소리가 나는 곳으로 바람처럼 날아갔다.

지면에서 몸이 뜬 상태로 새처럼 날아가던 그녀는 작은 냇가에서 멈춰 섰다.

이제 대여섯 살 정도 되어 보이는 어린아이들 몇이 냇물에서 물놀이를 하고 있었다.

"어?"

정신없이 놀던 아이들은 그라일라의 등장에 동작을 멈추고 일제히 그녀를 바라봤다.

"누구세요?"

아이 중 하나가 묻자 그라일라가 미소를 지으며 말했다.

"경계할 것 없다. 이곳에 손님으로 온 사람이다."

"손님요?"

"그렇단다. 너희들은 수호자들의 자식들인가 보구나."

"네! 하얀 나무를 지키는 자랑스러운 수호자가 우리 부모님들이에요!"

순박해 보이는 한 아이가 자부심을 보이며 말했다. 그라일라를 진짜 손님으로 믿고 있는 듯했다.

"그래, 그렇구나."

눈가에 기쁨이 스친 그라일라가 번개처럼 하늘로 솟구쳐 숲 안쪽으로 빠르게 날아갔다.

곧 숲에 둘러싸인 수호자 마을이 그녀의 눈에 보이기 시작했다.

수호자 마을에 도착한 약초꾼 노인은 오래된 석조 건물 안으로 들어갔다.

백 살이 넘었지만 눈빛이 호랑이처럼 강렬한 백발의 아르크 단장이 의자에 앉아 책을 읽고 있었다.

"다녀왔습니다, 단장님."

약초꾼 노인으로 위장해 인근 도시에 다녀온 모레르는 아르크 단장에게 공손히 예를 갖췄다.

책을 탁자에 내려놓은 아르크 단장은 모레르를 바라봤다.

"수고했네, 와서 앉게."

모레르는 단장이 권하는 의자에 앉았다.

"그래, 바깥세상은 어떤가?"

아르크 단장은 술잔에 술을 채워 건네며 굵은 목소리로 물었다.

"특별한 일 없이 조용합니다. 물론 제국 곳곳에서 사소한 다툼이 벌어지고 있긴 하지만, 세속의 일이라는 게 원래 싸움이 계속되는 것 아니겠습니까?"

"음."

아르크 단장이 굳은 표정으로 술잔을 기울이자 수호단의 장로 중 하나인 모레르가 조심스럽게 말했다.

"단장님, 그래도 다섯 왕국 시절보다는 제국이 세워진 지금이 훨씬 더 평화로운 것 같습니다. 이제 그만 제국에 대한 화를 푸시고 그들을 인정하시지요."

"닥치게!"

아르크 단장이 노한 얼굴로 탁자를 손바닥으로 쳤다.

"30여 년 전 제국이 세워지는 과정에서 얼마나 많은 피가 흘렸는가! 그것을 아는 자네가 제국을 두둔하다니!"

"송구합니다, 단장님."

"술잔을 놓고 나가게!"

"예?"

술을 마시려고 술잔을 들었던 모레르는 탁자 너머에 앉아 있는 아르크 단장을 쳐다봤다.

"아직 술에 입도 대지 않았는데요."

"내 앞에서 제국을 두둔하고도 내가 준 술을 마실 셈이었나?"

아르크 단장의 호통 소리에 귀가 먹먹해진 모레르는 입맛을 다시며 술잔을 탁자에 내려놓고 자리에서 일어섰다.

"가 보겠습니다. 그리고 저녁은 저희 집에서 드시지요?"

혼자 사는 아르크 단장과 달리 모레르는 아들과 손자까지 함께 모여 산다.

"필요 없네."

아르크 단장은 아예 등을 돌리고 앉아 버렸다.

모레르는 입가에 미소를 지으며 옆에 놔둔 약초 가방을 등에 멨다.

하얀 나무 니아를 수호하는 '니아 수호단'은 고대엔 엄격한 위계질서가 잡힌 군대 같은 조직이었다.

수호자의 숫자도 천여 명이 넘었다.

그러나 긴 세월이 흐르며 많은 것이 변했다. 수호자의 숫

자도 줄고 수호단의 분위기는 많이 부드러워졌다.

"저녁이 다 되면 제 손자를 보내겠습니다."

"어허, 필요 없대도!"

아르크 단장이 목소리를 높일 때였다.

돌연 큰 폭발음이 들려왔다.

쿠콰쾅!

표정이 굳어진 아르크 단장은 벌떡 일어났다.

땡! 땡! 땡!

위급을 알리는 종소리가 급하게 울렸다.

"단장님, 마을 광장 방향입니다."

"가 보세."

아르크 단장이 손을 뻗자 벽 거치대에 있던 은색 창이 그의 손에 빨려 들어갔다.

마을 광장엔 흙먼지가 자욱하게 피어올랐다.

그 사이로 10여 명의 수호자들이 땅바닥에 쓰러져 신음을 흘리고 있는 모습이 보였다.

단 한 수로 마을 광장에서 덤비는 자들 모두를 뒤로 날려 버린 그라일라는 차가운 목소리로 말했다.

"이곳에 있는 놈들은 말이 안 통하는구나. 우두머리를 만나고 싶다는데 왜 나를 제압하려 하는 것이냐?"

그라일라는 인근 종탑에서 울리는 종소리가 거슬리자 검은 구체를 만들어 날렸다.

쾅.

종은 물론 종탑의 일부가 함께 부서지며 주저앉았다.

"감히!"

허공에서 들리는 천둥처럼 큰 목소리에 그라일라는 위를 올려다봤다.

마을 건물 지붕 위를 휠휠 날아온 아르크 단장이 은색 창을 벼락처럼 내리치고 있었다.

빛에 휩싸인 은색 창이 거의 10여 미터 크기로 늘어나 있었다.

그라일라는 머리 위로 떨어지는 창을 향해 흰 손을 내뻗었다.

눈부신 섬광과 함께 그녀의 손과 거대한 창이 충돌했다.

콰앙!

엄청난 굉음과 함께 광장이 흔들리고 주변으로 뜨거운 열기가 폭풍처럼 휘몰아쳤다.

척.

그라일라를 공격하고 땅에 착지한 아르크 단장은 창을 거두며 그라일라를 노려봤다.

그녀는 아무런 타격을 입지 않은 듯 내뻗었던 손을 천천히 밑으로 내리고 있었다.

'대단한 자군. 내 일격을 아무렇지도 않게 받아 내다니.'

아르크 단장은 뒤이어 도착한 장로 모레르에게 명령을 내렸다.

"광장을 포위해라. 보통 여자가 아니다."

"예!"

모레르는 호각을 불었다. 비상종 소리와 호각 소리를 들은 수백의 마을 수호자들이 무장을 한 채 광장으로 모여들었다. 모레르와 같은 장로 신분의 수호자들도 빠르게 달려오고 있었다.

수호자들이 포위하는 것을 지켜보던 그라일라가 아르크에게 물었다.

"그대가 이곳의 수장인가?"

"그렇다. 넌 누구냐?"

"나는 그라일라다."

"그라일라?"

처음 들어 보는 이름이었다.

"무슨 일로 이곳에 온 것이냐?"

"하얀 나무의 힘을 빌릴 일이 있다. 그러니 너희들이 하얀 나무가 있는 곳으로 날 인도해 줘야겠다."

"뭐라고?"

아르크 단장의 두 눈썹이 꿈틀거렸다.

"이곳이 니아를 지키는 수호자 마을이라는 것을 알고 있다!"

"우리가 누구인 줄 알면서 감히 그런 뻔뻔한 요구를 하는 것이냐? 죽고 싶은 것이냐!"

아르크 단장이 들고 있던 창대로 바닥을 내리치자 10여 미터 떨어져 있던 그라일라의 발밑이 폭발하며 땅속에서 거대한 불길에 휩싸인 홍염의 창이 솟구쳤다.

걸리는 것은 무엇이든 파괴해 버리는 가공할 위력을 지닌 창이었다.

하지만 그라일라는 콧방귀를 뀌며 오른발을 들어 땅속에서 솟구친 홍염의 창을 발로 짓밟아 버렸다.

그라일라의 힘에 떠밀려 다시 땅속으로 밀려 들어간 홍염의 창이 지하에서 폭발을 일으켰다.

쿠콰콰쾅!

광장 바닥이 들썩이며 광장 곳곳에서 화염이 솟구쳤다.

"조심해라!"

광장에 모여든 수호자들이 포스로 몸을 보호하며 땅에서 솟구치는 화염에 저항했다.

아르크 단장은 얼굴이 딱딱하게 굳어졌다.

홍염의 창도 그녀에게는 아무런 타격을 주지 못했다.

"오해를 하는 것 같은데, 나는 너희들과 싸울 생각이 없다. 하얀 나무를 파괴할 생각도 없고. 그저 하얀 나무의 힘을 조금만 빌려 쓰면 된다."

"가당치도 않은 소리! 신성한 하얀 나무의 힘을 빌려 쓰다니! 네가 제정신이 아니구나!"

아르크 단장이 그라일라에게 창을 겨누자 광장에 모인 수호자들이 모두 창을 들고 싸울 태세에 돌입했다.

"네놈들이 두려워 부탁을 하는 줄 아느냐! 너희들을 모두 죽일 수도 있다!"

그라일라가 양손을 머리 위로 올리자 검붉은 기류가 그녀 손에서 흘러나와 회오리치기 시작했다.

일전 거인족 마을을 쑥대밭으로 만들어 버린 가공할 힘이 담긴 그 검붉은 기류였다.

"마을을 없애 버리기 전에 하얀 나무로 안내해라."

"자신만만하구나! 한번 해 볼 테면 해 보거라! 넌 결코 하얀 나무로 갈 수가 없을 테니까!"

아르크 단장이 최고조로 힘을 끌어 올리자 그의 눈에서 황금빛 광채가 뻗어 나왔다.

그의 뒤에 서 있던 모레르를 비롯한 여러 장로들도 아르크처럼 눈동자가 황금빛으로 물들어 갔다.

"하얀 나무의 수호자들이여! 목숨을 던져 싸워라! 적은 이제껏 본 적 없는 강적이다!"

"예, 단장님!"

수호자들의 목소리가 광장을 쩌렁쩌렁 울렸다. 어느 누구도 죽음을 두려워하지 않고 있었다.

"네놈들이 정말!"

그라일라의 눈빛이 얼음처럼 싸늘하게 변해 갔다. 그녀의 손에 모인 죽음의 기류가 점점 강해지고 있었다.

양측 모두 한 치도 물러설 기미가 보이지 않았다.

홀로 수백의 수호자들과 대치하던 그라일라는 입술을 깨물며 천천히 두 팔을 밑으로 내렸다.

지금 이들과 부딪쳐 피를 보게 된다면, 하얀 나무를 찾는 것은 더욱 어려워질 수도 있었다.

회오리치던 검붉은 죽음의 기류가 그녀의 머리 위에서 순식간에 사라졌다.

"두고 보자, 이놈들. 나는 포기하지 않는다."

차갑게 말을 내뱉은 그라일라는 그대로 허공을 날아 마을에서 자취를 감췄다.

그녀가 사라지자 수호자들이 창을 들며 환호성을 질렀다.

"와아아아!"

아르크 단장은 무거운 표정으로 장로들에게 말했다.

"언제 돌아올지 모른다. 마을에 경비를 세우고 절벽 입구의 경비들이 어떻게 됐는지 사람을 보내 알아봐라."

"예, 단장님."

코페나 항구에서 출발한 여객용 마차가 종착지인 꺄뮤 여관 앞에 멈춰 섰다.

코페나 항구를 통해 꺄뮤로 오는 여행자들이 부쩍 늘어서 여객 마차는 대부분 만석이었다.

"그게 내 가방이오."

여객 마차에서 내린 사람들은 마차 지붕에 실린 각자의 짐 가방을 마부로부터 받고 있었다.

모든 짐을 다 내려 준 젊은 마부는 마차 지붕 위에 서서 모자를 벗으며 활기차게 소리쳤다.

"즐거운 여행 되십시오! 나중에 저희 마차를 또 이용해 주십시오!"

부친과 함께 여객 마차를 운영하는 젊은 마부는 일에 보람을 느끼는 듯 표정이 밝았다.

모자를 다시 쓰고 마차 지붕 위에서 내려온 마부는 아직도 자리를 떠나지 않고 마차 옆에 서 있는 사내를 바라봤다.

"뭐 잊으신 거라도 있으십니까? 가방은 다 내려 드렸는데요."

"물어볼 게 있소."

턱이 각진 사내가 말했다.

"예, 말씀하십시오."

"저기 멀리 보이는 성이 알베른성이오?"

사내가 언덕 위의 성을 가리켰다.

"맞습니다. 저곳이 영주님이 사시는 알베른성입니다."

"고맙소."

사내는 돌아서서 같이 마차를 타고 온 일행에게 걸어갔다. 사내의 일행은 점잖아 보이는 30대 남자였다.

뒷짐을 지고 붐비는 꺄뮤 거리를 구경하던 그에게 사내가 말했다.

"프리츠 님, 저 성이 알베른성이 맞습니다."

"그것 보아라. 딱 보면 모르겠느냐? 괜한 짓을 했잖느냐."

프리츠의 타박에 딕벤은 고개를 살짝 숙였다.

"송구합니다. 그래도 막상 가서 다른 성이면 난감한 일이 아니겠습니까?"

"그래, 네 말도 옳다."

피식 웃은 프리츠는 딕벤과 함께 알베른성을 향해 걸음을 옮겼다.

뒷짐을 진 채 번화한 꺄뮤 도심을 지나며 사람들과 상점을 구경하던 프리츠는 딕벤에게 말했다.

"이곳의 분위기만 봐도 이안 영주가 얼마나 영지를 잘 관리하고 있는지 알겠구나."

"프리츠 님이 영지를 관리하셨다면 더 잘하셨을 것입니다."

"날 높이는 것은 좋으나 상대를 깎아내리지는 마라. 그런다고 내가 돋보이는 것도 아니고."

프리츠가 슬쩍 째려보자 딕벤은 고개를 살짝 숙였다.

"송구합니다."

꺄뮤를 구경하며 거리를 걷던 프리츠는 음악 소리가 들려오는 광장에 도착했다.

많은 사람들이 소년 악사가 지휘하는 악단의 연주를 감상하고 있었다.

사람들 뒤편에서 잠시 연주를 듣던 프리츠는 옆에 남자에게 조용히 물었다.

"악단의 연주 솜씨가 보통이 아닌 것 같은데, 저들은 누구입니까?"

"외지분이신가 보군요. 저분들은 영주님의 전속 악사들입니다. 광장에서 자주 연주를 해 주십니다."

"그렇군요. 영주님의 명입니까?"

"예, 벌써 꽤 오래됐지요. 그래서 영지민들이 제대로 귀호강을 하고 있습니다. 악사들은 연주가 끝나면 중간중간 사람들과 농담도 주고받습니다."

남자의 즐거워하는 표정을 물끄러미 바라보던 프리츠는 살짝 미소를 지었다.

"시간 내주셔서 고맙습니다."

기품 있게 사의를 표한 프리츠는 악단이 연주하는 곳을 지나쳐 또 다른 사람들이 모여 있는 곳으로 향했다.

"프리츠 님, 왜 바로 성으로 가시지 않는 것입니까?"

딕벤이 묻자 프리츠는 광장을 걸으며 담담히 말했다.

"누군가를 만나려면 나도 상대방을 어느 정도는 알아야 할 게 아니냐?"

사람들이 모여 있는 곳에 도착한 프리츠는 사람들의 뜻밖의 행동에 깜짝 놀라고 말았다.

그곳엔 실물처럼 정교한 이안 영주의 석상이 세워져 있었는데, 사람들이 그 앞에 꽃을 한 송이씩 내려놓고 영주를 위해 기도를 하고 있었다.

"영지를 위해 힘쓰시는 우리 영주님의 건강을 지켜 주세요."

"영주님의 자손 대대로 축복을 내려 주십시오."

놀란 얼굴로 꽃을 들고 줄을 서 있는 많은 사람들을 바라보던 프리츠는 이안의 석상을 잠시 응시하다가 광장 밖으로 걸음을 옮겼다.

뒤따라가던 딕벤이 낮은 목소리로 말했다.

"프리츠 님, 영지민들이 이안 영주에게 세뇌를 당한 것 같습니다. 아무리 영주가 훌륭하다 해도 어떻게 석상 앞에 꽃을 놓으며 영주를 위해 기도까지 합니까? 자기 가족들이나 기도할 것이지."

"또 남을 깎아내리는구나. 넌 내가 이안 영주와 대화할 때

입 다물고 있어라. 쓸데없는 말로 이안 영주의 심기를 거스르지 말고."

"프리츠 님, 이안 영주가 아무리 성화를 가지고 있더라도 고작 왕국의 영주일 뿐이잖습니까? 반면 프리츠 님은⋯⋯."

알베른성을 향해 걸어가던 프리츠가 걸음을 멈추고 딕벤을 돌아봤다.

"이번 일을 망치게 되면 모두 너 때문인 줄 알아라. 알겠느냐?"

프리츠가 고개를 절레절레 흔들며 앞으로 걸어가자, 딕벤은 그 뒤로 입을 꾹 다물고 그의 뒤를 따라갔다.

"시종장, 내가 그림을 배워서 벽화를 그려 볼까?"

영주관 1층 홀의 빈 벽면을 둘러보던 이안이 물었다.

시종장은 푸근한 미소를 지었다.

"그러셔도 좋을 것 같습니다. 영주님은 무엇을 하시든 잘하시니 말입니다."

"하하하! 농담이야. 그림까지 욕심을 내는 건 무리지."

이안은 일리오스 대신관이 선물로 남겨 주고 간 벽화 앞에 섰다.

까뮤 거리와 그 안의 사람들이 아름다운 색채로 생동감 있게 묘사가 되어 있었다.

그 어떤 화려하고 값비싼 장식품이 벽을 장식해도 꺄뮤의 모습이 그려진 이 거리의 풍경보다는 못할 것이다.

"일리오스 대신관이 그린 이 뛰어난 벽화를 망치고 싶진 않아."

잠시 그림을 바라보던 이안은 시종장에게 시선을 돌렸다.

"나머지 벽도 꺄뮤의 모습으로 채우고 싶은데 적당한 화가가 있을까?"

"영주님의 초상화를 그린 프란제 화가가 어떠십니까? 그의 주특기는 풍경화로, 벽화 실력도 매우 뛰어납니다. 그라면 꺄뮤의 모습을 아주 잘 표현해 낼 것 같습니다."

"프란제…… 그의 그림도 훌륭하지."

이안은 고개를 끄덕였다.

프란제는 작은 술집을 운영하며 그곳에 자신이 그린 그림을 전시하고 있었다.

"그럼 시종장이 프란제를 만나서 그의 의사를 확인해 봐. 넓은 1층 홀 벽면을 모두 벽화로 채우려면 그 작업이 만만치 않을 거야. 보수는 넉넉히 준다고 하고."

"예, 영주님."

시종장이 공손히 허리를 숙이며 답했다.

시종장과 이안의 대화가 끝나자 옆에서 지켜보던 론도가 다가와 보고를 했다.

"영주님, 서대륙에서 왔다는 상인 두 명이 영주님을 뵙고 싶어 합니다."

"서대륙에서 온 상인?"

"예, 성문 조장이 그들에게 영주님을 만나려는 목적을 물으니 중요한 일이라 영주님을 뵙고 직접 얘기를 해야 한다고 했답니다."

"흠, 그래?"

이안이 턱을 매만졌다.

"어떻게 할까요? 신약 때문에 온 것 같은데, 관청으로 가서 재무관을 만나라고 할까요?"

가끔 무턱대고 성으로 찾아와 이안과 만나려고 시도하는 외지의 상단주들이 있었다.

금화를 잔뜩 들고 온 그들은 알베른에 뿌리를 둔 상단들처럼 자신들에게도 신약을 공급해 달라는 요청을 했다.

물론, 이안이 그들의 요구를 들어주는 일은 단 한 차례도 없었다.

론도는 서대륙에서 온 상인들도 같은 목적일 거라고 예상하고 있었다.

턱을 매만지며 잠시 생각하던 이안이 론도에게 말했다.

"아니야, 만나 보자고. 서대륙의 상인들이 날 찾아온 건 처음이잖아?"

코페나 항구를 통해 서대륙과도 교역을 하고 싶어 했던 이

안은 이참에 서대륙의 상인들을 통해 그 가능성을 확인하고
자 했다.

"접견실로 안내해. 차도 내주고."

접견실에 앉아 차를 마시던 프리츠는 방 안을 둘러봤다.

사치스러운 장식품이 하나도 보이지 않았다. 들어올 때 본
영주관 1층 홀이나 복도 역시 마찬가지였다.

"명성에 비해 검소한 생활을 하는구나."

프리츠의 말에 옆에서 차를 마시던 딕벤이 대꾸했다.

"그게 아니라 돈 쓰는 데 인색한 게 아닐까요? 보물 창고
같은 게 있어서 그곳에 금화와 보석을 잔뜩 모아 두고 있는
것일 수도 있습니다."

"딕벤."

프리츠가 이름을 나지막하게 부르며 쳐다보자 딕벤은 고
개를 숙였다.

"죄송합니다. 앞으로 입을 다물고 있겠습니다."

프리츠는 다시 입가로 차를 가져갔다.

"아무튼 이안 영주는 마음이 너그럽구나. 누군지도 모르
는 상인을 만나 주는 것은 물론, 이렇게 차까지 대접하다니.
영지민들의 사랑을 받는 이유가 다 있었어."

프리츠가 차를 반쯤 마셨을 때, 접견실 문을 열고 이안과 론도가 들어왔다.

프리츠와 딕벤이 의자에서 일어나 접견실 중앙으로 걸어 나왔다. 방의 주인인 영주가 들어오는데 앉아서 맞이할 수는 없었다. 게다가 그들은 현재 상인의 신분이었다.

"영주님을 뵙습니다."

프리츠와 딕벤이 정중히 예를 표했다.

"내가 영주인 것을 어떻게 알았소? 옆에 있는 내 호위 장교가 더 영주 같지 않소?"

이안이 웃으며 묻자 프리츠가 답했다.

"성으로 오는 길에 광장에 있는 영주님의 석상을 보았습니다."

"그렇구려."

"상인 프리츠라고 합니다."

"딕벤이라고 합니다."

"반갑소."

이안은 두 사람을 물끄러미 바라보다가 창가에 있는 상석에 자리를 잡았다.

두 사람이 서 있자 이안은 부드럽게 웃으며 손짓을 했다.

"와서 앉으시오."

"감사합니다, 영주님."

프리츠는 의자에 앉은 후, 이안의 얼굴을 뜯어봤다.

'광장의 석상이 실제 이안 영주의 모습과 흡사했군.'

프리츠는 이안의 석상이 조금은 멋지게 미화가 된 것이라 여겼었다. 보통은 그랬으니까.

하지만 이안을 실제로 마주하니 석상은 실제 이안의 모습을 그대로 재현한 것이었다.

부드러운 미소 속에 은은한 위엄이 흘러나오고 있었다.

"서대륙에서 왔다고 들었소."

"그렇습니다, 영주님."

"그래, 무슨 일로 날 찾아온 것이오?"

프리츠는 이안을 바라봤다. 창가에서 들어오는 햇빛이 후광처럼 이안의 몸을 감싸서 바라보는 프리츠는 눈이 살짝 부셨다.

"영주님께 좋은 제안을 전해 드리려고 왔습니다."

"좋은 제안이라."

이안은 시종이 차를 놓고 나가자 찻잔을 들어 차를 한 모금 했다. 그리고 차분히 물었다.

"그게 무엇이오?"

"서대륙의 주인이신 나드 한스 황제께서 영주님을 황성으로 초대하셨습니다."

뜻밖의 말에 이안의 눈이 커졌다. 한쪽에 서 있던 론도의 눈도 동그랗게 변했다.

접견실은 순간 정적이 흘렀다.

"하하하! 농담이 심하시오. 아무런 일면식도 없는 한스 황제가 왜 날 초대한다는 것이오?"

이안은 황당하다는 듯 웃으며 프리츠를 바라봤다. 하지만 프리츠는 웃음기 하나 없이 진지했다.

서서히 웃음을 그친 이안은 헛기침을 했다.

"험, 한스 제국의 황제가 정말 날 초대했다는 말씀이오?"

"그렇습니다. 여기 황제 폐하의 초대장입니다."

프리츠는 표면이 황금 실로 수놓아진 화려한 초대장을 꺼냈다. 밀봉된 부위에 황제의 인장이 선명하게 찍혀 있었다. 물론, 이안은 처음 보는 인장이었다.

'이것이 황제의 인장인가?'

이안은 돈깨나 들었을 법한 화려한 초대장의 겉봉투를 개봉해 안에 들어 있던 편지를 꺼냈다.

힘찬 글씨체로 짧은 글이 담겨 있었다.

　　멀리 동대륙에 성화를 가진 영웅이 나타났다 들었소. 귀한 시간 내어 제국의 황성으로 날 찾아와 주신다면, 기쁘기 그지없겠소. 꼭 부탁드리겠소.

'성화를 가진 영웅이라고?'

잠시 생각하던 이안은 초대장을 탁자에 내려놓고 맞은편에 앉아 있는 프리츠와 딕벤을 바라봤다.

"이게 진짜 황제의 초대장이라면 상인에게 이런 중요한 일을 맡기진 않았을 텐데, 진짜 신분이 무엇이오?"

프리츠는 차를 마신 뒤 답했다.

"당연히 그런 의심이 들 거라 생각했습니다. 나는 한스 제국의 2황자 프리츠라고 합니다. 한스 황제가 내 부친이십니다."

프리츠는 더 이상 신분을 감추지 않고 자신이 황자임을 밝혔다.

"그리고 옆에 있는 이 사람은 황실 호위입니다."

"다시 인사드립니다. 황실 호위 딕벤입니다. 2황자님을 호위하고 있습니다."

두 사람이 진짜 신분을 밝히자 이안은 살짝 놀란 표정을 지었다.

'황자라니.'

의외의 신분이었다.

사실 이안은 조금 전 접견실에 들어와 이들을 마주 할 때부터, 두 사람이 상인이 아니라는 것을 이미 눈치챘다.

그렇지만 모른 척하며 그들과 대화를 나눈 것이다.

"놀랍군요, 황자시라니."

"중요한 사안이라 신분을 드러낼 수 없었습니다. 양해해 주십시오."

프리츠가 양해를 구하자 이안은 손짓을 했다.

"이해합니다. 그럴 수도 있죠."

이안은 한스 황제의 아들과 딸이 몇 명이나 되는지 아는 바가 없었다. 다만 2황자라 했으니 황실 서열이 높은 편에 속할 것 같았다.

"방금 드린 부황의 초대장은 진짜이니 의심하시지 않으셨으면 합니다."

프리츠는 황자임을 밝힌 후에도 이안에게 여전히 정중하면서도 겸손하게 말했다.

오히려 옆에 앉은 딕벤이 허리를 꼿꼿하게 세운 채 황실의 위엄을 보여 주겠다는 듯 눈을 부릅뜨고 앉아 있었다.

딕벤의 모습을 보며 속으로 피식 웃던 이안은 말없이 차를 마셨다.

설사 눈앞에 한스 황제가 앉아 있어도 이안은 태연하게 차를 마셨을 것이다. 하물며 황자가 찾아온 것을 두고 유난을 떨 이유는 없었다.

"부황의 초대에 응해 주시겠습니까?"

프리츠는 말없이 차를 마시는 이안에게 부드럽게 물었다.

찻잔을 내려놓은 이안은 탁자 위의 화려한 초대장을 바라보며 담담히 말했다.

"글쎄요. 어떻게 저를 알고 이렇게 초대장까지 보내 주셨는지는 모르겠으나, 좀 갑작스럽긴 하군요."

"맹세컨대, 위험한 초대는 아닙니다."

이안은 빙그레 미소를 지었다.

"전 이 초대장을 보고 그런 생각을 하지 않았는데, 먼저 그런 말씀을 해 주시는군요."

"의심을 하실까 싶어 드린 말씀이었습니다."

프리츠의 얼굴을 한동안 바라보던 이안이 의자에 등을 기댔다.

"아무리 생각해 봐도 제 얼굴이나 보려는 단순한 초대 같지는 않군요. 2황자께서 직접 초대장을 들고 오신 것도 그렇고. 무슨 일입니까? 왜 제가 황제에게 필요한 겁니까?"

이안이 단도직입적으로 물었다. 그러자 프리츠의 눈빛이 순간 흔들렸다.

"이유를 듣지 않고는 이 초대장은 받을 수가 없습니다."

이안이 탁자 위의 초대장을 프리츠 앞으로 밀었다.

이안의 확고한 뜻을 읽은 프리츠는 잠시 침묵하다 입을 뗐다.

"좋습니다. 사실대로 말씀드리지요. 황실에 심각한 문제가 발생했는데, 영주님의 성화가 해결책이 될 수도 있습니다. 그래서 부황께서 절 보내 이안 영주님을 초대하려 하신 겁니다."

프리츠의 대답에 이안은 조금 전 읽었던 초대장 내용이 떠올랐다. 한스 황제는 이안을 성화를 가진 영웅이라고 추켜세웠었다.

"황실에 무슨 문제가 발생했다는 겁니까?"

"그건 사정이 있어 이 자리에서 모두 말씀드리기는 어렵습니다. 그 점 양해를 해 주십시오. 황성에서 부황을 만나시면 그때 모든 것을 아실 수 있을 겁니다."

프리츠는 자리에서 일어나 이안에게 허리를 깊숙이 숙이며 간곡하게 부탁을 했다.

"한스 제국 황실은 이안 영주님의 도움이 간절히 필요합니다. 부디, 초대를 받아들여 주십시오."

"아니, 2황자님! 아무리 도움이 필요해도 어찌 허리까지 숙이십니까?"

황실 호위 딕벤이 자존심 상한다는 듯 자리에서 벌떡 일어서며 프리츠의 접힌 허리를 옆에서 세우려 했다.

"어허! 이거 놓지 못하겠느냐!"

"어서 허리를 펴십시오!"

"난 이 일을 반드시 성사시켜야 한다!"

"그래도 이건 아니지요!"

두 사람이 티격태격하며 실랑이를 벌이는 모습을 의자에 앉아서 지켜보던 이안은 옆으로 시선을 돌렸다.

론도가 웃음을 참으려 애를 쓰고 있었다.

심각한 분위기 속에서 갑자기 황자와 호위가 아이처럼 다투는 모습을 보고 론도가 웃고 있는 것이다.

"론도."

이안이 눈짓을 하자 론도는 재빨리 정색을 하며 웃음기를
지웠다.

자리에서 일어선 이안은 탁자를 돌아 여전히 실랑이를 벌
이고 있는 두 사람에게 다가갔다.

"됐으니, 그만하십시오. 2황자님의 진심은 알겠습니다."

딕벤과 실랑이를 벌이던 프리츠는 동작을 멈추고 이안을
바라봤다.

"그럼 초대에 응해 주시는 겁니까?"

"생각을 좀 해 봐야겠습니다."

이안이 차분하게 말했다.

"이안 영주님, 오해 없이 들어 주셨으면 합니다. 부황께서
는 이안 영주님이 황성에 와 주시는 것만으로도 충분한 보답
을 해 주실 겁니다."

프리츠는 황제의 보상을 약속했다. 이안은 귀가 솔깃해졌
지만 당장 이 자리에서 확답을 해 줄 생각은 없었다.

"멀리서 오느라 피곤하실 텐데, 별관에서 쉬고 계십시오."

해가 지기 전에 전날 야영을 했던 산 중턱 아래의 숲으로
돌아온 바킬라와 데카트는 서둘러 모닥불을 피웠다.

그리고 저녁을 준비했다.

능숙한 솜씨로 수프를 끓이고 있는 데카트를 땅에 누워서
지켜보던 바킬라가 말했다.

"넌 욕심이 없냐?"

"무슨 욕심요?"

"네 인생을 살고 싶은 욕심."

바킬라가 누운 자리에서 일어나 모닥불로 다가와 앉았다.

"하다못해 하얀 나무의 가지인 나도 자유롭게 살고 싶어
하는데, 넌 그라일라의 노예처럼 살고 있잖아."

"누가 노예예요? 자발적으로 그분을 모시는 건데."

데카트는 국자로 단지 속 수프를 휘저으며 말을 이었다.

"그라일라 님은 지옥 같은 곳에서 절 살려 주신 분이에요.
그분이 아니었다면, 전 아버지에게 버림을 받아 동족들에게
잔인하게 죽었을 거라고요."

"하아, 너도 정말 대단하다. 곧 죽어도 그라일라 편을 들
다니."

"그라일라 님은 천 년 동안 고통뿐인 동굴 속에서 외롭게
갇혀 있던 분이세요. 누구도 그분을 비난할 수 없어요."

데카트가 국자를 들고 바킬라를 쳐다봤다.

"아무리 형이라 해도 그라일라 님에게 해가 되는 행동을 하
면 가만히 있지 않을 거예요. 그러니 다른 생각 품지 마세요."

"네가 늙어서 걷지도 못하면 그라일라는 널 버리고 갈걸."

혀를 내밀며 데카트를 약 올리던 바킬라의 표정이 굳어졌

다.

그라일라가 공터 옆 나무의 가지를 밟고 서서 그를 내려다보고 있었다.

조금 전 자신이 한 말을 그라일라가 모두 듣고 있었다고 생각한 바킬라는 등에 식은땀이 흘러내렸다.

데카트도 뒤늦게 그라일라가 나뭇가지 위에 있는 것을 발견했다.

"오셨습니까, 그라일라 님. 시장하시죠, 저녁이 거의 다 됐습니다."

"찾았느냐?"

나무 위에서 그라일라가 물었다.

모닥불 앞에 서 있던 데카트는 머리를 긁적였고 바킬라는 변명처럼 길게 말을 늘어놓았다.

"그라일라 님, 열심히 찾긴 했는데 하얀 나무의 흔적을 찾을 수 없었습니다. 이 산은 아닌 것 같으니 며칠 전 말씀드린 대로 다른 호수로 가는 게 나을 것 같습니다."

"이 산에 아무것도 없다고?"

그라일라가 차가운 눈빛으로 묻자 바킬라는 움찔하며 답했다.

"그렇습니다."

"확실한 것이냐?"

"예."

바킬라가 대답을 하자마자 순식간에 공터로 내려온 그라일라가 그의 얼굴을 발로 걷어찼다.

퍽!

옆으로 몸이 날아간 바킬라는 나무와 충돌한 뒤 땅에 처박혔다.

"네놈이 끝까지 나를 기망하는구나! 감히 나를 속여?"

땅에 쓰러져 신음을 흘리던 바킬라의 허리를 그라일라가 강하게 짓밟았다.

으드드득!

사람으로 변신해 있던 바킬라는 허리가 끊어지는 고통을 고스란히 느끼며 비명을 내질렀다.

"으아아아! 사, 살려 주십시오!"

"닥쳐라!"

그라일라가 발에 힘을 더 주자 바킬라의 몸 전체가 땅속으로 서서히 파고들어 갔다.

갑자기 왜 이렇게 그라일라가 화를 내는지 알 수 없었던 데카트는 이러다 바킬라가 죽겠다 싶었는지 급히 끼어들었다.

"그라일라 님, 고정하세요. 바킬라 형은 저와 함께 열심히 산을 조사했습니다."

"이놈은 너와 날 속이고 있다."

"네? 무슨 말씀이신지…….."

"이곳에 하얀 나무가 있다."

콰앙!

그라일라가 세차게 발을 구르자 바킬라의 몸이 완전히 땅속에 박혀 버렸다.

바킬라의 등에서 발을 뗀 그라일라는 놀란 얼굴로 서 있는 데카트를 바라봤다.

"내가 지금 어디서 오는 줄 아느냐? 니아를 지키는 수호자 마을에서 오는 길이다."

그라일라는 약초꾼 노인을 추적해 발견한 수호자 마을과 그 안에서 수호자들과 싸운 얘기 등을 짤막하게 설명해 줬다.

"그, 그럼 정말 바킬라 형이……."

데카트는 믿어지지 않는다는 표정으로 땅속에 몸이 박혀서 움직임이 없는 바킬라를 응시했다.

"이놈은 처음부터 이 산에 하얀 나무가 있다는 것을 알고 일부러 이 산으로 오지 않았던 것이다. 와서도 엉뚱한 곳만 쑤시고 다녔고."

그라일라가 손을 펼치자 그녀의 손바닥 위에 얼굴만 한 검은 구체가 생성됐다.

"감히 나와 한 약속을 어기다니. 흔적도 없이 사라지게 해 주마."

땅에 몸이 박혀 옴짝달싹도 못하는 바킬라가 다급히 소리쳤다.

"자, 잘못했습니다! 다시는 속이지 않겠습니다! 한 번만 더 기회를 주십시오!"

"두 번은 속지 않는다."

싸늘하게 말을 한 그라일라가 검은 구체를 던지려 할 때였다. 데카르트가 그녀 앞에 무릎을 꿇었다.

"그라일라 님, 지금 바킬라 형을 죽이시면 하얀 나무를 찾기 어려우실 수도 있습니다."

"흥! 수호자 마을에 있는 녀석들이 있지 않느냐?"

"오늘 그냥 오신 건 그들의 죽음을 불사하는 전의 때문이 아닙니까? 그런 자들이 하얀 나무가 있는 곳을 쉽게 발설하겠습니까?"

"음."

사실 그라일라 역시 그 점이 마음에 걸리던 참이었다.

"그래서 어쩌자는 것이냐?"

"수호자 마을 어딘가에 하얀 나무로 가는 통로가 있을 것입니다. 바킬라 형에게 그곳을 찾으라 하면 됩니다. 형, 이번엔 진짜 제대로 할 거지!"

"어! 이번엔 확실히 찾아볼게! 살려 주십시오, 그라일라 님!"

한동안 차가운 얼굴로 서 있던 그라일라는 검은 구체를 없애고 뒤돌아서셨다.

"그놈을 꺼내라."

"예!"

데카트는 다행이다 생각하며 땅에 몸이 박혀 있던 바킬라를 서둘러 밖으로 끄집어냈다.

　"괜찮아요?"

　"하아, 하아. 고맙다."

　바킬라는 자신을 구해 준 데카트에게 눈물을 보였다.

　"다시는 그라일라 님을 속이지 마세요. 그땐 제가 용서치 않을 테니까요."

　데카트의 차가운 눈빛에 바킬라는 정신없이 고개를 끄덕였다.

　"그래, 알았어. 미안하다."

　"바킬라."

　뒷짐을 진 채 뒤돌아서 있던 그라일라가 감정 없이 그의 이름을 불렀다.

　바킬라는 비틀거리며 일어섰다.

　"예, 그라일라 님."

　"마지막 기회다. 이번에도 날 속인다면, 아무리 데카트가 사정을 한다 해도 반드시 네 녀석을 없애 버리겠다."

　"최선을 다하겠습니다."

　"영주님, 한스 황제가 영주님께 도움을 요청할 정도라면 범상치 않은 일이 틀림없습니다."

이안과 함께 관청 감옥으로 걸어가던 재무관이 목소리를 낮추며 말했다.

그는 매우 흥분해 있었다. 한스 제국의 2황자가 황제의 초대장을 가지고 오다니, 정말 대단한 일이 아닐 수 없었다.

"나도 그렇게 생각해."

"이젠 저 멀리 서대륙의 황제까지 영주님의 능력을 알아보는군요, 하하하!"

재무관은 기쁨을 감추지 못하고 소리 내어 웃었다.

"영주님, 만약 황성에 가셔서 황실을 돕는다면, 최대한 많은 보상을 요구하십시오."

"그럴 생각이야. 바다 건너 그곳까지 가는 시간만 해도 어디야. 내 몸값이 얼만데."

"물론입니다, 영주님. 저, 그래서 드리는 말씀인데 말입니다."

재무관은 관청 감옥 입구에 다다라서 조심스럽게 말했다.

"만약 한스 제국 황성에 가신다면, 제가 영주님을 수행하고 싶습니다."

"재무관이?"

이안은 걸음을 멈췄다.

"그렇습니다. 황제로부터 보상을 받게 된다면 필시 재물이 따라올 텐데, 영주님이 그런 일까지 일일이 관여하시면

격이 떨어지지 않겠습니까? 소신이 그쪽 신하들을 만나서 알아서 다 처리하겠습니다. 맡겨만 주십시오."

재무관의 말에 이안은 턱을 매만지며 곰곰이 생각했다.

설사 황제의 초대에 응해 황성에 가더라도 그는 혼자 다녀올 생각이었다.

프리츠 황자가 황실 문제라고 밝히며, 외부에 드러내기 민감한 일임을 시사했다.

그런 만큼 조용히 갔다가 조용히 돌아올 생각이었다.

"난 수행원 없이 혼자 다녀올 생각이었는데, 사안이 사안인 만큼."

"영주님, 아무리 그래도 수발을 들 사람 한 명 정도는 필요하지 않겠습니까? 어찌 됐건 황제의 초대를 받아서 가는 것인데 말입니다."

재무관은 어떡하든 이안의 수행원이 되어 제국 황성까지 함께 가고 싶어 했다.

이안은 그런 재무관의 마음을 읽고는 피식 웃었다.

"관청 일은? 서대륙에 다녀오려면 꽤 오랫동안 관청을 비워야 하는데."

"문관이 있지 않습니까? 그리고 중요한 일들은 이미 다 계획을 수립해 두었습니다. 휘하 관리들이 그대로 진행만 하면 됩니다."

"알았어, 가게 된다면 생각해 볼게."

"감사합니다, 영주님."

재무관은 만면에 미소를 지었다.

관청 감옥 입구에서 조용히 얘기를 나누던 두 사람은 해가 져 더욱 어둡게 느껴지는 감옥 안으로 걸어 들어갔다.

쩝쩝. 후르륵.

틸라우그는 저녁으로 배식된 딱딱한 빵과 식은 수프를 아껴 먹으며 말했다.

"아, 시발 놈들. 오늘 일한 게 임금으로 환산하면 얼마 치인데, 쥐똥만큼도 더 주는 게 없군."

"재무관이 혹시 식비를 빼돌리는 게 아닌지 모르겠소."

수프 그릇의 바닥을 혀로 핥아 먹던 세르지가 그것마저도 없어지자 빈 그릇을 바닥에 내려놓으며 말했다.

"재무관이 식비를 뭐 어쨌다고?"

"생각해 보시오. 이안 영주는 세상에 정의로운 인물로 통하는데, 노역장을 이렇게까지 가혹하게 운영한다는 게 말이나 되오? 최소한 먹을 거라도 풍족하게 지급하며 노역을 시키는 것이 그에게 걸맞은 모습이오."

조금 남은 빵을 입안에 넣고 꼭꼭 씹어 먹던 틸라우그가 꿀꺽 삼키며 말했다.

"그래서 중간에서 재무관이 우리 식비를 빼돌렸다고 생각하는 거냐?"

"그렇소. 원래 돈을 만지는 자들이 뒤로 돈을 많이 빼돌리는 법이오. 내가 상단을 운영해 봐서 잘 아오."

"개소리하고 자빠졌네. 네가 재무관을 알긴 뭘 알아, 이새끼야! 내가 재무관을 아무리 미워해도 그런 헛소리는 못 듣겠다. 푼돈 몇 푼 먹자고 너 같으면 이안 영주를 속이겠냐? 이 새끼, 그 머리로 어떻게 상단주가 됐는지 모르겠네. 에라이, 등신 새끼야!"

틸라우그가 빈 수프 그릇을 맞은편 벽에 기대앉아 있는 세르지에게 던졌다.

"크윽!"

정통으로 이마를 맞은 세르지가 손으로 이마를 가리며 앞으로 고꾸라졌다.

나무로 된 수프 그릇은 바닥이 단단해서 맞으면 꽤나 아팠다.

"캐튼, 나 맞았소."

세르지가 옆에 앉아 있는 캐튼에게 도움을 요청했다. 하지만 캐튼은 그를 바라보더니 차갑게 말했다.

"이건 당신이 잘못했어. 내가 봐도 재무관이 그런 짓을 할 사람은 아니니까."

그동안 자신의 편이 되어 주던 든든한 캐튼마저 돌아서자

세르지는 얼굴을 붉혔다.

틸라우그는 자리에서 일어나 캐튼을 슬쩍 보더니 바닥에 구르는 자신의 수프 그릇을 가지고 돌아와 자리에 앉았다.

캐튼이 이번에도 세르지 편이 되어 중간에 나섰다면, 틸라우그는 그와 사생결단을 내려 했었다.

그런데 캐튼이 그냥 지나친 것이다.

"야, 저 자식이 어쩐 일이지? 내 편을 다 들어 주고."

틸라우그가 옆에 앉아 있는 테일란에게 귓속말을 했다.

혼자 실실 웃고 있던 테일란은 틸라우그를 쳐다봤다.

"모르겠는데요? 후후."

"아니, 근데 이 자식은 언제까지 웃을 생각이야? 너 그러다 진짜 미쳐, 이 자식아. 정신 좀 차려."

틸라우그가 테일란의 뺨을 찰싹 때렸다. 평소라면 화를 냈을 테일란이 여전히 웃음을 지으며 말했다.

"왕실의 승리로 전쟁이 끝났어요. 왕성 수비군 사령관인 우리 아버지가 이긴 거라고요."

전쟁에서 패해 부친이 위기에 처할까 봐 마음을 졸였던 테일란은 왕실의 승리 소식을 듣고는 여러 날째 이렇게 기쁨의 웃음을 짓고 있었다.

"전쟁도 끝났으니 이제 아버지가 먹을 것을 잔뜩 가지고 면회를 오실 겁니다. 기대하세요."

테일란은 빌로프가 전쟁터에서 다리를 잃은 것을 모르고

있었다.

"그래, 아버지가 먹을 것 가지고 오면 내 몫도 넉넉히 챙겨 와라."

틸라우그가 테일란의 어깨에 손을 올리며 다정하게 말을 할 때, 간수들이 감방 문을 열었다.

"캐튼, 저녁은 다 먹었나?"

"그렇습니다."

"재무관님이 찾으신다. 밖으로 나와라."

캐튼은 잠자코 자리에서 일어났다.

간수들이 캐튼을 데리고 나가자 틸라우그는 미간을 좁혔다.

"빌어먹을, 재무관이 캐튼을 왜 부르는 거지? 혹시 저 녀석에게 작업반장을 시키려고 하는 건가?"

면회실로 들어간 캐튼의 눈빛이 흔들렸다. 방 안엔 재무관 뿐만 아니라 이안도 있었기 때문이다.

"영주님을 뵙습니다."

캐튼의 인사에 탁자 뒤에 앉아 있던 이안이 손짓을 했다.

"앉아, 내가 부른 거야."

"예, 영주님."

의자에 앉은 캐튼은 의아한 얼굴로 이안과 그 옆에 서 있는 재무관을 바라봤다.

'날 왜 부른 거지?'

캐튼은 왠지 긴장이 돼 자신도 모르게 침을 꿀꺽 삼켰다.

이안과 마지막으로 대화를 나눈 것은 에뉴딘 대영주의 장례식 때였다.

세일라의 청부를 받아 이안을 죽이려 했던 초강자 매커스가 죽고 그의 부관인 캐튼은 이안에게 죽도록 얻어맞았던 것이다.

이안에게 호되게 맞은 것을 몸이 기억하는지 이안을 가까이서 마주 보자 캐튼은 멀쩡했던 몸이 갑자기 욱신거리며 저려 왔다.

"감옥 생활은 할 만한가?"

"그렇습니다, 영주님. 갱생의 기회를 주셔서 감사하게 생각하고 있습니다."

이안이 얼마나 무서운 인물인지 그가 싸우는 모습을 직접 보며 깨달았던 캐튼은 말과 행동을 최대한 공손하게 했다.

물끄러미 캐튼을 바라보던 이안이 말문을 열었다.

"내가 널 부른 이유는 한스 제국의 황실에 대해 물어볼 게 있어서다."

"예? 제국 황실 말입니까?"

뜻밖의 말에 캐튼은 고개를 들어 이안을 바라봤다.

"그래. 너는 얼마 전까지 서대륙에 있었지 않느냐? 한때 제국의 관리였기도 했고."

"영주님의 말씀이 맞습니다. 황성에서 장교로 근무했고, 한직으로 밀려난 매커스 사령관님의 부관이 되어 지방 요새에서 근무를 하기도 했었습니다."

캐튼은 과거를 회상하며 씁쓸한 표정을 지었다.

그는 젊었을 적엔 큰 꿈을 품은 제국군 장교였다.

하지만 줄을 잘못 선 그는 매커스와 함께 10년 전 관직에서 물러났다.

'이제 와 그게 다 무슨 소용인가.'

지나온 과거를 생각하던 캐튼은 탁자 너머의 이안에게 말했다.

"어떤 것이 궁금하신지요?"

"좋아, 일단 먼저 프리츠 황자에 대해 아는 게 있느냐?"

"프리츠 황자 말씀이십니까?"

"그래."

캐튼은 잠시 생각하다 답했다.

"프리츠 황자는 한스 황제와 다이안 황후 사이에 태어난 세 명의 아들 중 차남입니다. 30대 중반 정도 되었고, 성격이 온화하고 너그럽습니다."

"직접 본 적이 있느냐?"

"예, 과거 황성에서 순찰장교로 근무를 할 때 뵌 적이 있습니다.”

“재무관, 이 그림을 보여 줘.”

이안이 미리 그려 온 그림을 품 안에서 꺼내자 곁에 서 있던 재무관이 그림을 받아 긴 탁자의 끝에 앉아 있는 캐튼에게 보여 줬다.

“험, 똑바로 보거라.”

재무관이 탁자 위에 그림을 내려놓으며 말했다.

종이 위엔 한 사람의 얼굴이 제법 섬세하게 잘 그려져 있었다.

“누군지 알아보겠느냐?”

이안이 묻자 그림을 유심히 바라보던 캐튼이 답했다.

“그렇습니다, 2황자 프리츠입니다. 그를 마지막으로 본 것이 10년도 넘었지만, 그때의 얼굴이 그대로 남아 있습니다.”

“영주님, 초대장을 가지고 온 그가 2황자 본인이 맞는 것 같습니다.”

재무관은 그림을 이안에게 돌려주며 나지막하게 말했다. 이안은 고개를 끄덕였다.

“캐튼.”

“예, 영주님.”

“지금부터 제국 황실에 대해 아는 대로 말해 줬으면 한다. 황제는 물론 황실을 움직이는 주요 인물들까지. 황성에서 발생한 굵직한 사건도 괜찮다. 뭐든 좋으니 네가 알고 있는 것을 말해 주면 된다."

"영주님, 제가 관복을 벗은 지 오래됐고, 황성을 마지막으로 들른 것이 3년이 넘었습니다. 최근의 일까지는 잘 알지 못합니다."

캐튼의 말에 이안은 미소를 지었다.

"상관없다. 오히려 옛날 일이 더 흥미로운 법이지. 네가 아는 것만 말해 주면 된다."

"알겠습니다, 영주님."

이안은 재무관을 쳐다봤다.

"탁자 위가 너무 삭막하군. 술과 음식을 가지고 와. 캐튼이 말을 하면서 목을 축일 수 있게."

"예, 영주님."

이안은 다시 캐튼을 바라봤다.

"시작해 볼까?"

이안은 캐튼을 통해 제국의 정치 상황과 황실 내의 권력 구도 등을 어느 정도 알게 됐다.

황제에게 황후 외에도 두 명의 아내와 많은 자식들이 있다는 것도.

그러나 이번에 프리츠 황자가 오게 된 이유를 추측할 만한 정보는 얻지 못했다.

'하긴 캐튼이 알 정도면 비밀이 아니겠지.'

이안은 긴 얘기를 해 준 캐튼에게 말했다.

"수고했다. 덕분에 많은 것을 알게 됐다."

"아닙니다, 영주님."

오랜만에 술을 맛본 캐튼은 얼굴이 조금 붉게 물들어 있었다. 하지만 여전히 반듯한 자세로 앉아서 이안에게 공손히 말을 하고 있었다.

"남은 음식도 천천히 먹도록 해."

이안이 자리에서 일어서자 캐튼도 따라서 자리에서 일어났다.

"영주님, 로즈에서의 일은 다시 한번 사죄의 말씀 드립니다. 목숨을 거두지 않고 살 기회를 주셔서 정말 감사합니다."

캐튼은 면회실 출입문으로 걸어가는 이안을 향해 고개를 숙이며 진심 어린 사죄를 했다.

돌아서서 그를 바라보던 이안은 옅은 미소를 짓고는 문을 열고 밖으로 나갔다.

이안을 따라 면회실 밖으로 나온 재무관은 복도에 서 있는 간수장에게 명했다.

"남은 술과 음식을 충분히 먹을 수 있게 시간을 주도록 해라."

"예, 재무관님."

"그리고 캐튼에게 도네오의 자리를 물려줘."

"예? 작업반장 말씀이십니까?"

간수장이 살짝 놀라며 물었다.

"그래, 오늘 보니 캐튼이 작업반장이 되어도 무리가 없을 것 같다."

"알겠습니다, 재무관님."

마땅한 적임자가 없어서 고민하던 재무관은 오늘 캐튼의 말과 행동을 보며 그를 작업반장의 적임자로 낙점했다.

아직 문이 닫히지 않은 면회실 안에서 재무관과 간수장이 나누는 얘기를 듣게 된 캐튼은 놀란 표정으로 재무관을 바라봤다.

캐튼과 시선이 마주친 재무관은 별말 없이 자리를 떠났다.

관청 앞에서 재무관과 헤어진 이안은 마차를 타고 성으로 향했다.

흔들리는 마차의 창문 너머로 꺄뮤의 아름다운 밤거리가 보였다.

"성화를 꼭 집어 말한 것을 보면 일반적인 문제는 아닌 것 같은데. 황실에 악령이라도 돌아다니는 건가?"

제국을 세울 정도로 황제는 강한 인물이었다. 휘하에 거느린 병사들도 셀 수 없이 많고.

무력이 필요한 일이었다면 제국의 힘으로도 충분히 해결할 수 있었을 것이다.

ㅡ한스 황제의 초대에 응할 것이냐?

블란조르가 묻자 마차 창밖을 응시하던 이안이 고개를 돌려 그를 바라봤다.

"그럴까 싶어. 어차피 서대륙을 한번은 가 보고 싶었으니까. 왕국의 전쟁도 마무리가 됐으니 이참에 방문하는 것도 나쁠 것 같지는 않아. 게다가 서대륙을 통일한 제국의 황제가 먼저 와 달라고 손을 내밀었으니, 어깨에 힘주고 갈 수도 있잖아."

이안의 말에 블란조르가 껄껄 웃었다.

ㅡ난감한 부탁을 하면 어찌하려고 그러냐?

"정중히 거절하고 밤을 타 도망쳐야지."

이안이 농담을 하며 빙그레 미소를 지었다.

ㅡ음, 그래, 이제 때가 된 것 같구나.

"무슨 때?"

ㅡ하얀 나무 앞에서 숲의 전사가 되겠다는 서약식을 할 때 말이다.

"하얀 나무 앞에서의 서약식!"

이안의 눈이 커졌다.

ㅡ그래, 내가 수호자로 있던 하얀 나무 '데바돈'은 서대륙

에 있다. 네가 서대륙으로 가서 황제를 만나기로 했으니, 이 참에 하얀 나무도 찾아가서 서약식까지 마치면 될 것 같다.

블란조르는 이안이 하얀 나무를 마주할 자격이 있다고 생각했다.

최후의 숲의 전사가 될 사람이 바로 이안이었기 때문이다.

"드디어 하얀 나무를 볼 수 있게 되는 건가? 하하하!"

하얀 나무를 무척이나 보고 싶어 했던 이안은 기쁨에 찬 웃음을 터트렸다.

"그런데 미리 말하지만 숲의 전사가 된다고 해서 그곳에 집 짓고 살지는 않을 거야. 난 우리 영지가 좋아."

-바라지도 않는다. 그저 숲의 전사의 명맥을 다시 이어 주는 것만으로도 나는 네게 감사하고 있다.

어딘지 무거운 그의 말에 이안은 머쓱해하며 웃음을 거뒀다.

"미안해, 블란조르."

-괜찮다. 네가 있어야 할 곳은 바로 여기 알베른이 아니냐?

블란조르는 따뜻한 미소를 지었다.

-나는 네가 지구에서의 불행을 잊고 이곳에서 행복하게 살기를 바란다. 나의 몫까지.

갑자기 코끝이 찡해진 이안은 마차 창밖으로 서둘러 시선을 돌렸다.

마차가 광장을 옆으로 끼고 돌아 성을 향해 계속 이동하고
있었다.

울컥했던 감정이 진정되자 이안은 다시 블란조르를 바라
봤다.

"블란조르, 나는 지금까지 블란조르가 수호하던 하얀 나
무가 여기 동대륙에 있는 줄 알았어. 그런데 서대륙이라고
해서 깜짝 놀랐어."

―그러냐?

블란조르는 낮게 웃었다.

"그런데 진짜 궁금한 게 있는데."

―말해 보거라.

이안은 블란조르의 눈치를 보며 조심스럽게 말했다.

"블란조르는 마지막 남은 숲의 전사였잖아. 그런데 단순
히 용의 검술을 사용하는 데나온 제국의 황제에게 호승심을
느껴 하얀 나무를 떠나 동대륙까지 왔다는 게 좀 이상해서."

―음.

블란조르의 얼굴이 다시 무거워졌다.

이안은 어색하게 웃으며 손을 내저었다.

"아니, 뭐 꼭 알고 싶어서 물어본 건 아니고."

―수호자로서 숲을 순찰하다가 우연히 한 여자를 구해 주
게 됐다.

침묵을 깬 블란조르가 자신의 가슴속에 감춰 둔 이야기를

꺼내기 시작했다.

　─그것이 인연이 되어 그녀는 틈틈이 아무도 찾지 않는 나의 숲을 찾아왔다. 그렇게 시작된 우리의 만남이 1년 정도 지났을 무렵, 어느덧 우린 서로 사랑하는 사이가 됐다.

　블란조르는 잠시 말을 끊었다가 이안을 한번 쳐다본 후, 계속 말을 이어 갔다.

　─그러던 어느 날 그녀는 내게 결혼해 마을에서 함께 살자고 했다. 내가 무엇을 하는 사람인지도 모르고 말이야.

　"그래서 뭐라고 그랬어?"

　─고민 끝에 그럴 수 없다고 했다.

　"아니, 왜?"

　─다른 하얀 나무의 수호자들과 달리 숲의 전사들은 결혼을 하지 않고 하얀 나무를 지키는 존재였으니까.

　블란조르의 말에 이안은 턱을 매만졌다.

　"뭐야, 이거. 숲의 전사가 돼서 좋은 게 하나도 없네. 결혼도 못 하고."

　─걱정 마라. 내가 황제의 호위대장으로 있으면서 아내를 맞이하고 결혼까지 한 사실을 잊었느냐? 내가 최초로 그 전통을 깼으니 넌 그런 건 신경 쓸 필요 없다.

　"어차피 신경 안 써. 숲의 전사가 돼도 난 내 마음대로 살 거니까."

　─아무튼 내가 거절하자 크게 실망한 그녀는 다시는 날 찾

아오지 않았다. 그녀의 발걸음이 끊긴 후 몇 달이 지나, 나는 반대로 그녀를 찾아 마을로 내려갔다. 도저히 그녀를 잊을 수가 없었기 때문이다. 전통을 깰 각오를 했지.

"오, 그래서?"

이안은 블란조르의 입을 바라보며 귀를 세웠다.

─하지만 그땐 이미 늦어서 그녀가 배를 타고 멀리 동대륙으로 떠나 버린 뒤였다. 나의 말에 너무 상심한 나머지 내가 있는 이 서대륙 땅조차 함께 밟고 싶지 않았던 것이다.

"이런…… 그만큼 블란조르를 깊이 사랑했나 봐."

이안은 안타까워했다.

─네 말이 맞다. 나 역시 그것을 깨닫고 뒤늦은 후회를 했다. 그래서 망설임 끝에 그녀를 찾아 동대륙까지 넘어오게 된 것이다. 시간이 흘러 그녀를 데나온 제국의 황성에서 운명처럼 다시 만나게 됐다. 먼지 쌓인 후드를 등 뒤로 넘기며 그녀에게 다가가려 했는데, 그녀 옆엔 한 아이와 남자가 서 있었다.

"결혼을 했군."

─그래, 몇 년의 시간이 흘렀으니까. 그래도 그녀가 행복해하는 모습에 만족을 하며 돌아섰다. 하지만 마음 한 곳이 무너져 내리며 생긴 허전함은 어쩔 수가 없었다. 공허함으로 갈피를 못 잡던 그 순간, 황궁의 높은 첨탑이 내 눈에 들어왔다.

"그럼 데나온 제국 황제와 검을 겨룬 것은 순전히 즉흥적이었던 거였네? 허전한 마음을 채우기 위한."

이안의 물음에 블란조르는 민망한 듯 헛기침을 했다.

─험, 뭐 그렇다고 볼 수도 있지. 황제에게 패한 후 그의 호위대장이 된 나는, 황실은 물론 황성 안의 많은 여자들과 사랑을 나눴다. 내 황금기였지.

"뭐라고?"

이안이 어이없어하자 블란조르는 웃으며 계속 말했다.

─그러다 내 목숨을 줄 수 있는 운명적인 여자를 만나 가정을 이뤘다. 그게 바로 황실 무희 리아였다.

웃으며 말을 하던 블란조르의 얼굴이 아련하게 변했다.

─평생 날 기다렸을 그녀에게 미안할 뿐이다.

갓 태어난 아이를 한 번 안아 주고 막 출산을 한 리아에게 입맞춤을 하며 금방 돌아오겠노라 약속하고 떠난 블란조르는 결국 약속을 지키지 못했다.

"미안해, 블란조르, 아픈 과거를 떠올리게 해서."

이안이 머리를 긁적였다.

─괜찮다.

담담히 말을 한 블란조르는 하얀 나무 얘기로 돌아갔다.

─사실 난 조금은 두렵다. 다시 하얀 나무를 보는 것이.

"두려워할 필요 없어. 내가 있잖아."

이안이 믿음직스럽게 말을 하자 블란조르는 옅은 미소를

지었다.

"어디 가냐?"

마법 연구 때문에 거실 탁자에서 한참이나 늦은 저녁을 먹던 에딘이 빵을 우물거리며 아나이스에게 물었다.

"린다 언니에게. 물어볼 게 있어서."

고대어로 된 약초학책을 옆구리에 낀 아나이스는 린다의 연구실로 가려 했다.

"이제 언니라고 부르지 말고 스승님이라고 불러야 하지 않냐?"

"린다 언니가 언니라고 부르라는데 오빠가 웬 참견이야?"

아나이스는 에딘이 먹으려던 빵을 빼앗아 들고 현관문으로 걸어갔다.

"오늘도 린다 언니 집에서 잘 수도 있어!"

"야! 내 빵은 주고 가!"

"싫은데."

에딘을 약 올리며 빵을 입에 넣으려던 아나이스의 몸이 굳어졌다.

"뭐, 뭐야, 지금 내게 마법 쓴 거야?"

몸이 마음대로 움직이지 않자 아나이스가 당황을 했다.

에딘은 현관으로 걸어가 아나이스 손에서 빵을 다시 되찾았다.

"너는 저녁 먹었잖아. 왜 남의 빵에 눈독을 들이냐? 난 아직 배가 고프다고."

"치사하게 빵 때문에 동생에게 마법을 걸다니! 빨리 마법 풀어!"

에딘은 빵을 입에 넣으며 손짓을 했다. 간단한 마법 같아 보여도 대마법사 경지에 오른 사람만이 펼칠 수 있는 수준 높은 속박 마법이었다.

몸이 자유로워지자 아나이스는 에딘의 정강이를 발로 걸어찼다.

"윽!"

에딘은 정강이를 손으로 감싸며 아나이스를 쳐다봤다.

"너 정말!"

"미안, 내일 내가 빵 많이 구워 놓을게."

아나이스는 도망치듯 현관문을 열고 나가다 문 앞에 서 있는 이안과 마주쳤다.

"안녕하세요, 영주님."

"어딜 그렇게 급하게 가십니까?"

이안이 묻자 아나이스는 웃으며 대답했다.

"부원장님 연구실에요. 그럼."

아나이스는 이안에게 인사를 한 후, 서둘러 뛰어갔다.

잠시 아나이스의 뒷모습을 바라보던 이안은 에딘의 집으로 들어갔다.

　현관문을 닫고 돌아선 이안은 정강이를 비비고 있는 에딘에게 말했다.

　"동생에게 맞았냐?"

　"말도 마라. 마법 한번 걸었다고 내게 발길질을 했어."

　"왜 동생에게 마법을 걸었는데?"

　"내가 먹던 빵을 빼앗아 가잖아. 마지막 남은 빵인데."

　에딘의 대답에 이안은 어이가 없다는 듯 웃고 말았다.

　"이제야 저녁 먹는 거냐?"

　이안은 거실 탁자 위의 수프 그릇을 보며 물었다.

　"어, 연구 때문에 좀 늦어졌어. 근데 집에 먹을 게 별로 없네."

　에딘은 절뚝이며 탁자 앞 의자로 걸어가 앉았다.

　"잠깐만 기다려 봐."

　이안의 몸이 순간 사라졌다. 잠시 후 이안이 영주관 주방에서 가져온 빵과 고기 수프를 탁자에 내려놨다.

　"부족하면 이것도 같이 먹어라."

　"역시 너뿐이다. 동생도 바쁘고 나도 바쁘고 해서 집 안에 먹을 걸 신경 못 썼어."

　에딘은 함박웃음을 지으며 이안이 가지고 온 고기 수프와 빵을 맛있게 먹기 시작했다.

꾸준히 아침 운동을 하는 에딘은 상당히 살이 빠져 있었
다.

"천천히 먹어라."

"어, 근데 이 시간에 왜 온 거야?"

에딘은 수프를 떠먹으며 물었다.

"서대륙의 한스 황제가 내게 초대장을 보냈어."

"뭐? 한스 황제가?"

깜짝 놀란 에딘은 두 눈을 동그랗게 뜨고 이안을 쳐다봤
다.

이안은 빵을 조금 뜯어 입안에 넣으며 오늘 프리츠 황자와
만난 일을 이야기해 주었다.

"그래서 지금 감옥에 있는 캐튼을 만나고 오는 길이야. 그
쪽 황실 상황이 어떤지 알아보려고."

"그랬구나. 난 별관에 황제의 아들이 와 있다는 것도 모르
고 있었네."

에딘은 수프 그릇을 들어 후루룩 들이마신 후 탁자에 내려
놨다.

손등으로 입가를 닦아 낸 에딘은 시원하게 트림을 하고는
이안에게 물었다.

"그래서 어떻게 할 거냐? 서대륙으로 갈 거야?"

"그러려고. 성화의 힘이 필요하다고 한 것을 보면 보통
일은 아닌 것 같아. 가서 내가 도움이 될 만하면 도와주고,

아니면 마는 거지 뭐. 그리고 이 기회에 코페나 항구도 많이 알려서 제국의 상인들이 우리 알베른을 많이 찾아오게 하고 싶어."

"괜찮은 생각이다. 제국 황실과 친분을 맺어 두면 나쁠 건 없겠지. 언제 갈 거야?"

이안은 빵을 우물거리며 답했다.

"말 나온 김에 일찍 다녀오지 뭐. 시간 끌 일도 아니고. 이삼일 후에 출발하면 될 것 같아."

"수행원은 몇 명이나 데리고 갈 건데?"

"한 명. 혼자 다녀오려고 했는데, 재무관이 꼭 같이 가고 싶다고 해서 재무관을 데리고 가려고."

"그래…… 나도 서대륙에 가 보고 싶긴 한데 지금 마법 증폭 장치 연구가 막바지에 이르러서. 중간에 멈추기가 좀 그래."

서대륙을 다녀오려면 많은 시간을 들여야 한다. 에딘은 같이 가지 못하는 걸 아쉬워했다.

"어쩔 수 없잖아. 너 하는 일이 먼저지. 서대륙은 나중에 기회가 되면 또 가면 되고."

"그렇긴 해."

"근데 말이야. 사실 이번에 서대륙에 가는 이유가 황제의 초대장 때문만은 아니야."

이안이 목소리를 은근히 낮추며 분위기를 잡았다.

"뭔데? 또 다른 이유가 있어?"

에딘도 이안처럼 목소리를 낮춰 물었다.

이안은 잠시 뜸을 들이다가 말했다.

"블란조르와 함께 서대륙에 있는 하얀 나무를 보러 가기로 했거든."

"뭐라고! 하얀 나무를 보러 간다고!"

에딘이 자리에서 벌떡 일어섰다.

세상의 균형을 유지시켜 주는 하얀 나무들은 태초부터 내려오는 신비로운 존재였다.

"블란조르의 뒤를 이어 내가 다음 대 숲의 전사가 되기로 했거든. 그러려면 하얀 나무 앞에서 서약을 해야 한대. 그래서 가는 거야, 하하하!"

에딘이 웃음 짓는 이안의 팔을 다급히 잡으며 말했다.

"나도 갈래. 서대륙에 나도 갈 테니까, 하얀 나무에 같이 가자. 나도 신화 속 하얀 나무를 보고 싶어."

"연구는 어쩌고? 중요한 순간이잖아."

"뒤로 미루지 뭐. 내가 언제 하얀 나무를 볼 수 있겠냐? 하얀 나무를 보게 되면 수많은 마법 지식들이 내 머릿속에서 폭발하며 내가 경험해 보지 못한 길로 인도할지 몰라."

에딘은 두 눈을 빛내며 기대에 찬 말을 했다.

이안은 옆에서 듣고 있는 블란조르를 바라봤다.

"하얀 나무에 같이 가도 돼?"

─안 된다. 에딘이 착한 녀석이긴 하지만 하얀 나무의 영역에 들어갈 수 있는 사람은 제한돼 있다. 수호자가 될 너만 가능하다.

블란조르는 에딘을 마음에 들어 했다. 하지만 하얀 나무의 영역에 데리고 들어갈 수는 없었다.

이안은 기대에 차 있는 에딘에게 미안해하며 말했다.

"이거 어쩌지, 수호자가 아니면 그곳에 접근할 수 없대."

"아, 그래? 어쩔 수 없지……."

에딘은 실망 가득한 얼굴로 조용히 자리에 앉았다.

"블란조르가 미안하대."

풀 죽어 있던 에딘은 곧 표정을 회복하며 밝은 얼굴로 말했다.

"아닙니다, 블란조르 님. 제가 순간 욕심이 생겨서 억지를 부린 것 같습니다. 제가 죄송합니다. 이안과 함께 잘 다녀오십시오."

하얀 나무의 유혹에서 에딘은 금세 벗어나며 진심으로 말했다.

블란조르는 에딘의 마음가짐에 절로 미소가 지어졌다.

"너 없는 동안 텃밭은 내가 매일 가서 살펴볼게."

"괜찮아. 론도와 하르몬드에게 맡겨 놓으면 돼."

"아니야, 나도 가서 볼게. 텃밭에서 땀 흘리고 나면 나도 기분이 좋아지거든."

에딘의 말에 이안은 빙그레 웃으며 고개를 끄덕였다.

"그래, 그럼. 그렇게 해."

"후원이 한적하니 좋구나."

프리츠는 나무, 꽃, 바람, 밝은 햇빛이 어우러진 별관 후
원을 걸으며 말했다.

어젯밤 별관에서 잠을 잔 프리츠는 별관에서 시간을 보내
며 이안의 연락을 기다리고 있었다.

해가 높이 떴지만 아직 이안 영주에게선 아무런 연락이 없
었다. 답답한 마음을 해소하기 위해 후원으로 나온 프리츠는
마음이 차분해지는 것 같았다.

"황자님, 아까 이른 아침에 성벽 위를 달리는 이안 영주를
보셨습니까?"

"아니, 보지 못했다."

걸음을 멈춘 프리츠는 딕벤을 쳐다봤다. 딕벤은 멀리 성벽
을 가리켰다.

"아침에 저 성벽을 따라 무거워 보이는 갑옷을 입고 이안
영주가 빠르게 뛰어가는 것을 봤습니다. 얼마나 뛰나 지켜봤
는데, 성벽을 여러 바퀴 돌더군요."

"흠, 이른 아침부터 말이냐?"

"네."

"매우 부지런한 사람이구나. 그 시간에 일어나 운동을 다 하고."

프리츠는 멈췄던 걸음을 다시 옮겼다. 딕벤은 그를 따라가 며 말했다.

"피곤한 사람입니다. 호위로 보이는 사람들도 덩달아 뛰 더군요. 뛰려면 혼자서 뛰든지."

"넌 왜 매사를 그렇게 삐딱하게 보는 것이냐?"

"송구합니다, 황자님. 그런데 속이 상합니다. 황자님이 허 리까지 숙이며 부탁을 했는데, 이안 영주는 아직도 연락이 없고. 이게 위대한 한스 제국을 무시하는 게 아니고 무엇입 니까?"

제국에 대한 강한 자부심이 있는 딕벤은 콧구멍을 넓히며 말했다.

"그건 너의 생각이다. 그는 제국 사람도 아닐뿐더러 우리 의 초대에 무조건 응할 의무도 없다. 그리고 겨우 하루도 지 나지 않았으니 조용히 그의 결정을 기다리는 것이 지금으로 선 최선의 방법이다."

"황자님, 혹시 이안 영주에게 성화가 없는 것이 아닐까 요?"

딕벤의 은근한 말에 프리츠는 잠시 생각하다가 고개를 가 로저었다.

"그럴 리가 없다. 이안 영주에게 성화가 있다는 건 샬렌교 교단을 통해 확인했다."

"여기 계셨군요."

등 뒤에서 들리는 목소리에 두 사람은 대화를 멈추고 뒤를 돌아봤다.

이안이 론도와 함께 별관 후원을 가로질러 다가오고 있었다.

프리츠는 딕벤에게 작은 목소리로 강조했다.

"이안 영주의 심기를 거스르는 행동을 했다가는 널 이곳에 버리고 가겠다."

서슬 퍼런 프리츠의 경고에 딕벤은 눈동자를 굴리며 답했다.

"명심하겠습니다, 황자님. 저도 이안 영주가 나쁜 사람이 아님을 알고 있습니다."

잠시 후, 이안이 두 사람 앞에 도착했다.

"잠자리는 불편하시지 않았습니까?"

이안이 묻자 프리츠는 웃는 낯으로 말했다.

"전혀요. 아주 편안했습니다. 신경 써 주셔서 감사합니다."

"별말씀을요."

이안은 프리츠 옆에 서 있는 딕벤을 쳐다봤다. 아침에 성벽을 돌 때 딕벤이 집요하게 쳐다보고 있었다.

딕벤은 이안의 험담을 자주 한 게 마음에 찔렸는지 이안이 쳐다보자 어색한 미소를 지으며 먼저 말을 꺼냈다.

"영주님의 호의로 아름다운 별관에서 훌륭한 잠자리를 가졌습니다. 식사도 맛있었고 말입니다. 감사합니다, 영주님."

"고맙소."

딕벤의 말에 이안이 피식 웃음을 짓고는 다시 프리츠를 바라봤다.

"좀 걸으실까요?"

"그러시죠."

이안과 프리츠가 나란히 걸었고 그 뒤를 딕벤과 론도가 따라갔다.

프리츠는 이안이 어떤 말을 할지 내심 긴장했다.

말없이 몇 걸음 걷던 이안이 말문을 열었다.

"왕국의 내전이 끝난 지 얼마 되지 않았습니다. 영지에 더 관심을 기울이며 신경을 써야 할 시기지요. 이럴 때 영지를 오래 비우는 일은 저도 신중할 수밖에 없습니다."

이안은 짐짓 무거운 목소리로 말했다. 프리츠는 이안이 초대를 거절하려는 줄 알고 눈빛이 흔들렸다.

"하나 오죽했으면 2황자님이 황제의 초대장을 직접 들고 오셨을까 하는 생각도 들었습니다."

"도와주십시오, 이안 영주님. 사정이 있어 다는 말씀 못 드리나 이 일을 해결해 주신다면, 부황께서는 이안 영주님이

원하시는 것은 무엇이든 들어주실 것입니다. 성화의 힘이 꼭 필요합니다."

2황자 프리츠는 자신의 지위 같은 것은 잊고 이안에게 필사적으로 매달렸다.

이안은 헛기침을 하며 잠시 뜸을 들이다 답했다.

"좋습니다. 황제의 초대를 받아들이겠습니다. 황성에 가도록 하지요."

"그게 정말입니까?"

프리츠의 얼굴이 환하게 변했다.

별 소득 없이 돌아갈 수도 있다는 걱정을 내심 하고 있었던 프리츠는 기쁨을 감추지 못했다.

"고맙습니다, 이안 영주님."

숨죽인 채 뒤에 서서 얘기를 듣던 딕벤도 얼굴빛이 단번에 밝아지며 무척 좋아했다.

이안은 기뻐하는 두 사람을 잠시 바라보다가 프리츠에게 담담히 말했다.

"하지만 약속해 주실 게 있습니다. 제가 도움을 드릴지 아닐지는 그곳에 가서 무슨 상황인지 보고 판단을 하겠습니다."

이안의 말에 프리츠가 고개를 끄덕였다.

"당연하지요, 그렇게 하십시오."

프리츠는 당장 초대를 성사시킨 것으로 만족했다.

"황성엔 언제쯤 출발하실 수 있겠습니까?"

프리츠가 정중히 물었다.

"가기로 한 이상 시간을 끌 필요는 없겠지요. 코페나 항구로 먼저 출발하십시오. 저는 영지의 일을 마무리한 후 뒤따라가겠습니다."

"하하하! 화끈하시군요!"

프리츠는 시원시원한 이안의 대답에 그제야 껄껄 웃으며 마음껏 기뻐했다.

"그럼 지금 바로 코페나로 떠나겠습니다. 코페나 항구엔 저희가 타고 온 상선이 기다리고 있으니까요."

신분을 감추고 온 프리츠였기 때문에 거창한 수행단 같은 것은 없었다.

이안은 걸음을 멈추고 프리츠를 바라봤다.

"저도 그 배를 타고 서대륙으로 같이 가면 되겠군요."

"그러셔도 될 것 같습니다. 한데, 수행원들은 몇 명이나 데리고 가실 생각이십니까?"

프리츠가 묻자 이안은 잠시 생각하다 답했다.

"한 명입니다. 영지의 재무관과 함께 갈 겁니다."

후드를 입은 세 사람이 가까워지는 항구를 바라보고 있었다.

이들은 베니농에서 서대륙행 상선을 탔던 잘랭, 디일렌, 라이던이었다.

긴 항해 끝에 이들은 제국의 심장부라 할 수 있는 황도와 비교적 가까운 항구도시에 도착했다.

"드디어 서대륙에 돌아왔군. 근데 너무 낯설어, 빌어먹을."

라이던이 갑판 난간을 힘주어 붙잡으며 말했다.

태어나고 자란 그의 고향이 이 서대륙에 있었지만, 더 이상 정감이 느껴지지 않았다.

그저 복수심만 더 맹렬히 불타오르고 있었다.

그것은 다른 두 사람도 다르지 않았다.

배에서 내린 세 사람은 선착장을 돌아다니는 제국군 병사들을 지나쳐 도시 내부로 들어갔다.

"오늘은 이 도시에서 잠을 자고 내일 말을 구해 황도로 출발하는 게 좋겠군."

잘랭의 제안에 디일렌과 라이던이 고개를 끄덕였다.

잘랭은 커다란 여관 앞에 멈춰 섰다.

"저녁때 이 여관에서 다시 만나기로 하지. 그동안 각자 돌아다니며 이곳 분위기를 익히고 필요한 정보를 수집하고."

"그럽시다."

라이던이 사람들이 붐비는 거리로 먼저 걸어가자 그의 뒷모습을 바라보던 디일렌이 잘랭에게 말했다.

"같이 점심 먹어요. 어차피 밥은 먹어야 하잖아요."

"생각 없어. 혼자 먹도록 해."

잘랭은 길을 지나는 사람에게 도시의 용병들이 모이는 곳을 물어본 뒤, 그 방향으로 걸어갔다.

"정말 정떨어지게 하네."

뒤에서 지켜보던 디일렌은 입술을 깨물었다.

"그래서 서대륙에 가게 됐습니다."

이안이 찻잔을 내려놓으며 탁자 앞에 둘러앉아 있는 원로들을 바라봤다.

그로만의 집에 모여 있는 네 원로들에게 이안은 프리츠 황자를 만난 일과 황제의 초대에 응하게 된 사실 등을 차분히 설명해 주었다.

물론, 블란조르와 관련된 하얀 나무 이야기는 말할 수 없어 그 부분은 제외를 했다.

"그렇군요."

밀레아너스는 고개를 끄덕이다가 말했다.

"영주님, 한스 황제의 아들이 직접 올 정도면 꾱장히 중요한 일이 틀림없습니다. 그만큼 위험한 일일 수도 있고 말입니다. 조심하시길 바랍니다."

원로들은 이안이 심사숙고해 내린 결정에 대해 왈가왈부하지는 않았다.

누구보다 냉정히 상황에 대처하는 사람이 바로 이안이었다.

만약 황제의 초대 뒤에 어떤 음모가 도사리고 있어도 이안은 그것을 능히 돌파할 능력자였다.

그러나 노파심마저 잠재우지는 못했다.

이들 중 누구도 서대륙에 다녀와 본 사람이 없었고, 한스 황제를 만난 사람도 없었다.

그런 만큼 30여 년 전 서대륙을 통일해 제국을 세운 한스 황제에 대해 경계를 할 수밖에 없었다.

"주의하겠습니다."

이안이 미소를 지으며 원로들을 안심시켰다.

"서대륙엔 혼자 다녀오실 생각이십니까?"

그로만이 물었다. 이안은 차를 한 모금 한 후 답했다.

"아닙니다. 재무관과 같이 갈 겁니다."

"재무관요?"

"네, 혼자 가려고 했는데, 재무관이 같이 가고 싶다고 하더군요. 제 수발도 들고, 황제가 보상을 해 주면 그것도 맡아서 처리하겠다면서 말입니다."

이안이 웃으며 말을 하자 원로들도 따라서 웃었다. 이안과 함께 서대륙을 여행하고 싶어 하는 재무관의 속셈이 훤히 보였기 때문이다.

그때 다른 원로들과 달리 웃지 않고 가만히 듣고 있던 반언이 탁자를 가볍게 손바닥으로 내리치며 묵직하게 말했다.

"영주님!"

이안과 다른 원로들이 반언을 일제히 쳐다봤다.

"왜?"

"재무관이 가는데 어찌 소신이 가지 않을 수가 있겠습니까? 저도 영주님을 모시고 서대륙으로 같이 가겠습니다. 동행을 허락해 주십시오!"

"반언 원로도?"

"예! 지난번 에렌투 수도원에 갈 때 보셨겠지만, 제가 여행길에 영주님을 얼마나 잘 모셨습니까? 이번에도 열심히 영주님을 곁에서 보필하겠습니다. 재무관이 뭘 알기나 하겠습니까? 경험이 적어서. 그 부족함을 소신이 채워 드리겠습니다."

반언이 헛기침을 하더니 다시 말을 이었다.

"그리고 수행원이 달랑 한 명뿐이면 남들 보기에도 너무 없어 보입니다. 좌우 양쪽에서 떡하니 한 명씩 서 있어야 그림도 좋지 않겠습니까?"

"흠, 그래?"

이안이 턱을 매만지며 생각하는 척하자 반언이 사정을 했다.

"영주님, 저도 죽기 전에 서대륙 땅은 한번 밟아 봐야 하지 않겠습니까? 제발 허락해 주십시오."

"알았어, 그럼 같이 가."

이안은 웃으며 허락을 했다. 반언이 저리 가고 싶다며 사정을 하는데 매몰차게 거절할 수도 없었다.

그리고 반언이 같이 가면 재무관도 혼자 가는 부담을 줄일 수 있을 것이다.

"고맙습니다, 영주님."

반언은 크게 기뻐하며 껄껄 웃다가 옆에 앉아 있는 보엥의 어깨에 한 손을 올렸다.

"막내야, 미안하다. 널 남겨 두고 나만 가게 돼서. 나 없는 동안 고약한 형님들을 잘 모시고 있어라."

"알겠습니다, 형님."

보엥은 담담히 웃었다.

아르크 단장은 아이들을 안전한 장소로 대피시킨 후, 수백의 수호자들과 함께 언제든 그라일라와 싸울 태세를 갖춘 채그녀를 기다리고 있었다.

하지만 그라일라가 수호자 마을을 침범한 지 이틀을 지나

3일이 다 되도록 그녀는 웬일인지 나타나지 않고 있었다.

수호자 마을에 무거운 긴장감이 흐르는 가운데, 아르크 단장은 어둠을 몰아내는 화톳불이 곳곳에 피워진 광장 중앙에 의자를 놓고 앉아 있었다.

"단장님, 그 여자는 오늘도 오지 않으려는 것 같습니다. 그만 들어가서 쉬시지요. 여기는 저희 장로들이 지키고 있겠습니다."

장로 모레르의 말에 아르크 단장이 무거운 표정으로 고개를 가로저었다.

"조금 더 있겠다."

모레르는 광장을 둘러봤다.

다섯 명의 장로들과 수호자들 중 반이 무기를 들고 경계를 서고 있었다. 나머지 반은 언제든 달려올 준비를 하고 집에서 쉬고 있었다.

"단장님, 그녀가 포기한 것일까요?"

모레르의 말에 밤하늘의 별을 올려다보던 아르크 단장이 고개를 가로저었다.

"아니, 그녀의 눈은 하얀 나무를 간절히 원하고 있었다. 반드시 다시 올 것이다. 그것도 빠른 시간 안에."

모레르에게 말을 하던 아르크 단장의 표정이 굳어졌다. 강렬한 기파가 광장을 향해 다가오고 있었다.

의자에서 일어선 아르크 단장이 광장 서쪽을 응시했다.

밤하늘을 가르는 빛이 광장으로 빠르게 날아오고 있었다.

"그녀가 다시 왔다!"

단장의 말에 모레르와 다른 장로들이 비상종을 치며 쉬고 있는 수호자들을 호출했다.

그사이 어두운 상공을 밝히며 날아온 빛이 광장에 떨어졌다.

쿠웅!

광장 바닥이 흔들리며 먼지구름이 피어올랐다.

먼지구름이 사라지자 그 자리에 그라일라, 데카트, 바킬라가 모습을 드러냈다.

"날 기다리고 있었느냐?"

그라일라는 광장의 수호자들을 훑어본 뒤 아르크 단장을 차갑게 응시했다.

"허튼소리!"

아르크 단장이 창을 들고 앞으로 한 걸음 나섰다. 광장에 집결한 수호자들이 그라일라에게 당장이라도 달려들 것처럼 기세를 뿜어냈다.

광장은 수백의 수호자들이 내뿜는 투기로 인해 숨이 막힐 지경이었다.

이들 개개인은 세상에 나가면 모두 그 실력을 인정받을 만한 뛰어난 이들이었다.

그러나 용의 심장을 가진 그라일라는 이들 모두의 투기가 자신을 향하고 있어도 그것을 능히 감당할 수 있는 초월적인 강자였다.

"오늘은 다른 자들까지 데리고 왔구나."

아르크 단장이 결연한 표정으로 그라일라는 물론 그 옆에 서 있는 데카트와 바킬라를 노려봤다.

사람을 압도하는 아르크 단장의 강한 눈빛에 데카트와 바킬라는 순간 오금이 저려 왔다.

"네 이름이 무엇이냐?"

그라일라가 아르크 단장에게 물었다.

"아르크다."

"아르크, 오늘은 너와 싸우기 위해 온 것이 아니다. 너와 대화를 나누고 싶다."

"대화?"

"그래, 내가 무슨 이유로 이러는지 궁금하지 않느냐? 나는 네가 내 얘기를 한 번쯤은 들어 주기를 바란다."

대화를 요청하는 그라일라를 뚫어지게 쳐다보던 아르크 단장은 손짓을 했다.

"말해 봐라."

그라일라가 아르크 단장이 서 있는 광장 중앙으로 걸어가 그와 얼마 떨어지지 않은 곳에 멈춰 섰다.

그라일라가 가까이 다가오자 아르크 단장 뒤에 늘어서 있던 장로들이 날카로운 눈빛으로 그녀의 행동을 주시했다.

"나는 거인족의 그라일라다."

"네가 거인 일족이라고?"

아르크 단장이 의아한 눈빛으로 그라일라를 바라봤다. 그녀의 어딜 보든, 거대한 신장과 육중한 근육을 자랑하는 거인 일족이라고는 여겨지지 않았다.

"보통의 거인들과 다르게 태어났다."

"네가 거인족이라면 왜 여길 침범하는 것이냐? 너희 일족들은 고대에 신성한 하얀 나무를 지키기 위해 악룡 발라스크와 싸운 존재들이 아니더냐? 그런데 그 후손인 네가 감히 수호자들을 위협해 하얀 나무를 침범하려 하다니!"

아르크 단장이 그라일라를 크게 꾸짖었다.

"내 몸속엔 악룡 발라스크가 남긴 용의 심장이 있다. 이 가슴에 말이다."

그라일라의 말에 아르크 단장과 그 뒤에 늘어서 있던 장로들의 얼굴이 딱딱하게 굳어졌다.

"네가 용의 심장을 가지고 있다는 말이냐?"

아르크 단장이 굳은 표정으로 물었다.

"그래, 나는 천 년 동안 이 용의 심장과 함께 살아왔다. 긴 세월이었지."

침중하게 읊조린 그라일라가 밤하늘을 향해 양팔을 펼쳤다.

넓은 광장을 압도하는 거대한 악룡 발라스크의 환영이 순간적으로 광장에 나타났다 사라졌다.

광장에 모여 있던 수호자들은 환상처럼 나타났다 사라진 용의 환영에 모두 놀란 표정을 지었다.

하늘을 향해 펼친 양팔을 천천히 아래로 내린 그라일라는 아르크 단장을 응시했다.

"나는 용의 심장을 원하지 않았다. 하지만 나의 뜻과 무관하게 거인족 족장이었던 내 아버지가 나를 부활시키기 위해 내 가슴을 열고 용의 심장을 넣었다. 그리고 그로 인해 나는 천 년간 동굴에서 혼자 갇혀 지내며 고통스럽게 살아왔다. 불사의 몸이 되었지만, 한편으론 그것은 저주와 같았다."

그라일라가 자신의 과거를 밝히자 아르크 단장은 무거운 눈빛으로 말없이 그녀를 바라봤다.

"내가 여기에 온 것은 용의 심장 때문이다. 용의 심장이 내 몸과 마음을 끊임없이 괴롭히고 있다."

가슴에 손을 얹은 그라일라는 아르크 단장을 바라보며 부탁을 했다.

"나는 내 몸을 정상으로 만들고 싶다. 그래서 이곳에 온 것이다. 하얀 나무로 날 인도해 다오. 결코 하얀 나무를 손상시키거나 위해하지 않겠다. 그저 신성한 그 힘을 빌려 날 고통스럽게 하는 용의 심장을 완전히 통제하고 싶을 뿐이다."

그라일라의 모든 설명을 다 들은 아르크 단장은 한동안 침묵하다가 묵직하게 말문을 열었다.

"음, 고통스러웠던 네 개인사에 위로를 보낸다. 그러나 하얀 나무는 세상의 균형을 유지시켜 주는 중요한 존재다. 작다고 하나 영향을 미칠 수 있는 그 어떤 행동도 나는 용납할 수가 없다."

"이렇게 부탁을 하는데도 안 된다는 것이냐?"

"그렇다. 돌아가라. 그리고 용의 심장 때문에 그렇게 괴롭다면 용암이 끓는 화산 분화구를 찾아가서 네 스스로 용의 심장을 꺼내, 그 안으로 함께 뛰어들어라. 그것이 이 세상의 평화를 위해서도 좋다."

단호하면서도 냉정한 아르크 단장의 대답에 그라일라의 두 눈썹이 꿈틀거렸다.

"절대 그럴 수 없다. 나는 내 몸을 정상으로 만들어서 꼭 가야 할 곳이 있기 때문이다."

그라일라는 천 년 전 사랑했던 연인이 잠들었을 어슨 숲을 생각하며 말했다.

몸이 정상인 상태로 다시 가서 천 년간 쌓이고 쌓인 마음의 응어리를 풀고 싶었다. 그제서야 그녀는 모든 것에서 해방될 수 있었다.

"그럼 더 이상의 대화는 무의미하겠구나."

아르크 단장이 창끝으로 광장 바닥을 내리찍었다. 그것을 신호로 수호자들이 창을 들어 그라일라를 겨눴다.

"물러가라! 그라일라!"

아르크 단장이 천둥처럼 큰 목소리로 외쳤다.

그라일라는 아르크 단장을 차갑게 노려보다가 천천히 몸을 돌려 뒤쪽에 서 있는 데카트와 바킬라에게 걸어갔다.

"어찌 됐느냐? 찾았느냐?"

그라일라는 바킬라에게 속삭이듯 나지막하게 물었다.

바킬라는 광장을 에워싼 수백의 수호자들을 바라보며 머뭇거렸다.

"저, 그게……."

"형, 저와 약속했잖아요, 속이지 않기로. 사실대로 말씀해 주세요."

데카트의 말에 눈빛이 흔들린 바킬라는 결국 고개를 끄덕였다.

"찾았습니다. 저 부서진 종탑 방향에서 하얀 나무의 기운이 크게 느껴집니다. 저 방향으로 가다 보면 하얀 나무의 영역으로 들어갈 수 있는 통로가 있을 겁니다."

"그렇구나."

그라일라의 입가에 싸늘한 미소가 어렸다.

그녀가 아르크 단장과 대화를 나눈 이유는 그를 설득하기 위함도 있었지만, 다른 이유는 바킬라가 수호자 마을에서 하얀 나무의 기운을 감지할 시간을 벌어 주기 위함도 있었다.

"그곳으로 가자."

그라일라는 더 이상 시간을 끌고 싶지 않았다. 그녀는 데카트와 바킬라의 사이에 서서 양팔로 그들의 허리를 감싸더니 그대로 허공으로 몸을 솟구쳐 바킬라가 말한 방향으로 날아갔다.

갑자기 밤하늘로 솟구쳐 광장 인근의 종탑 방향으로 새처럼 날아가는 그라일라의 모습에 아르크 단장은 그제야 일이 잘못됐다는 것을 깨달았다.

저들이 어떻게 알았는지 하얀 나무로 가는 통로가 있는 방향으로 정확히 움직이고 있었기 때문이다.

"대화를 나누자는 것은 헛수작이었구나!"

분노한 아르크 단장은 지체 없이 들고 있던 창을 힘껏 내던졌다.

아르크 단장의 힘이 실린 은색 창은 주변을 환하게 밝히며 번개처럼 날아가 종탑을 막 넘어가려는 그라일라에게 도달했다.

두 사람을 안고 가느라 양손이 자유롭지 못했던 그라일라는 공중에서 회전하며 발끝으로 막대한 힘이 실린 아르크 단장의 창을 걷어찼다.

쿠쾅!

굉음과 함께 밤하늘에 섬광이 번쩍였다.

아르크 단장의 은색 창이 힘을 잃고 부서진 종탑 건물 옆으로 떨어졌다.

발길질로 아르크 단장의 강한 공격을 막아 낸 그라일라는 근처 건물 지붕 위에 사뿐히 하강하더니 이윽고 다시 허공으로 솟구쳐 더 빠르게 바킬라가 알려 주는 방향으로 바람처럼 날아갔다.

"그라일라가 그곳을 눈치챈 것 같다! 모두 쫓아라!"

자신의 창을 회수한 아르크 단장은 장로와 수호자 들을 이끌고 마을 서쪽 방향으로 다급히 몸을 날렸다.

순식간에 건물이 세워진 마을을 벗어나 서쪽 숲에 당도한 그라일라의 눈에 공터가 보였다.

바킬라의 인도를 따라 이곳까지 오게 된 것이다.

"저곳입니다, 그라일라 님."

공터에 작은 샘 하나가 외롭게 달빛을 받으며 자리하고 있었다.

숲에서 마주할 수 있는 평범한 샘이었다.

"저 샘을 통해 하얀 나무의 영역으로 들어가실 수 있을 겁니다."

"수고했다."

그때까지 양팔로 바킬라와 데카트의 허리를 안고 있었던 그라일라는 두 사람을 땅에 내려 준 후, 샘을 향해 홀로 걸어갔다.

'드디어 찾았구나!'

상기된 표정의 그라일라가 샘에 가까이 다가갔을 때였다.

돌연 샘 주변을 감싸는 반원형의 황금색 막이 생성돼 그녀의 앞을 가로막았다.

"흥!"

싸늘한 눈빛의 그라일라는 황금 빛으로 일렁이는 반투명한 막을 손으로 강하게 가격했다. 거대한 바위도 모래처럼 만들 수 있는 막대한 힘이 실린 일격이었다.

쩌어엉!

불꽃이 튀며 샘의 보호막이 물결처럼 출렁였다. 그러나 보호막은 끄떡없었다.

"그 무엇도 나를 막을 수는 없다."

차갑게 일갈한 그라일라는 손바닥을 보호막에 밀착시킨 후 지그시 손에 힘을 불어 넣었다.

검붉은 기류가 그라일라의 손에서 스멀스멀 흘러나와 샘을 보호하는 황금빛 보호막 전체를 빠르게 뒤덮었다.

우우우웅!

보호막의 황금 빛이 검붉은 기류에 잠식돼 점점 빛을 잃어갔고, 급기야 보호막이 거미줄처럼 금이 가기 시작했다.

그때였다. 수호자들을 이끌고 샘에 막 도착한 아르크 단장이 보호막을 파괴하려는 그라일라에게 달려들며 은색 창으로 강한 일격을 날렸다.

"멈춰라!"

등 뒤에서 느껴지는 위협적인 공격에 그라일라는 어쩔 수 없이 보호막에서 손을 거두고 뒤돌아서서 아르크 단장의 공격을 막아 냈다.

쿠쾅!

아르크 단장이 창을 들고 뒤로 주르륵 밀려 났다.

분노 가득한 표정의 아르크 단장은 보호막 앞에 서 있는 그라일라에게 말했다.

"멈추지 않으면 널 죽일 수밖에 없다!"

"내가 말하고 싶은 바다. 계속 방해하면 나도 더 이상 손에 사정을 두지 않겠다."

그라일라는 차갑게 말하며 옆을 쳐다봤다. 수호자들에게 밀려 온 데카르트와 바킬라가 긴장한 채 서 있었다.

"그라일라! 용의 심장 때문에 고통받았다는 네 말에 잠시 마음이 흔들렸지만 이제 명확해졌다. 이곳에서 널 죽이겠다!"

아르크 단장은 자신의 목숨과 수호자들의 목숨을 다 바치는 한이 있더라도 하얀 나무를 위협하는 그라일라를 제거하기로 했다.

"하얀 나무가 손상되면 이 세상이 위태로워진다! 자랑스러운 수호자들아! 목숨을 던져 우리의 의무를 다하자!"

아르크 단장의 외침에 숲을 가득 메운 수백의 수호자들이 전의를 끌어 올리며 함성을 내질렀다.

"명예로운 죽음을 선택하자!"

극한까지 기운을 끌어 올린 아르크 단장과 장로들, 수백의 수호자들이 거대한 해일처럼 그라일라에게 밀려 왔다.

"내 뒤에 서거라. 어서!"

데카트와 바킬라에게 급히 말을 한 그라일라는 양손을 머리 위로 올려 교차를 했다.

고오오오오!

검붉은 기류가 그녀의 머리 위 두 손을 중심으로 모이며 회오리쳤다.

쿠쿠쿵! 쿵쿵! 쿠르릉!

그라일라의 두 손에 모이는 상상할 수 없는 파괴적인 힘에 벌써 땅이 진동하고 몰아치는 강풍에 숲의 나무들이 뿌리째 뽑혀 뒤로 날아갔다.

"크으으으!"

수호자들은 그라일라의 몸을 중심으로 뻗어 나오는 강한 바람에 밀려 앞으로 가는 게 아니라 오히려 뒤로 조금씩 밀려 났다.

땅바닥엔 그들이 끈질기게 버티며 남긴 족적이 깊게 파여 있었다.

그러나 뒤로 밀려 나던 수호자들은 혼신의 힘을 다해 버티며 바람을 극복하고 조금씩 전진해 갔다.

수백의 수호자들이 바람과 사투를 벌이고 있을 때, 선두에 서서 그라일라에게 접근하던 아르크 단장과 장로들은 뒤에서 느끼는, 수호자들의 수십 배에 해당하는 강한 압력과 칼바람에 시달리고 있었다.

"널 반드시 없애 버리겠다!"

아르크 단장은 용의 힘을 사용하는 그라일라를 차갑게 노려보며 창을 던질 자세를 취했다. 장로들도 마찬가지였다.

용의 심장을 통해 막대한 힘을 끌어내고 있는 그라일라는 무심한 표정으로 중얼거렸다.

"너희들이 자초한 것이다. 날 원망하지 마라."

그녀는 아르크 단장과 장로들이 혼신의 힘을 다해 창을 던지려 하자 머리 위로 모은 검붉은 죽음의 기류를 사방으로 쏟아 냈다.

"모두 사라져 버려라!"

그라일라가 머리 위로 교차했던 두 손을 앞으로 내뻗으며 싸늘하게 외쳤다.

쿠쿠쿠쿠쿠!

그라일라가 발산한 검붉은 기류가 저무는 해의 어두운 그림자처럼 수호자들을 향해 밀려갔다.

"난 반드시 하얀 나무로 갈 것이다!"

하얀 나무를 목전에 둔 그라일라는 수호자들 못지않게 절박하고 절실했다.

농밀한 밀도가 느껴지는 검붉은 기류와 아르크 단장과 장로들이 전력을 다해 던진 강렬한 황금빛 창들이 중간에 충돌했다.

쿠콰콰쾅! 콰콰쾅!

눈부신 폭발과 함께 검붉은 기류가 잠시 뒤로 밀려 나는가 싶더니 무서운 기세로 다시 앞으로 뻗어 나갔다.

검붉은 기류가 훑고 지나간 땅은 지진이 난 것처럼 갈라지고 흙과 돌들이 허공 수 미터 높이로 떠오르며 폭죽처럼 터져 나갔다.

그 자리에 사람이 서 있었다면 살아남기 어려운 상황이었다.

그라일라를 향해 던진 창들이 검붉은 기류에 막혀 폭발하자 아르크 단장은 굳은 얼굴로 빠르게 소리쳤다.

"장벽을 펼쳐라!"

아르크 단장과 장로들이 한쪽 무릎을 꿇고서 재빨리 손바닥으로 땅을 내리쳤다.

고오오오!

숲을 길게 가로지르는 빛의 장벽이 순식간에 땅속에서 솟구쳤다.

검붉은 기류가 닥치기 전에 간발의 차로 빛의 장벽을 만든 단장과 장로들은 한쪽 무릎을 꿇은 자세로 전방을 응시했다.

높이가 수십 미터에 이르는 빛의 장벽은 투명해서 반대편이 그대로 보였다.

검붉은 기류가 빛의 장벽과 막 충돌하고 있었다.

콰콰쾅쾅!

대지가 뒤흔들리고 빛의 장벽이 쓰러질 듯 출렁였다.

"크으으으!"

힘을 합해 빛의 장벽을 만든 아르크 단장과 장로들은 검붉은 기류가 빛의 장벽과 충돌할 때마다 말할 수 없는 고통을 느끼며 신음을 흘렸다.

그러나 곧 그들의 고통이 사라져 갔다.

뒤를 돌아본 아르크 단장의 눈빛이 흔들렸다.

수백의 수호자들이 자신들처럼 한쪽 무릎을 꿇고 앉아서 대지에 힘을 불어 넣고 있었다.

이제 빛의 장벽은 선두의 단장과 장로들의 힘뿐만 아니라 수백 수호자들의 힘까지 더해진 것이다.

금이 가던 빛의 장벽이 균열이 사라지며 더욱 견고해졌다.

"그라일라! 너는 결코 하얀 나무로 갈 수 없을 것이다!"

빛의 장벽이 검붉은 기류를 뒤로 밀어 내며 앞으로 나가기 시작했다.

목숨을 던져 하얀 나무를 수호하겠다는 수많은 수호자들의 집념이 하나로 뭉친 빛의 장벽은 놀라운 힘을 발휘하고 있었다.

"저희들도 도울게요!"

안전한 곳으로 대피했던 수호자 마을의 아이들이 망가진 숲으로 달려왔다.

　백여 명이 넘는 아이들이 수호자들처럼 손바닥을 땅에 붙였다.

　"하얀 나무 님, 힘을 주세요."

　아이들의 마음까지 더해지자 빛의 장벽이 더욱 찬란하게 빛났다.

　검붉은 기류를 소멸시키며 다가오는 빛의 장벽을 물끄러미 바라보던 그라일라는 장벽 너머 아르크 단장에게 말했다.

　"제법이구나, 내 공격을 막아 내다니. 그러나 이 장벽으로는 날 막을 수가 없다. 더 파괴적인 힘으로 네놈들을 쓸어 주마."

　그라일라는 용의 힘을 일정 부분 억제하면서 사용해 왔다. 그러나 이제부턴 제대로 사용할 생각이었다.

　그녀가 작심하자 용의 심장이 빠르게 뛰었고, 그 박동 소리가 뒤에 서 있던 데카트와 바킬라의 귀에까지 크게 들려 왔다.

　"그라일라 님, 아이들도 많이 있습니다. 힘 조절을……."

　데카트는 수호자 무리에 껴 있는 아이들이 신경 쓰였는지 조심스럽게 말을 했다.

　"지금 누구 편을 드는 것이냐?"

　그라일라가 차갑게 노려보자 데카트는 입을 다물고 장벽

을 쳐다봤다.

어느새 움직이는 장벽 위로 아르크 단장과 장로들이 올라가서 싸울 태세를 갖추고 있었다.

그라일라는 양팔을 펼쳤다. 거대한 용의 환영이 그라일라의 등 뒤로 생성됐다.

"네놈들이 정녕 끝장을 보고 싶다면 그렇게 해 주겠다!"

눈동자가 검붉게 변한 그라일라가 손짓을 하자 그녀의 등 뒤로 생성된 거대한 용의 환영이 입을 벌려 불길을 내뿜었다.

녹색 불길은 빛의 장벽에 순식간에 구멍을 내고 그 뒤에 있던 수호자들의 머리 위로 떨어졌다.

"피해라!"

빛의 장벽 위에 서 있던 장로들이 아래를 향해 고함을 쳤지만 이미 늦었다.

콰아앙!

거대한 녹색 화염이 수호자들을 집어삼켰다.

"으아아악!"

"크으윽!"

빛의 장벽을 유지시키던 수십 명의 수호자들이 비명과 함께 불길에 쓰러져 갔다.

그러나 그것은 시작에 불과했다.

용의 환영이 계속해서 불길을 내뿜어 빛의 장벽을 파괴하고 장벽 너머의 수호자들을 공격했다.

수호자들이 용의 불길을 막아 내려 애를 썼지만, 그들의 힘으로 막기엔 역부족이었다.

화르르르.

녹색 불길은 수호자들은 물론 숲까지 맹렬한 기세로 불태워 버렸다.

숲은 불이 번지며 매캐한 연기와 화염으로 가득 찼다.

"아이들을 대피시켜라!"

차마 아이들까지 희생시킬 수 없었던 아르크 단장은 무너지는 빛의 장벽에서 뛰어내리며 고함을 쳤다.

'고대에 죽은 악룡의 불길이 다시 나타나다니.'

아르크 단장은 도망치는 아이들 머리 위로 떨어지는 용의 불길을 온몸을 던져 막아 냈다.

콰콰콰콰!

한 손을 뻗어 강력한 포스 힘으로 용의 불길을 막아 내던 아르크 단장의 머리카락과 옷들이 타들어 갔다.

"어서 피해라!"

"단장님."

"어서!"

눈물을 쏟아 낸 아이들은 불이 붙지 않은 숲으로 달려갔다.

아이들을 용의 불길로부터 간신히 보호한 아르크 단장은

마구 불길을 토해 내는 용의 환영을 노려보다가 그 아래로 시선을 내렸다.

그라일라가 용의 환영을 계속 조종하고 있었다.

"그라일라! 이 악독한 것아!"

아르크 단장은 땅에 떨어진 수호자의 창을 들고 그라일라를 향해 맹렬하게 돌진했다.

"단장님!"

모레르를 위시한 여러 장로들이 군데군데 화상을 입은 몸으로 아르크 단장의 뒤를 따라 달려갔다.

돌진해 오는 아르크 단장을 바라보며 그라일라는 차갑게 코웃음을 쳤다.

"용을 불러낸 것은 내가 아닌 바로 너희들이다! 지금이라도 항복한다면 너희들을 살려, 컥!"

말을 하던 그라일라의 입에서 돌연 피 분수가 터져 나왔다.

그녀는 흔들리는 눈빛으로 뒤로 돌아섰다.

바킬라가 단검을 들고 덜덜 떨고 있었다.

"네, 네놈이 감히."

말을 하는 그라일라의 입에서 계속 피가 흘러나왔다. 바킬라의 검이 등을 뚫고 용의 심장에 상처를 낸 것이다.

보통의 검은 그녀의 신체를 뚫을 수 없었지만, 하얀 나무의 가지였던 바킬라는 신성한 힘으로 그 방어막을 뚫고 단검을 찔러 넣은 것이다.

"미, 미안합니다, 그라일라. 당신은 하얀 나무로 가서는
안 됩니다."

피 묻은 단검을 바닥에 떨어트린 바킬라는 겁에 질린 표정
으로 뒷걸음질을 쳤다.

데카트는 너무도 갑작스러운 상황에 어안이 벙벙한 눈빛
으로 서 있다가 곧 분노가 폭발했다.

"대체 이게 무슨 짓이야!"

데카트는 주먹으로 바킬라의 얼굴을 세차게 가격했다. 땅
에 쓰러진 바킬라를 향해 데카트가 울먹였다. 믿었던 사람의
배신이 주는 고통은 너무도 컸다.

"왜 그랬어, 널 살려 주고 밖으로 데리고 나온 사람에게!
도대체 왜 그랬어, 왜!"

"이 세상을 위해서다. 나도 어쩔 수가 없었다."

바킬라는 데카트에게 미안했는지 그의 시선을 피했다.

바킬라를 노려보던 데카트는 급히 고개를 돌려 그라일라
를 바라봤다.

상체가 피로 물들어 있었다.

"그라일라 님."

"내가 그러지 않았느냐, 저놈은 믿을 놈이 못 된다고."

자조 섞인 얼굴로 데카트를 바라본 그라일라는 코앞까지
다가온 아르크 단장과 장로들을 향해 번개처럼 빠르게 날아

갔다.

그녀의 손엔 어느새 데카트가 차고 있던 검이 들려 있었다.

"반드시 네놈들을 없애고 하얀 나무로 들어가겠다."

검붉은 기운이 줄기줄기 뿜어져 나오는 검을 휘두르며 아르크 단장과 장로들을 상대로 싸우기 시작했다.

그러나 얼마 지나지 않아 그녀는 수세로 몰렸다.

바킬라에게 입은 부상이 그녀의 생각보다 심각했다.

싸우는 와중 입으로 울컥 피를 토한 그라일라는 아르크 단장의 발길질에 몸이 걷어차여 뒤로 길게 날아갔다.

땅에 처박히려는 그녀의 몸을 데카트가 공중에서 받아 그대로 도주하기 시작했다.

"거기 서라!"

아르크 단장과 장로들이 그 뒤를 쫓았지만 데카트가 불타오르는 숲속으로 몸을 감춰 결국 놓치고 말았다.

다시 샘이 있는 공터로 돌아온 아르크 단장은 장로들과 함께 바킬라에게 걸어갔다.

"왜 그라일라를 배신한 것이냐?"

바킬라가 그라일라에게 부상을 입히지 않았다면 수호자들은 하얀 나무를 지키지 못했을 수도 있었다.

아르크 단장의 묵직한 물음에 바킬라는 잔뜩 일그러진 얼굴로 보호막이 쳐져 있는 샘을 바라보며 답했다.

"하얀 나무를…… 지켜야 하니까."

데카르트는 뒤를 힐끔거리며 미친 듯이 빠르게 산을 내려갔다. 수호자들이 언제 따라올지 모른다.

그라일라를 양팔로 안은 채 달려가는 데카르트의 얼굴은 눈물로 범벅이었다.

"죄송합니다, 그라일라 님. 제가 바킬라의 행동을 제지했어야 하는데, 모두 저 때문입니다."

가는 숨을 뱉어 내며 데카르트의 얼굴을 올려다보던 그라일라가 힘없이 말했다.

"자책할 필요 없다. 원래 넌 아둔한 녀석이 아니더냐?"

"맞습니다. 전 세상에서 제일 미련한 놈입니다."

"그만 울어라. 내 얼굴로 눈물이 떨어진다."

"죄송합니다. 그런데 눈물이 안 멈춥니다. 그라일라 님이 이렇게 피를 흘리고 계시니까요."

데카르트는 이대로 그라일라가 죽을지도 모른다는 불안감에 휩싸여 있었다.

그의 마음을 짐작한 듯 그라일라가 들릴락 말락 한 작은 목소리로 말했다.

"이 정도 부상으로는 죽지 않는다. 그러니 쓸데없는 생각하지 말고 한동안 쉴 만한 장소를 찾아라. 치료사를 데려올 생각도 하지 말고. 내 몸은 시간이 지나면 저절로 치료가 될 것이다."

"알겠습니다, 그라일라 님."

데카트는 마음을 다잡으며 대꾸했다. 자신이 약한 모습을 보이면 그라일라가 더 힘들어할 것이다.

어느덧 산 밑 숲에 도착한 데카트는 그라일라에게 말했다.

"배신자 바킬라는 우리가 움직였던 동선을 모두 알고 있습니다. 분명 수호자들에게 우리가 갈 만한 곳을 말할 게 틀림없습니다. 그러니 이전에 가지 않았던 곳으로 가야겠습니다."

데카트의 말에도 그라일라는 대꾸가 없었다.

고개를 숙여 그라일라를 내려다본 데카트는 무거운 표정을 지었다.

산을 내려올 때까지 간신히 버티던 그라일라가 정신을 잃었다.

잠시 그라일라를 내려다보던 데카트는 또다시 나오려는 눈물을 참으며 몸을 숨길 만한 장소를 찾아 황급히 움직였다.

'바킬라, 넌 내 손으로 반드시 죽여 버리겠다.'

이안은 영주관 앞에 있는 분수대에서 정원을 바라보고 있었다. 그의 옆에는 린다가 서 있었다.

"미안해, 린다."

"뭐가요?"

이안과 함께 꽃이 활짝 핀 정원을 바라보던 린다는 부드러운 목소리로 물었다.

"파르망 별장에 같이 가기로 한 약속을 못 지켜서."

이안은 이번 여름에 페르콘 왕이 선물로 준 파르망 별장에서 린다와 함께 쉬고 올 생각이었다.

그동안 린다와 오붓한 시간을 가지지 못했기 때문에 이안은 이번 파르망 별장행을 무척 기대하고 있었다. 린다도 하얀 백사장과 바다가 아름다운 파르망 별장을 보고 싶어 했고.

그런데 예기치 못하게 한스 황제의 초대를 받아 서대륙으로 가게 됐다.

"두 달 일정으로 생각하고 있는데, 어쩌면 더 늦어질 수도 있어서."

"부담 갖지 마세요. 파르망 별장은 다음에 가면 되죠."

"그럼 가을에 다녀오자고."

이안의 말에 린다는 눈웃음을 지으며 고개를 끄덕였다.

"그렇게 해요."

반달눈이 된 린다의 얼굴을 바라보며 이안도 미소를 지었다.

'린다를 보고 있으면 마음이 편안해져.'

이안은 손을 뻗어 린다의 손을 살며시 잡았다.

"요즘 또 늦게까지 연구한다는 소리가 들리던데, 무리하지 마, 몸 상해. 알았지?"

"네."

린다는 이안이 손을 잡자 얼굴을 붉히며 뒤를 돌아봤다.

영주관 앞에 신하들이 잔뜩 모여 있었다.

서대륙으로 가는 이안을 배웅하기 위해서다.

"사람들이 쳐다봐요."

"뭐 어때? 우리 사이를 알 만한 사람들은 다 아는데."

"그래도요. 어서 그만 가 보세요. 사람들이 계속 기다리잖아요."

린다의 말에 이안이 빙그레 웃었다.

"알았어. 그럼 다녀올게."

"네, 조심해서 다녀오세요."

린다와 시선을 주고받던 이안은 몸을 돌려 영주관 입구로 걸어갔다.

이안이 다가오자 신하들은 딴청을 부리며 각자 이야기를 하는 척했다.

"나 없는 동안 영지를 잘 부탁해."

"걱정 마시고 잘 다녀오십시오, 영주님."

문관, 정보부장, 감사원장, 제약원장이 허리를 깊숙이 숙이며 공손히 말했다.

이안은 옆에 서 있는 톰의 어깨에 한 손을 올렸다.

"다음에 서대륙으로 갈 일이 있으면 그땐 널 데리고 가겠다."

"감사합니다, 영주님."

톰은 밝은 얼굴로 답했다.

미소를 지으며 톰을 바라보던 이안은 시종장과 두 호위 장교 론도, 하르몬드에게 말했다.

"수박밭의 수박이 다 익으면 세 사람이 상의해서 수확하도록 해. 당근처럼 여러 사람들이 나눠 먹어도 좋고."

"예, 영주님. 영주님이 드실 수박은 남겨 놓겠습니다."

론도의 우렁찬 대답에 사람들이 웃음을 터트렸다.

이안은 피식 웃으며 함께 여행을 떠날 반언과 재무관에게 다가갔다.

두 사람은 짐가방을 등에 하나씩 메고 서 있었다.

"두 사람도 준비가 다 끝났나?"

"그럼요. 저희들은 어젯밤부터 모여서 어떻게 하면 영주님을 잘 모실까 의논도 했습니다. 안 그런가, 재무관?"

반언이 묻자 재무관은 크게 고개를 끄덕였다.

"예, 그렇습니다."

이안은 죽이 척척 맞는 반언과 재무관을 바라보며 미소를 머금었다.

'가는 동안 심심하진 않겠군.'

배 안에서 카드놀이를 해도 셋이 하면 더 재밌는 법이다.

이안은 두 사람의 팔을 붙잡은 뒤 영주관 앞에 모여 있는 신하들에게 말했다.

"다녀올게."

이안은 프리츠 황자가 기다리고 있을 코페나 항구로 향했다.

코페나 영주관은 항구와 바다가 한눈에 들어오는 전망 좋은 고지대에 위치해 있었다.

얼마 전 코페나 항구 경비대에 배치된 신병 제드는 바람에 실려 오는 바다 냄새를 맡으며 코페나 영주관 경비를 서고 있었다.

'정말 장관이야. 우리 영지에 이렇게 큰 항구가 있다니.'

작은 체구의 제드는 소문으로만 듣던 코페나 항구의 전경을 실제로 보게 되어 그 감회가 남달랐다.

'이번 신병 모집 시험에도 또 떨어졌으면 고향 마을에서 꿀벌을 키우며 평생 살았겠지?'

제드는 영지를 지키는 병사가 된 것에 큰 자부심을 가지고 있었다. 힘들었던 신병 교육이 끝나던 날 영주가 직접 따라 주는 술을 받기도 했었다.

물론, 천 명이 훌쩍 넘는 많은 신병들이 똑같이 격려주를 하사받았지만, 제드에겐 평생 자랑거리로 남을 것이다.

'동기들 중 일부는 욘디아르의 요새 건설 현장 경비로 갔는데, 그에 비하면 난 정말 운이 좋은 편이야.'

코페나 항구 경비대는 많은 신병들이 선호했던 근무지였다.

영주관 외곽에서 창을 든 채 흐뭇하게 웃던 제드는 젊은 조장이 다가오자 서둘러 웃음기를 지웠다. 그리고 상체를 꼿꼿이 세우며 똑바로 섰다.

나이는 자신보다 서너 살이 어렸지만, 미샹크군의 침공 때 항구에서 맞서 싸운 용감한 젊은 조장이었다.

"신병."

"예, 조장님!"

제드는 군기가 바짝 든 목소리로 절도 있게 대답했다.

말없이 제드를 바라보던 조장 펠티노는 그의 삐뚤어진 투구를 바로잡아 주었다.

"지금 영주관엔 영주님의 손님이 와 계시다. 아름다운 바다를 보고 기분이 좋아지더라도 우리 지킬 건 지키자고."

"주의하겠습니다, 조장님!"

펠티노는 피식 웃으며 뒤돌아섰다.

'레이몬드 대장님이 내 투구를 바로잡아 주셨을 때 이런

기분이셨을까?'

펠티노는 과거를 떠올리며 영주관 정문으로 걸어갔다.

그의 고향 친구인 프레튼과 콜트가 뭔가 대화를 나누고 있었다.

"무슨 얘기를 그렇게 심각하게 나누는 거야?"

펠티노가 묻자 프레튼이 주위를 돌아본 뒤 작은 목소리로 답했다.

"영주관에 있는 손님들 얘기."

"그분들은 왜?"

펠티노는 친구들의 상관이었지만 다른 사람들이 곁에 없을 땐 그들과 편하게 말을 주고받았다. 그의 친구들 역시 마찬가지였다.

"궁금하잖아. 대체 누구이기에 영주님도 안 계신 영주관에서 지내는지 말이야."

펠티노는 어제부터 영주관에서 지내고 있는 두 사내들을 떠올리며 답했다.

"별게 다 궁금하다."

"넌 모르냐? 조장이잖아."

덩치 큰 콜트가 턱을 긁적이며 물었다. 겉모습은 곰처럼 미련해 보였지만 동작이 날랜 친구였다.

"이럴 땐 조장으로 인정해 주는 거냐? 미안한데, 나도 아는 건 별로 없어."

펠티노는 고개를 돌려 영주관을 바라보며 말을 이었다.

"그저 바다 건너 서대륙에서 온 영주님의 손님이라는 정도 밖에."

"그렇구나."

"정 궁금하면 나중에 레이몬드 대장님께 직접 여쭤봐라. 대장님은 알고 계실 것 같으니까."

펠티노의 말에 두 친구들은 움찔했다. 호기심을 충족하려다가 레이몬드 대장에게 질책을 받을 수 있었다.

"아니야, 별로 안 궁금해."

"나도."

친구들이 말을 바꾸자 펠티노는 그럴 줄 알았다는 듯 미소를 짓다 자세를 바로 했다. 길을 따라 해군 사령관의 마차가 올라오고 있었다.

"여기로 오는 것 같지?"

펠티노의 친구들은 언제 잡담을 나눴냐는 듯 창을 들고 영주관 앞에서 부동자세를 유지했다.

잠시 후 해군 사령관의 마차가 영주관 앞에 도착했다.

철컥.

마차 문이 열렸고, 그 안에서 이안과 세리엥크 사령관, 반언, 재무관이 차례로 내렸다.

영주가 마차에서 내리자 부동자세를 유지하던 영주관 주변의 병사들이 깜짝 놀라며 일제히 허리를 숙이고 우렁차게 외쳤다.

"영주님을 뵙습니다!"

"수고들 많구나."

예를 표하는 병사들과 조장 펠티노를 담담한 시선으로 바라보던 이안은 옆에 서 있는 세리엥크에게 말했다.

"사령관은 그만 가 보도록 해. 나는 손님들이 타고 온 배를 타고 서대륙으로 출발할 테니까."

"소신이 배웅을 하겠습니다."

"아니야, 괜찮아. 사람들의 주목을 받지 않고 조용히 떠나는 게 좋겠어."

세리엥크는 잠시 생각하다가 고개를 숙였다.

"알겠습니다, 영주님. 그럼 잘 다녀오십시오. 항구와 알베른의 바다는 저희 해군들이 잘 지키고 있겠습니다."

"든든하군."

이안은 바다에서 가장 빛이 나는 세리엥크를 바라보며 미소를 지었다.

세리엥크는 이안을 수행해 서대륙으로 함께 가는 반언과 재무관에게도 작별 인사를 한 뒤 마차를 타고 떠났다.

멀어지는 세리엥크의 마차를 바라보던 이안은 펠티노가 활짝 열어 준 영주관 정문을 통해 안으로 걸어 들어갔다.

"이게 무슨 소리야?"

부스스한 몰골로 침대에서 일어선 딕벤은 2층 테라스로 다가갔다. 잠결에 언뜻 병사들이 단체로 영주에게 인사하는 소리를 들은 것 같았다.

"에이, 잘못 들었겠지? 설마 이안 영주가 벌써 왔을 리는 없을 텐데."

술을 마시고 새벽 늦게 잠이 들었던 딕벤은 긴 하품을 하며 테라스 난간에 기대섰다.

하지만 그는 곧 정신이 번쩍 들었다.

"이안 영주다."

이안 일행이 정문을 통해 들어오는 것을 목격한 딕벤은 서둘러 2황자가 있는 방으로 뛰어갔다.

"황자님, 이안 영주가 왔습니다! 어서 일어나십시오!"

푹신한 침대에서 늦잠을 자던 프리츠는 딕벤의 말에 벌떡 일어났다.

"이안 영주가 벌써 왔다고?"

"예, 저와 시선이 마주쳤습니다."

"이런, 생각보다 일찍 왔구나. 며칠은 더 있다 올 줄 알았는데."

"그러게 말입니다."

벗어 놓은 겉옷을 황급히 찾아 입은 프리츠는 거울을 한번 본 후 복도로 급히 나갔다.

"난감하구나, 난감해. 이런 흐트러진 모습으로 이안 영주를 만나야 하다니."

프리츠와 딕벤은 새벽 늦게까지 술을 마시느라 아침이 다 되어서야 잠이 들었다.

이안이 이렇게 빨리 올 줄 알았다면 긴장을 풀지 않았을 것이다.

계단을 서둘러 내려간 두 사람은 1층 복도에서 이안 일행과 마주쳤다.

"제가 단잠을 깨운 것 같군요."

이안은 자다 일어난 듯한 두 사람의 모습에 빙그레 웃으며 말했다.

프리츠는 헛기침을 했다.

"마음이 괴로운 일이 있어 호위와 새벽 늦게까지 술을 마시다 보니 늦잠을 좀 잤습니다."

"그러셨군요."

"영지 일은 잘 보고 오신 겁니까?"

"네."

프리츠의 물음에 담담히 대꾸한 이안은 자신의 뒤에 서 있는 반언과 재무관을 소개했다.

"이번에 함께 갈 두 사람입니다."

"원로 반언이라고 합니다."

"영주님의 재정을 담당하는 재무관 토먼입니다. 뵙게 돼서 영광입니다."

두 사람이 정중히 자신을 소개하자 프리츠는 새삼스러운 눈으로 반언을 바라봤다.

'이 노인이 이르카 3대 명장 중 하나인 반언이었군.'

프리츠는 부황의 명을 받고 알베른에 오기 전, 황실에서 파악한 알베른의 정보를 숙지한 상태였다.

그 정보에는 알베른의 원로들에 관해서도 언급이 되어 있었다.

"위명이 자자한 반언 경과 토먼 경이시구려. 만나서 반갑소. 나는 한스 제국의 2황자 프리츠라고 하오. 그리고 이 사람은 황실 호위요."

"안녕하시오, 황실 호위 딕벤이라고 하오. 잘 부탁드리오."

콧대 높은 황실 호위 딕벤이 턱을 치켜들고 말을 하자 반언의 눈썹이 위로 살짝 올라갔다.

'이런 싸가지없는 놈을 봤나. 지 놈이 황자인 줄 아나.'

반언은 자존심이 무척 강한 사람이었다. 이안을 주군으로 삼고 다른 원로들을 형님으로 깎듯이 대우하는 것도 마음이 움직여서지 상대의 강압 때문에 그런 것은 아니었다.

생전 보지도 못한 어쭙잖은 황실 호위의 거만함이 눈에 거슬릴 수밖에 없었다.

반언이 딕벤의 행동을 마음에 담아 두고 있을 때, 이안이 말했다.

"배는 바로 출발할 수 있습니까?"

"물론입니다. 그 상선은 저 때문에 온 것이니까요."

이안은 고개를 끄덕였다.

"그럼 오늘 바로 서대륙으로 출발하시죠."

"고맙습니다, 이안 영주님. 이리 적극적으로 움직여 주셔서."

프리츠는 만면에 미소를 지었다.

"잠시만 기다려 주십시오. 짐을 챙겨서 내려오겠습니다."

프리츠와 딕벤이 2층으로 올라가자 이안은 정원으로 나와서 의자에 앉아 그들을 기다렸다.

"영주님, 저 호위 녀석이 참으로 버릇이 없습니다. 어떻게 영주님이 앞에 계시는데 저리 건방을 떠는 것인지."

이안은 미소를 지었다.

"놔둬. 어차피 계속 볼 사람도 아니잖아."

"뭐, 그렇긴 합니다만……."

반언이 말끝을 흐릴 때 프리츠와 딕벤이 다가왔다.

"다 됐습니다. 배로 가시지요."

프리츠의 말에 이안은 등 뒤로 넘긴 후드를 앞으로 당겨 머리에 쓴 후, 의자에서 일어났다.

이안과 프리츠 일행을 태운 대형 상선이 코페나 항구를 출항해 점점 먼바다로 나아갔다.

갑판에서 멀어지는 알베른을 깊은 눈빛으로 바라보던 이안은 좌우에 서 있는 반언과 재무관에게 말했다.

"돈 좀 챙겨 왔나?"

"예? 돈요?"

반언과 재무관이 멀뚱히 바라보자 이안이 고개를 돌려 그들을 보며 말했다.

"카드놀이를 그냥 하면 재미가 없잖아. 소소하게라도 오고 가는 게 있어야지."

"사실 챙겨 왔습니다, 영주님, 하하하!"

반언이 묵직한 돈주머니를 품 안에서 꺼내 들고 좌우로 흔들었다.

"역시 원로가 뭘 좀 아는군."

이안과 재무관은 반언의 돈주머니를 보며 즐겁게 웃어 댔다.

조금 떨어진 곳에서 그 모습을 지켜보던 딕벤이 프리츠에게 속삭였다.

"황자님, 이안 영주는 도박을 좋아하는 것 같습니다. 신하들 돈까지 탐내는군요."

"또, 쓸데없는 소리를 하는구나. 그저 지루한 뱃길에 작은 여흥거리일 테지, 저만한 사람이 뭐가 아쉬워서 신하들 재물을 탐하겠느냐?"

담담히 말을 한 프리츠는 딕벤에게 엄하게 지시를 내렸다.

"지금부터 이안 영주는 우리의 손님이다. 그를 대하는 데 있어 성의를 다해라. 그의 일행에게도 함부로 하지 말고. 아까 보니 반언의 눈빛이 심상치 않았다."

"알겠습니다, 황자님."

"대답만 잘하지 말고 실천을 해, 실천을."

딕벤은 머쓱해하며 고개를 숙였다.

"예, 황자님."

수호자 마을의 분위기는 무거웠다.

그라일라로부터 하얀 나무를 보호하긴 했지만 그 대가는 컸다. 많은 수호자들이 죽거나 다쳤다.

"주변을 조사했지만 그들의 흔적을 찾을 수가 없었습니다."

지난 이틀간 데카트를 추적한 수호자들이 돌아와 아르크 단장에게 보고를 했다.

장로들이 모인 회의실에서 보고를 받은 아르크 단장은 고개를 끄덕였다.

"수고했다. 그만 가서 쉬어라."

추적대가 회의실을 나가자 아르크 단장은 긴 탁자에 둘러 앉은 장로들을 바라봤다.

몸이 멀쩡한 사람이 단 한 명도 없었다. 특히 장로 중에 한 명은 용의 불길에 맞아 얼굴과 상체에 심한 화상을 입기도 했다.

"그라일라는 바킬라의 신성한 힘이 실린 단검 공격을 받아 서 용의 심장에 상처를 입었다. 아무리 용의 심장이 대단해 도 그라일라가 단번에 회복하기는 불가능할 것이다."

아르크 단장은 고개를 돌려 옆에 앉아 있는 바킬라를 힐끔 쳐다봤다.

바킬라는 멍하니 탁자만 바라보고 있었다.

그는 자신의 정체와 어떻게 해서 여기까지 오게 됐는지 이 들에게 모두 사실대로 말을 한 상태였다.

"그러니 우리는 그동안 부상 치료에 전념한다."

"그 뒤는 어떻게 합니까?"

장로 모레르가 차분히 말을 하며 아르크 단장을 쳐다봤다.

"어떻게 하다니? 그녀가 오면 또 싸워야지. 그녀의 공격 수법을 어느 정도 파악했으니, 다음엔 대응하는 게 한결 수 월할 것이다."

"그녀 역시 우리에 대해 파악을 했을 것입니다."

"무슨 말을 하고 싶은 것인가?"

아르크 단장이 묵직하게 물었다.

잠시 망설이던 모레르가 말문을 열었다.

"수호자 마을의 최강자는 우리 장로들도 단장님도 아니지 않습니까? 그를 불러와야 합니다."

"닥치게!"

아르크 단장이 불같이 화를 내며 탁자를 주먹으로 내리쳤다.

"그놈은 더 이상 수호자가 아니야!"

"단장님의 사적인 감정이 하얀 나무를 지키는 수호자의 사명보다 중요하단 말씀입니까? 저는 받아들일 수 없습니다! 그의 도움을 받아야 합니다!"

언제나 아르크 단장의 뜻을 따르던 장로 모레르가 자리에서 일어서며 강하게 말했다.

"사적인 감정이라니! 네가 감히 나를 모욕하는 것이냐! 수호자의 사명을 내팽개치고 마을을 떠난 것은 그놈이다!"

잔뜩 노한 눈빛으로 아르크 단장이 목소리를 높였다.

"제 말이 과했다면 용서해 주십시오. 그러나 지금 우리에겐 과거를 따질 겨를이 없습니다. 그라일라와 싸워 이겨야 하지 않겠습니까?"

"그놈이 없어도 그라일라를 막을 수 있다."

"용의 심장을 가진 그녀의 힘을 보시지 않았습니까? 고

대 수호자들 정도의 전력이라면 모를까, 지금 우리의 힘만
으론 역부족입니다. 외부에 있는 그에게 도움을 요청해야
합니다."

모레르는 말을 잠시 멈추고 주위에 앉아 있는 다른 장로들
을 쳐다봤다.

"내 뜻에 동의한다면 다들 일어서 주시게."

"……."

침묵을 유지하던 장로들이 하나둘 자리에서 일어났다. 회
의실의 장로들이 모두 일어서서 모레르의 말에 동조를 하자,
상석에 앉아 있던 아르크 단장의 얼굴이 딱딱하게 변했다.

"단장님, 그라일라와 싸우는 것이 두려워 이러는 것이 아
닙니다. 저희들이 두려워하는 것은 혹여나 그녀가 하얀 나무
에 손상을 가해 세상의 균형과 질서가 파괴되는 것입니다.
그것은 무슨 수를 쓰든 막아야 하는 일입니다."

진심이 깃든 목소리로 말하는 모레르의 노안에 눈물이 고
였다. 그는 굳은 표정으로 앉아 있는 아르크 단장에게 간곡
하게 부탁을 했다.

"부디, 그에게 도움을 요청해 주십시오. 단장님이 부르시
면 그도 돕기 위해 돌아올 것입니다."

"그를 불러 주십시오, 단장님!"

모레르와 장로들이 한목소리를 내자 아르크 단장의 눈동
자가 흔들렸다.

한동안 침묵을 지키던 아르크 단장은 결국 길게 탄식을 했다.

"종이와 펜을 가지고 오너라. 그에게 보낼 편지를 쓰겠다."

"감사합니다, 단장님."

모레르와 장로들이 안도하며 고개를 깊숙이 숙였다.

회의실에 있던 바킬라는 의아한 표정을 지었다.

'이들이 말하는 그는 대체 어떤 사람일까? 얼마나 강하기에 그가 있으면 그라일라를 막을 수 있다고 하는 거지?'

제국

청색 제복을 입은 눈빛이 날카로운 사내들이 죄수를 호송하고 있었다. 이들이 향하는 곳은 황성 서쪽에 위치한 제국 감찰원으로, 청색 제복의 사내들은 감찰원의 감찰관들이었다.

제국 감찰원은 황도에 있는 중앙 관리들은 물론 20명의 지방 총독들과 그 휘하 관리들까지 감찰할 수 있는 막강한 권한이 있었다.

무소불위의 권력을 행사하는 기관이었고, 이들의 수장은 다미앵 보나르였다.

30여 년 전, 제국 통일 전쟁 때 한스 황제의 오른팔이었던 그는 제국군 전체를 지휘할 수 있는 병권을 손에 쥐고 있었으나, 권력이 과하다는 내부의 목소리에 병권을 내려놓았다.

대신 황제는 그에게 제국 감찰원을 신설해 맡겼다.

비록 병권은 내려놓았으나 관리들의 목줄을 쥔 중요한 자리로 옮겼으니, 다미앵 보나르의 위상은 과거에 비해 전혀 줄어들지 않았다.

올해는 다미앵이 제국 감찰원의 수장이 된 지 10년째 되는 해였다.

"다미앵은 코빼기도 안 보이고, 감찰관들만 계속 드나드는군."

감찰관들이 죄수와 함께 웅장한 제국 감찰원으로 들어가는 모습을 멀찍이서 지켜보던 라이던이 옆에 서 있는 잘랭과 디일렌에게 말했다.

황성에 도착한 지 며칠이 지났지만 다미앵의 얼굴은 한 번도 보지 못했다.

다미앵이 제국 감찰원 내부에 저택을 지어 그곳에서 살고 있었기 때문이다.

예상치 못한 일이었다.

만약 다미앵이 출퇴근을 했다면 그의 동선을 파악해 정교한 암살 작전 계획을 수립할 수도 있었다. 그런데 그것은 불가능했다.

"그만 숙소로 돌아가지."

후드를 머리 깊숙이 눌러쓴 잘랭은 화려하고 높은 건물이 즐비한 황성의 거리를 지나 한적한 골목에 위치한 여관으로 들어갔다.

　3층 여관방의 창문을 열어 거리를 잠시 살피던 잘랭은 동료들이 탁자에 둘러앉자 그곳으로 걸어가 앉았다.

　라이던이 술잔에 술을 따르며 퉁명스럽게 말했다.

　"빌어먹을, 그 개자식은 황궁으로 가서 보고도 안 하나? 어떻게 몇 날 며칠을 지 안방에서 꼼짝도 안 할 수가 있지?"

　매일 황궁으로 가는 대신들과 달리 다미앵은 감찰원에서 미동도 하지 않았다. 아마도 아랫사람을 황궁으로 보내 감찰원의 일을 보고하는 것 같았다.

　"이럴 게 아니라, 그냥 오늘 밤 감찰원으로 잠입해서 끝장을 보는 건 어때?"

　라이던이 눈을 번뜩이며 말했다.

　디일렌이 의자에 앉은 잘랭의 얼굴을 잠시 바라보다가 라이던에게 말했다.

　"흥분할 필요 없어. 어차피 길게 보고 왔잖아. 한 달이건 1년이건 우린 결정적인 기회를 기다렸다가 그를 없애야 돼. 그래야 승산이 있어. 무턱대고 감찰원에 들어가는 것은 개죽음이 될 가능성이 높아."

　"젠장, 미안해. 그놈이 가까운 곳에 있다고 생각하니까 피가 거꾸로 솟아 견딜 수가 없어서 그래."

　라이던은 거칠게 술잔을 비웠다.

　잘랭은 그런 라이던을 물끄러미 바라보았다.

20년도 더 지난 과거의 일이 떠올랐다.

백여 명의 젊은 남녀들이 다미앵의 지시를 받아 동대륙행 배를 타고 한날한시에 길을 떠났다.

대부분의 사람들이 가족을 볼모로 잡힌 신세로 떠났지만, 그래도 희망은 있었다.

자신들이 배신만 하지 않으면 제국의 2인자인 다미앵이 가족의 안녕과 행복을 보장한다 했으니까.

그리고 그 배에서 가장 웃고 떠들던 사람이 다름 아닌 라이던이었다.

디일렌과 같은 고향 출신인 그는 오히려 이 기회에 출세를 할 거라며 단단히 벼르기도 했다.

'소일라.'

그 배에 같이 타고 있었던 이안의 모친을 잠시 떠올리던 잘랭은 술잔을 비운 뒤 말했다.

"아무래도 우리 셋 중 한 명이 감찰원의 일꾼으로 들어가서 다미앵의 동태를 살펴야 할 것 같군."

잘랭의 말에 디일렌과 라이던이 그를 동시에 쳐다봤다.

"내부로 들어가자는 말이에요?"

디일렌이 확인하듯 묻자 잘랭이 고개를 끄덕였다.

"그래, 이런 식으로 밖에서 아무리 기다려도 기회는 오지 않을 것 같아. 그러니 우리가 기회를 만들어야지."

아무리 재미난 카드놀이도 며칠간 계속하다 보면 질리는 법이다.

"왜, 더 안 해?"

이안이 선실 안에서 카드를 섞으며 반언과 재무관에게 물었다.

지루한 표정으로 하품을 하던 반언은 이안과 시선이 마주치자 겸연쩍어하며 턱을 긁적였다.

"영주님, 며칠간 계속 같은 것만 했는데 지겹지 않으십니까?"

"난 재밌는데?"

이안은 자신이 딴 돈을 두 사람에게 돌려주었다.

"자, 다시 시작하자고."

"저희들이 잘못했습니다. 차라리 벌을 내려 주십시오."

반언과 재무관이 더는 카드놀이를 못 하겠다는 듯 진저리를 치자 이안이 피식 웃으며 손에 쥔 카드를 내려놨다.

사실 이안도 질리던 참이었다.

"그럼 그만하지. 카드놀이는 다음에 또 생각나면 하고."

"감사합니다, 영주님."

반언과 재무관이 반색을 하며 선실을 나가자 이안은 미소를 지으며 책을 꺼내 펼쳤다.

잠시 책을 읽던 이안이 옆에 앉아 있는 블란조르를 힐끔 쳐다봤다. 근심이 가득한 얼굴이었다.

　이안은 책에 시선을 두며 담담한 목소리로 말을 했다.

　"고등학교 때 딱 한 번 집을 가출한 적이 있었어. 학교 싸움에 휘말려서 부모님 얼굴을 볼 면목이 없었거든."

　블란조르는 과거 얘기를 꺼내는 이안을 바라봤다.

　"친구 집에 잠시 있었는데, 내 머릿속엔 언제 집에 돌아가지 그 생각밖에 안 났어. 그런데 막상 가출을 끝내고 집으로 돌아가려고 하니 덜컥 겁이 나더라고. 혼날 일도 두렵고 죄송스럽기도 해서 말이야."

　─지금의 네 모습을 보니 상상이 되질 않는구나.

　"그렇지? 나도 이계인의 침공이 있기 전까진, 평범한 사람이었다고. 그 일이 날 변화시킨 거지."

　─집에 돌아가서 많이 혼났느냐?

　"아니, 부모님이 오히려 우시면서 안아 주시더라고. 그때 깨달았지. 난 정말 부모님께 잘해야 한다고."

　책을 탁자에 내려놓은 이안은 고개를 돌려 블란조르를 바라봤다.

　"하얀 나무도 오랜만에 돌아오는 블란조르를 우리 부모님처럼 따뜻하게 맞이해 줄 거야. 그러니까 너무 걱정하지 마. 하얀 나무도 블란조르의 사정을 다 알고 있을 테니까."

　블란조르는 이안의 말에 옅은 미소를 지었다.

―고맙구나, 그렇게 말을 해 줘서. 하지만 네가 가출했던 일과 내가 수호자로서 하얀 나무 곁을 떠난 일을 어떻게 같은 선상에 두고 비교할 수가 있겠느냐?

"뭐가 달라? 비슷하게 생각하면 그만이지. 아무튼 그런 것도 이해 못 하면 하얀 나무의 자격이 없지. 블란조르가 얼마나 고통을 받았는데."

이안의 억지 주장에 블란조르는 다시 한번 미소를 지었다. 마음의 짐이 조금은 가벼워졌다.

"그리고 그런 하얀 나무라면 난 숲의 전사가 될 이유가 없다고 봐. 희생을 강요하는 하얀 나무를 위해서는 말이야."

―하얀 나무가 있어서 이 세상이 균형을 유지하고 있는 것이다. 적대시하면 안 된다.

블란조르의 말에 이안은 고개를 끄덕였다.

"나도 하얀 나무가 고마운 존재라고 생각해. 그러니 고대 로신 교주님이 하얀 나무를 파괴하려는 고대 용과 맞서 싸웠겠지. 그래도 하얀 나무가 블란조르를 막 대하면 나도 가만있지 않을 거라고."

진심이 깃든 이안의 말에 블란조르는 묘하게 기분이 좋아졌다.

"해적선이다!"

갑자기 선실 밖에서 들리는 선원들의 외침에 이안은 자리에서 일어나 갑판으로 나갔다.

정체를 알 수 없는 대형선 한 척이 빠르게 다가오고 있었다.

"해적선이 확실한 것이냐!"

프리츠 황자를 태우고 온 상선의 선장이 망루 위의 선원에게 소리쳐 물었다.

"맞습니다! 해적 깃발을 지금 올렸습니다!"

망루에서 주변을 살피던 선원은 상선으로 위장하고 다가오는 해적선을 나중에서야 알아챈 것이다.

안색이 변한 선장은 옆에 서 있던 프리츠에게 말했다.

"황자님, 해적선을 따돌리기 어려울 것 같습니다."

"걱정할 것 없다. 선원들에게 무기를 지급해라. 해적들을 모조리 수장시키겠다."

평소 부드럽던 프리츠의 얼굴이 차갑게 변했다. 사실 그는 약한 사람이 아니었다.

프리츠는 딕벤과 함께 이안에게 걸어갔다. 이안은 반언, 재무관과 함께 다가오는 해적선을 지그시 바라보고 있었다.

"이안 영주님, 저 녀석들은 저희가 알아서 하겠습니다."

프리츠는 손님으로 가는 이안의 손까지 빌리고 싶지는 않았다. 해적선이 가까이 다가오면 딕벤과 함께 해적선으로 넘어가서 해적들을 모조리 베어 버릴 생각이었다.

전혀 다른 사람처럼 변한 프리츠에게 이안이 말했다.

"그렇게 하시죠."

이안은 프리츠와 딕벤이 과연 어떻게 싸울지 궁금해하며 해적선이 가까이 다가오기를 기다렸다.

돌아선 프리츠가 선장에게 지시를 내렸다.

"선장! 배의 속도를 늦춰라!"

"예!"

선장은 프리츠의 지시대로 배의 속도를 늦췄고 해적선이 금세 가까워졌다.

"영주님, 저 해적들도 더럽게 재수가 없습니다. 이 배에 영주님이 타고 계시는데 말입니다."

반언은 싸우고 싶어 몸이 간질거렸으나 프리츠 황자가 알아서 하기로 했으니 나설 수는 없었다.

가까워진 해적선을 바라보던 이안이 갑자기 미간을 찌푸렸다. 눈에 익숙한 해적 깃발이었다.

"이런 망할."

"왜 그러십니까, 영주님?"

재무관과 반언이 쳐다보자 이안은 나지막한 목소리로 답했다.

"아는 해적들이야."

"예? 아는 해적들요?"

이안은 옆을 쳐다봤다. 프리츠와 딕벤이 선원들과 함께 싸울 준비를 마치고, 해적선이 가까이 다가오기를 기다리고 있었다.

이안은 프리츠에게 다가가 말했다.

"황자님, 저 해적들은 제게 맡겨 주시죠."

갑자기 말을 바꾼 이안을 프리츠는 의아하게 쳐다보다가 말했다.

"이 배에 탄 이상 이안 영주님은 제국 황실의 손님이십니다. 이런 일은 저와 딕벤에게 맡겨 주십시오. 이안 영주님의 능력에는 미치지 못해도 저런 해적들 정도는 가볍게 상대할 수 있습니다."

"저와 안면이 있는 해적들이라서 그러는 겁니다."

"예? 저 해적들을 알고 계신다고요?"

프리츠는 깜짝 놀란 표정으로 이안을 쳐다봤다.

바로 그때 가까이 다가온 해적선에서 고함 소리가 들려왔다.

"야 이놈들아! 곱게 통행세를 내놓아라! 나는 바다를 지키는 청상어 해적단의 선장 샤비치이니라!"

프리츠는 해적선 갑판 난간 위에 서서 고함을 치는 샤비치를 어이없다는 듯 쳐다보며 말했다.

"저 샤비치라고 밝히는 해적 녀석을 아신다는 말씀입니까?"

"네, 굳이 피를 보지 않아도 될 해적이니 제게 맡겨 주십시오."

"이안 영주님 같은 분이 어떻게 저런 해적들을 아시는지 모르겠군요."

명성 높은 이안과 해적선장은 전혀 어울리지 않았다.

프리츠의 말에 이안은 담담히 답했다.

"살다 보면 여러 이유로 이런저런 인연을 맺는 게 아니겠습니까? 해적선장과 알고 지내지 말라는 법은 또 없지요."

유연한 이안의 대답에 프리츠는 잠시 그를 바라보다가 껄껄 웃었다.

"맞는 말씀입니다."

"잠시 저 해적선에 다녀오겠습니다."

"그렇게 하시죠."

프리츠는 손에 든 검을 검집에 다시 꽂으며 말했다.

"야 이놈들아! 내 말 듣고 있느냐! 목숨이 아깝거든 저항하지 말고 통행세를 내놓아라! 아니면 너희들의! 너희들의……."

갑판 난간 위로 올라가 윗옷을 벗어젖힌 채 우렁찬 고함을 내지르던 샤비치의 목소리가 점점 작아졌다.

건너편 배에 타고 있는 이안을 뒤늦게 알아본 것이다.

'여, 영주님이 왜 저 배에?'

당황한 샤비치는 말문이 막혔다. 상선으로부터 통행세를

뜯기 위해 준비한 험한 말들이 아직 많이 남아 있었지만, 이안이 타고 있는 배를 향해 그 말들을 쏟아 낼 수는 없었다.

짧은 순간 여러 생각이 교차한 샤비치는 이안과 시선이 마주치자 가볍게 고개를 숙여 보이고는 갑판 난간에서 조용히 내려왔다.

마음 같아서는 이안과 반갑게 인사라도 나누고 싶었지만, 사람들 앞에서 자신과 같은 해적이 알은척을 해 봐야 좋을 게 없었다.

상황을 보니 신분을 감춘 것 같기도 하고.

"아니, 선장님, 통행세를 내놓지 않으면 배를 갈라 창자를 꺼내서 바다에 뿌리겠다는 강력한 위협도 하셔야죠. 왜 그냥 내려오십니까?"

부선장과 다른 해적들이 갑자기 조용해진 샤비치가 이상하다는 듯 쳐다봤다.

헛기침을 한 샤비치는 오랜만에 통행세를 뜯겠다는 기대감에 부풀어 있는 수하들에게 말했다.

"배를 돌려라. 다른 곳으로 가자."

"아니, 코앞에 먹잇감이 있는데, 그냥 가자는 말씀입니까?"

해적들은 한동안 통행세를 걷지 못해 매우 궁핍해 있었다. 샤비치는 부선장과 수하들을 둘러보며 무겁게 말했다.

"야 이놈들아, 우리가 비록 해적이지만 은혜를 잊지 않고 의리를 목숨처럼 중하게 여기는 바다 사내들이 아니더냐?"

"그렇긴 하죠. 한데, 그 말씀은 왜 하시는 겁니까?"

수하들이 어리둥절한 표정으로 쳐다보자 샤비치는 이안이 탄 배를 손가락으로 가리켰다.

"너희들은 눈썰미가 없어서 아직 눈치채지 못했겠지만, 저 배에는 우리의 목숨을 여러 차례 구해 주신 큰형님과 같은 현성 님이 타고 계시다."

"예에? 현성 님요?"

이안을 현성으로 알고 있는 청상어 해적단의 해적들은 깜짝 놀란 얼굴로 서로를 바라봤다.

베잉 제도의 감옥에서 현성이 구해 주지 않았다면 모두 교수대에서 처형됐을 것이다.

"그러니 어찌 저 배에 통행세를 물을 수 있겠느냐?"

"선장님 말씀이 옳습니다."

해적들이 저마다 고개를 끄덕였다.

"배를 오른쪽으로 돌려라."

"예, 선장님."

해적들이 무기를 거두고 흩어지자 샤비치는 벗어 놓은 상의를 다시 입은 뒤 돌아서서 이안이 탄 배를 쳐다봤다.

'영주님은 어딜 가시는 걸까? 이쪽은 서대륙행 배들이 자주 이용하는 항로인데. 설마 서대륙으로 가시는 걸까?'

이안은 더 이상 갑판에서 보이지 않았다.

'선실로 들어가셨나 보군.'

샤비치가 아쉬운 마음으로 수염이 덥수룩한 턱을 긁적일 때였다.

이안이 유령처럼 그의 옆에 불쑥 나타났다.

"통행세 안 받고 그냥 가는 거냐?"

"헉! 현성 님!"

샤비치는 이안을 보며 크게 기뻐했다.

"현성 님을 뵙습니다!"

갑판 위의 청상어 해적단의 해적들이 일제히 고개를 숙이며 이안을 향해 인사를 했다.

이안은 그 모습에 가볍게 헛기침을 하며 슬쩍 건너편 배를 쳐다봤다.

프리츠 황자가 이쪽 상황을 흥미롭다는 듯 쳐다보고 있었다.

"그래, 오랜만이다. 너희 선장과 잠깐 할 얘기가 있어서 왔으니 할 일들 해라."

"예, 현성 님."

해적들이 흩어지자 샤비치가 부선장에게 지시를 수정했다.

"건너편 배와 나란히 항해해라. 나중에 현성 님이 저 배로 돌아가셔야 하니까."

"예, 선장님."

샤비치는 싱글벙글하며 이안에게 자신의 선장실을 가리켰
다.

"현성 님, 제 방으로 가시죠. 그곳이 조용합니다."

"그래."

이안은 샤비치를 따라 선장실로 향했다.

선장실엔 먹다 남은 음식들과 빈 술병들이 어지럽게 굴러
다니고 있었다.

"죄송합니다, 영주님. 영주님이 타고 계신 배인 줄 몰랐습
니다."

샤비치는 해도가 깔린 탁자 위에서 음식 접시와 빈 술병을
서둘러 한쪽으로 치우며 말했다.

이안은 선장실의 창문을 열어 방 안의 공기를 환기시켰다.

"괜찮아, 그럴 수도 있지. 그나저나 내가 타고 있어서 섭
섭했겠군."

"흐흐, 아닙니다. 이쪽으로 앉으시죠."

샤비치는 얼룩진 유리 술잔을 누런 천으로 서둘러 닦은 뒤
이안이 앉은 탁자 앞에 내려놨다.

"야, 이 유리 술잔보다 그 천이 더 지저분한 것 같은데?"

이안은 방금 전 술잔을 닦은 누런 천으로 코를 풀고 있는
샤비치를 향해 미간을 찌푸리며 말했다.

"아닙니다, 영주님. 며칠 전에 빗물에 한번 빨아서 깨끗한
천입니다."

샤비치는 대답을 하며 구석진 상자 안에서 오래돼 보이는 술병을 꺼내 들었다.

"요놈이 한 2백 년 된 포도주입니다. 암상인에게 외상으로 한 병 구입했지요."

"왜 그런 비싼 술을 구입해?"

"영주님을 만나면 드리려고요. 늘 받기만 해서 말입니다."

샤비치는 이안의 유리 술잔에 공손히 포도주를 따랐다.

"영주님이 가장 좋아하시는 캄베토냐를 어떻게 구해 볼까 했는데, 그건 외상으로는 줄 수 없다고 해서…… 흐흐. 그래도 이 술도 제법 괜찮다고 하니 드셔 보십시오."

이안은 술병을 들고 서 있는 샤비치를 물끄러미 바라보다가 술잔을 들어 입가로 가져갔다.

깊은 주향이 입안에 가득 퍼졌다.

'괜찮군.'

향이 깊고 맛도 감미로운 훌륭한 포도주였다.

"어떻습니까? 진짜 2백 년 된 포도주 같습니까?"

"그래, 암상인이 사기를 친 건 아닌 것 같군. 좋은 술이다."

이안이 미소를 지으며 말했다.

"다행입니다, 영주님."

"앉아. 나만 술을 마실 수는 없지."

"예, 영주님."

이안은 맞은편에 앉은 샤비치에게 포도주를 따라 줬다.

"어떻게 지냈어?"

"저야 뭐 늘 같은 일 하며 잘 지내고 있습니다."

샤비치는 해적을 천직으로 여기며 바다에서 살다 바다에서 죽을 사람이었다.

"영주님은 어떻게 지내셨습니까?"

"나도 잘 지냈다."

"벨로린에 큰 전쟁이 났다고 하던데요. 영주님은 괜찮으신 겁니까?"

이안은 술잔을 비우며 샤비치를 바라봤다.

"아직 모르고 있군. 하긴 전쟁이 끝난 지 얼마 되지 않았으니까. 벨로린의 전쟁은 끝났다. 롤만 왕을 벨로린의 정식 왕으로 모두 인정을 했어."

"아, 그렇습니까? 그럼 영주님께 잘된 일입니까?"

샤비치가 목소리를 낮추며 묻자 이안은 빙그레 웃었다.

"내게 잘된 일은 전쟁이 오래가지 않고 끝났다는 그 점 하나다. 내가 뭐 롤만 왕과 손이라도 잡은 줄 아냐?"

"흐흐, 그렇군요."

샤비치는 미소를 지으며 이안의 술잔에 술을 따랐다.

"근데 영주님, 지난번 그 일은 어떻게 됐는지 여쭤도 되겠습니까?"

"듀크웨일과 용체 말이지?"

"예, 사실 바다를 돌아다니면서도 머릿속 한편엔 영주님이 그 일을 어떻게 처리하셨을지 계속 궁금해하고 있었습니다."

이안은 샤비치를 바라보다가 바다 방향으로 활짝 열려 있는 선장실 창문으로 시선을 옮겼다. 시원한 바람이 창문을 통해 들어와 이안의 몸을 스쳐 갔다.

잠시 침묵하던 이안이 나지막하게 말했다.

"그렇지 않아도 그 일도 말해 줄 겸 해서 이 배로 건너온 거야. 용체를 찾아 설산으로 가게 된 계기가 바로 너로부터 시작되었으니까. 샤비치 너도 그 끝을 알아야 될 것 같아서."

이안은 샤비치를 무시하지 않고 존중하는 태도로 말을 했다.

샤비치는 순간 감동했는지 고개를 숙이며 술잔을 내려다봤다. 그리고 용체 때문에 죽은 그의 오래된 동료이자 친구인 도자기 가게의 암상인 아라달도 떠올랐다.

"해적 군도의 하비디키 단장에게 얻은 정보를 바탕으로 시페로스의 우바도 대협곡으로 갔어."

이안은 우바도 대협곡에서 자신이 어떻게 용체를 파괴했는지 그 과정을 간략하게 설명해 주었다.

묵묵히 이안의 말을 끊지 않고 듣던 샤비치는 이안의 설명이 모두 끝나자 두 손으로 눈가를 가렸다.

"정말 잘하셨습니다, 영주님. 용체가 아무리 값진 물건이라 해도 세상에 해가 된다면 없애야죠."

"죽은 아라달이 생각나서 우는 거냐?"

이안은 아라달과 샤비치의 각별한 관계를 알고 있었다.

샤비치는 급히 눈가를 닦아 냈다.

"영주님, 저 같은 해적은 피도 눈물도 없는 법입니다. 전 울지 않습니다."

샤비치의 붉어진 눈가를 바라보던 이안이 고개를 끄덕였다.

"그래, 넌 울지 않는 해적이다."

두 사람은 연거푸 술잔을 비운 뒤, 술병을 기울여 술을 다시 채웠다. 술병의 술은 이제 얼마 남지 않았다.

"영주님, 저 배를 타고 어디로 가시는 길입니까? 이 뱃길은 서대륙으로 가는 항로 중 하나인데요."

"한스 황제를 만나러 간다. 그가 초대를 했거든."

"예에?"

샤비치는 뜻밖이라는 듯 놀란 눈빛으로 이안을 쳐다봤다.

"아니, 황제가 초대했는데 왜 저런 상선을 타고 가십니까?"

"조용한 초대라서."

"조용한 초대요?"

알 수 없는 말에 샤비치는 고개를 갸웃했다.

"황실에 내 도움이 필요하다고 해서 가는 거야. 상대가 조용히 나를 초대했으니 나도 그에 맞춰서 조용히 움직이는 것이고."

"그렇군요. 그런데 무슨 도움이 필요하기에 영주님을 초대한 겁니까?"

"나도 몰라. 가 보면 알겠지."

"네에…… 감사합니다, 영주님. 이런 고급 정보까지 저에게 알려 주셔서요."

"고급 정보?"

이안은 피식 웃으며 샤비치를 쳐다봤다.

샤비치는 대단한 비밀을 알게 된 사람처럼 어깨에 잔뜩 힘을 주고 있었다.

"그럼 저 상선에 탄 이들은 보통 사람들이 아니겠군요?"

"그래, 내 수행원으로 가는 재무관과 반언 원로도 있고, 황제의 초대장을 가지고 온 무시무시한 제국 황실 사람도 있지. 선원들도 사실은 위장을 한 제국 황실 호위들이고."

이안은 진짜 선원들을 황실 호위로 둔갑시키며 과장을 했다.

그의 말에 샤비치는 침을 꿀꺽 삼켰다.

"감사합니다, 영주님. 자칫했으면 오늘 흉험한 일을 당할 뻔했습니다. 영주님이 또 한 번 저희를 살리셨습니다."

샤비치가 고개를 숙여 감사 인사를 했다.

이안은 웃음을 참으며 남은 술병의 술을 모두 잔에 따른 뒤 한 번에 비웠다.

"이제 내 배로 돌아가야겠다."

"예, 영주님."

샤비치는 짧은 만남을 아쉬워했다. 이안은 품 안에서 값나가는 보석들을 꺼내 탁자에 내려놨다.

"좋은 술 잘 마셨다. 이건 내 마음의 성의다."

샤비치는 반짝이는 보석들을 바라봤다. 팔면 3천 금화는 무난히 받을 보석들이었다. 돈이 궁한 그에게는 이 보석들이 가뭄의 단비 정도가 아닌 폭우와도 같았다. 하지만 그는 유혹을 뿌리치고 고개를 흔들며 말했다.

"영주님, 이러시지 마십시오. 이 포도주는 제가 선물로 준비한 것입니다."

"알고 있어. 샤비치의 진심도."

이안은 천천히 자리에서 일어섰다.

"그런데 말이야, 샤비치는 내게 고마워하지만 나도 따지고 보면 샤비치에게 고마운 점이 한두 개가 아니거든. 이 정도 보석은 내가 줄 수 있다고 생각해."

"영주님."

이안의 말에 샤비치는 흔들리는 눈빛으로 자리에서 일어났다.

"그래도 받을 수 없습니다."

"고집부리지 말고 통행세라고 생각하고 받아 둬. 아까 들어오며 보니 수하들 행색이 말이 아니던데."

이안은 청상어 해적단이 일반 해적들과 달리 선을 지키며

해적질을 하려다 보니 통행세를 제대로 못 걷고 있다는 것을
잘 알고 있었다.

"통행세 받은 지 얼마나 됐어?"

머뭇거리던 샤비치가 기어들어 가는 목소리로 답했다.

"……한 달 정도 된 것 같습니다."

"그러다 굶어 죽겠다. 사람이 너무 궁하면 악해지는 법이
야. 너는 몰라도 수하들은 버티기 힘들 테니까."

이안은 샤비치를 바라보며 미소를 지었다.

"그러니까 두말하지 말고 받아."

망설이던 샤비치는 공손하게 허리를 숙였다.

"감사합니다, 영주님. 정말 아껴서 잘 쓰겠습니다."

"그래."

샤비치의 어깨를 가볍게 토닥인 이안은 갑판으로 걸어 나
갔다.

"날씨 좋군. 또 보자, 샤비치."

"예, 조심해서 다녀오십시오."

샤비치는 이안이 준 보석을 손에 꼭 쥔 채 울먹이며 말했
다.

이안은 갑판 위의 샤비치와 해적들을 둘러보다가 그대로
일행이 있는 배로 향했다.

이안이 갑판에서 사라지자 샤비치는 돌아서서 수하들에게
외쳤다.

"현성 님이 통 크게 보석을 통행세로 주시고 가셨다! 우리야말로 진정한 해적임을 인정하신 것이다!"

"와아아아! 현성 님 만세!"

청상어 해적단의 해적들은 샤비치의 손에서 반짝이는 보석을 보며 기쁨에 찬 환호성을 터트렸다.

멀어지는 청상어 해적선을 바라보던 프리츠가 이안에게 물었다.

"저들이 왜 저렇게 좋아하는 겁니까?"

흥이 난 해적들이 한목소리로 부르는 '해적의 노래'가 이쪽 배에까지 은은히 들려오고 있었다.

"통행세를 줬습니다."

"네?"

프리츠는 황당하다는 듯 고개를 돌려 옆에 서 있는 이안을 바라봤다.

"의외군요. 저들과 가까워 보이던데. 해적들이 통행세를 달라고 요구한 겁니까?"

"그럴 리가요. 오히려 좋은 술을 대접받고 왔습니다."

"한데 왜?"

이안은 바다 저편으로 움직이고 있는 청상어 해적선을 응시하며 담담히 말했다.

"샤비치 선장의 체면을 좀 세워 주고 싶었습니다."

"흠, 그와 보통 인연이 아닌 것 같군요."

"그런 셈이죠, 하하하!"

이안이 소탈하게 웃으며 자신을 기다리고 있는 반언과 재무관에게 걸어갔다.

그의 뒷모습을 바라보던 프리츠는 고개를 끄덕였다.

'사람의 신분을 가리지 않고 사귀는구나. 포용력이 이 바다처럼 넓은 사람이다.'

프리츠가 새삼 이안에게 감탄을 할 때, 딕벤이 속삭였다.

"황자님, 이안 영주가 정말 보통 인물은 아닌 것 같습니다. 저 같으면 해적과의 관계를 부끄럽게 여기고 숨기려고 했을 텐데 말입니다. 저 해적들을 구하려고 일부러 나선 게 아니겠습니까? 자신의 명성에 흠집이 나도 말입니다."

딕벤은 처음으로 이안을 높이 평가했다.

프리츠는 그의 말에 공감했다.

"그래, 네 말이 맞다. 그는 다른 사람의 시선을 두려워하지 않아. 이번 일에서 나도 그것을 느꼈다."

"30년을 바다 던전에서 갇혀 있다 나온 밀레아너스 형님의 머리카락을 잘라 준 샤비치가 바로 저 녀석이었군요."

반언은 그동안 이안이나 밀레아너스로부터 샤비치에 관해 여러 차례 얘기를 들었었다.

어떤 사람인지 실물로 보고 싶었는데 이번에 보게 된 것이다.

바다를 바라보던 이안이 반언에게 말했다.

"맞아. 한때 해적을 그만두려고 육지로 나와서 이발사 노릇도 했었는데, 결국 그의 아버지와 삼촌처럼 해적의 길로 가게 됐어. 샤비치는 자신의 몸에 해적의 피가 흐르고 있다면서 바다에서 해적으로 죽을 거라더군. 자신은 해적의 운명을 타고났다고."

반언은 자신의 머리를 매만졌다.

"시간이 있었으면 저도 저 녀석에게 머리를 맡겼을 텐데 아쉽습니다."

그의 농담에 이안은 가볍게 웃으며 멀리 시선을 뒀다. 어느새 샤비치의 배가 꽤나 멀어져서 작게 보였다.

옆에 있던 재무관이 물었다.

"그런데 영주님, 외람되지만 조금 전에 샤비치에게 통행세를 주셨다고 하셨는데, 얼마나 주신 겁니까?"

"얼마 안 줬어."

"50금화 정도 주셨습니까?"

재무관의 말에 이안은 고개를 저었다.

"아니, 그것보다는 더 줬지."

"아, 그러시면 1백 금화 정도 주신 겁니까?"

이안은 헛기침을 하며 또다시 고개를 가로저었다.

재무관의 여유롭던 얼굴이 살짝 변했다.

"그럼 샤비치에게 얼마를 주신 겁니까?"

"3천 금화 정도 될 거야."

"예에? 통행세로 무려 3천 금화를 주셨다는 말씀입니까?"

입이 쩍 벌어진 재무관은 충격을 받았는지 몸이 뒤로 휘청 거렸다.

"저런 날강도 같은 놈들을 봤나! 아는 놈이 무섭다고 어디 감히 영주님께 3천 금화나 뜯어 가! 내 이놈들을!"

재무관이 옆에서 펄쩍 뛰자 이안이 미소를 지으며 차분하게 말했다.

"샤비치가 받지 않으려는 것을 내가 억지로 준 거야."

이안은 샤비치와 그의 수하들이 다른 해적들과 달리 선을 지키려 애를 쓰고 있다는 것을 재무관과 반언에게 설명해 주었다.

"사람들을 해치지 않고 말로만 위협을 하니 상선이고 여객선이고 통행세를 제대로 주지 않나 봐. 그런데 그게 모두 샤비치가 내 영향을 받아서 그런 거거든."

"그런 일이 있었군요."

재무관의 말에 이안은 바다를 내려다보며 답했다.

"나는 샤비치가 이대로 악명 높은 해적들 사이에서 초라하게 몰락하는 것을 보고 싶지 않아. 해적 군도에서 맺은 그와 나 사이의 관계를 보더라도 말이야. 그래서 어려운 길을 가는 그에게 돈을 준 거야. 그는 그것조차도 받지 않으려 했던 거고."

"그랬었군요. 소신이 내막을 몰라서 잠시 흥분했습니다. 용서해 주십시오."

재무관이 고개를 숙이며 사과를 하자, 이안은 담담히 웃으며 푸른 하늘을 올려다봤다.

"용서는 무슨, 별일도 아닌데."

그라일라는 창문 밖으로 보이는 도시의 거리를 내려다보고 있었다. 마차가 다니고 사람들이 웃으며 걷고 있었다.

"그라일라 님, 차 드십시오."

문을 두드리고 들어온 데카르트가 탁자 위에 찻잔을 내려놓았다.

창밖을 내다보던 그라일라는 몸을 돌려 탁자로 다가갔다.

이들은 일곱 호수와 상당히 떨어진 도시의 한 집을 빌려서 지내고 있었다.

그라일라의 부상이 심해 장기간 머물 곳이 필요했기 때문이다.

처음엔 여관에 머물 생각이었으나 수호자들의 추적을 의식한 데카르트는 여관 대신 아예 집을 통째로 빌렸다.

그래도 혹시 몰라 바깥출입을 할 땐 데카르트는 매우 조심을 했다.

의자에 앉은 그라일라는 데카르트가 정성껏 준비한 찻잔을 손에 들었다.

이틀 전만 해도 침대 생활을 해야 했던 그라일라는 지금은 약간의 거동이 가능해진 상태였다.

차를 한 모금 한 그라일라는 앞에 서 있는 데카르트를 바라봤다.

오전만 해도 낡고 허름한 옷이었는데, 지금은 고급스러운 옷으로 잘 차려입고 있어서 마치 귀족 가문의 자제 같았다.

"옷이 바뀌었구나. 여자라도 만나러 가는 것이냐?"

"아, 아닙니다."

얼굴이 붉어진 데카르트는 머리를 긁적였다.

"좋은 집에서 사는데, 제 행색이 남루해 보여서 며칠 전부터 계속 신경이 쓰였습니다. 사람들의 이목을 끌까 봐서요. 그래서 빵을 사 올 때 새 옷도 같이 샀습니다. 물론 그라일라 님이 입으실 새 옷도 사 왔고요."

물끄러미 데카르트를 바라보던 그라일라는 차를 다시 한 모금 마셨다.

"으음."

차를 마시던 그라일라가 신음을 흘리며 의자 등받이에 몸을 깊숙이 기댔다.

잠시 멈췄던 통증이 다시 밀려와 가슴이 찢어질 듯 아팠다.

"그라일라 님, 괜찮으십니까?"

데카트가 걱정을 담아 물었다.

"괜찮다."

하얀 나무의 힘이 깃든 바킬라의 단검은 용의 심장이 회복하는 것을 더디게 만들고 있었다. 그에 따라 그라일라가 받는 고통은 표현할 수 없을 만큼 극심했다.

그러나 그녀는 데카트에게 크게 내색하지 않고 있었다.

고통을 참고 차를 다 마신 그라일라는 자리에서 일어나 햇살이 들어오는 창가로 걸어갔다.

말없이 거리를 오가는 사람들을 내려다보는 그라일라의 뒷모습이 쓸쓸하게 느껴졌는지 데카트의 눈시울이 붉어졌다.

"그라일라 님, 바킬라 그 배신자를 제가 반드시 죽여 버리겠습니다!"

생각할수록 분했는지 데카트가 살기 짙은 목소리로 말했다.

"진짜 바킬라를 죽일 수 있겠느냐? 그를 형제처럼 여기던 녀석이."

"봐주지 않을 겁니다!"

거리를 바라보던 그라일라는 고개를 돌려 데카트를 쳐다봤다.

"네겐 그럴 기회가 없을 것이다. 다시 수호자 마을에 갈 땐 너를 데리고 가지 않을 생각이니까. 나 혼자 간다."

"그게 무슨 말씀이십니까?"

깜짝 놀란 데카트가 창가로 다가왔다.

"저도 함께 가겠습니다."

"부상을 입는 바람에 지난 천 년간 애써 용의 심장을 통제해 왔던 내 통제력이 많이 약해졌다."

그라일라는 다시 창밖으로 시선을 두며 말을 이어 갔다.

"다음에 싸울 땐 용의 심장이 폭주할 가능성이 매우 높다. 그땐 너도 다칠 수가 있어."

"괜찮습니다. 그래도 가고 싶습니다."

"내 말뜻을 이해 못 한 것이냐? 내 손으로 널 죽일 수도 있다는 말이다, 이 멍청한 녀석아!"

버럭 화를 내던 그라일라는 가슴을 부여잡고 휘청거렸다.

"그, 그라일라 님."

데카트는 그라일라를 부축해 침대로 향했다.

침대에 걸터앉아 숨을 돌린 그라일라는 어쩔 줄을 몰라 하는 데카트에게 말했다.

"쉬어야겠다. 그만 나가 보아라."

"……예, 그라일라 님."

데카르트가 기운 없는 얼굴로 방을 나가자 그라일라는 옷을 벗고 커다란 벽걸이 거울 앞으로 다가가 등을 비췄다.

거울에 비친 그녀의 등은 바킬라의 단검에 찔린 부위를 중심으로 피부가 검게 변하고 깊은 주름이 여러 개 생겨 있었다.

노화가 진행된 것이다.

잠시 거울을 노려보던 그라일라가 정신을 집중해 용의 심장에서 기운을 끌어내자 주름졌던 피부가 다시 팽팽해졌다.

이마에 식은땀이 맺힌 그라일라는 비틀거리며 침대에 쓰러졌다.

몸이 정상으로 회복되려면 아직도 많은 시간이 필요했다.

"어서 서둘러라! 날이 지기 전까지 이곳에 있는 빨랫감들을 모두 다 빨아야 한다!"

날카로운 눈매의 노파가 빨래터를 돌아다니며 일꾼들을 재촉했다.

빨래를 하는 사람들은 허리를 펼 시간도 없이 구슬땀을 흘리며 제국 감찰관들이 던져 놓은 옷들을 정신없이 빨고 있었다.

한쪽에선 세탁이 끝난 옷들의 물기를 짜내고 있었고, 또 다른 이들은 세탁이 끝난 옷들을 통에 담아 건조장으로 옮기고 있었다.

제국 감찰원에 상주하는 감찰관들만 수백 명이 넘었기에 빨래터는 늘 시간에 쫓기듯 일이 진행됐다.

"이봐! 너!"

노파가 돌아다니다 중년의 여인 앞에서 멈춰 섰다.

바지를 종아리까지 올리고 물통에 담긴 옷을 발로 밟아 때를 빼던 디일렌은 노파를 쳐다봤다.

"저요?"

"그래, 너!"

노파가 들고 있던 회초리로 디일렌의 종아리를 찰싹 때렸다.

"왜 이렇게 다리에 힘이 없어! 세게 밟으란 말이야, 세게!"

'이 늙은이가!'

디일렌은 빨래터에서 왕 노릇을 하는 제국 감찰원의 세탁 감독 노파를 순간적으로 노려보다가 금세 표정을 풀며 말했다.

"처음이다 보니 아직 익숙지 않아서 그랬어요."

"이년 데리고 온 사람 누구야!"

노파가 주변을 돌아보며 고함을 쳤다.

"저, 저예요."

덩치 큰 중년의 여자가 눈치를 보며 손을 들었다.

"일손이 부족해 힘 좋은 사람을 데리고 오랬더니, 왜 이런 얼굴만 곱상한 비리비리한 년을 데리고 온 거야?"

"죄송합니다, 어르신. 일거리가 필요하다고 해서."

덩치 큰 중년의 여자는 쩔쩔매며 대답을 했다.

그녀를 노려보던 노파는 고개를 획 돌려 다시 디일렌을 쳐다봤다. 마음 같아서는 일당도 주지 않고 당장 감찰원 밖으로 내보내고 싶었지만 요즘 빨랫감이 넘쳐 났다.

"죄송해요. 열심히 할게요. 이곳이 아니면 돈 벌 곳이 없어요."

디일렌이 사정을 하자 노파는 고민하는 척하다가 회초리로 그녀의 종아리를 또 한 번 때렸다.

"이번 한 번만 봐준다! 똑바로 해, 똑바로!"

"감사합니다, 어르신."

디일렌은 노파가 멀어지자 입술을 깨물며 힘 있게 빨래를 퍽, 퍽 밟아 댔다. 어렵게 기회를 만들어 들어온 감찰원 잡부였다.

더럽고 치사해도 이곳에서 버티면서 정보를 모아야 했다.

"감찰원을 지키는 경비들은 두 부류예요. 하나는 감찰원

자체를 지키는 자들. 다른 하나는 감찰원 안쪽에 있는 다미앵의 저택을 지키는 자들."

디일렌은 종이에 감찰원 내부의 모습을 그리며 설명을 이어 갔다.

잘랭과 라이던이 촛불이 켜진 탁자에 둘러앉아서 묵묵히 얘기를 듣고 있었다.

"경비를 서는 자들 모두 청색 제복의 감찰관들이었지만 다미앵의 집을 지키는 자들은 눈빛이 예사롭지 않았어요."

제국 감찰원의 감찰관들은 기본적으로 무력이 출중한 이들이었다. 그중에서도 실력이 뛰어난 자들이 다미앵의 저택 안팎을 지키고 있었다.

"다미앵은 봤나?"

잘랭이 묻자 디일렌이 고개를 좌우로 흔들었다.

"보지 못했어요."

디일렌은 빨래터에서 빨래만 한 게 아니라 세탁이 끝난 옷들을 배달하는 일까지 했다.

물론 혼자 배달한 게 아니라 기존에 일을 하던 사람과 같이 움직여서 운신에 제약이 있긴 했다.

하지만 감찰원 내부를 살펴보고 파악하기에는 최적의 신분이었다.

"수고했다."

이 모든 것을 하루 만에 파악해 온 디일렌의 능력을 잘랭은 칭찬했다.

처음으로 잘랭에게 인정을 받은 디일렌은 미소를 지었다.

까뮤 선착장에 발을 디딘 루크는 분주히 오가는 사람들을 바라보다가 눈을 감고 크게 숨을 들이마셨다.

'드디어 까뮤에 도착했어.'

얼마 전까지 군복을 입고 있었던 어린 병사 루크는 전쟁이 끝난 후 군복을 벗고 이젠 민간인이 되어 있었다.

등에 멘 그의 커다란 가방 안에는 그동안 모은 돈과 돌아 가신 부모님이 남겨 주신 유품. 그리고 그가 입을 옷가지 등 이 들어 있었다.

"뭐 하는 거냐?"

함께 배에서 내린 슐노반이 루크에게 물었다.

"까뮤의 공기를 느껴 보고 있었습니다."

"너 때문에 수레가 서 있다."

슐노반의 지적에 루크는 화들짝 놀라며 황급히 옆으로 비 켜섰다.

"길을 막아 죄송합니다."

수레를 끄는 사내에게 사과를 한 루크는 앞을 쳐다봤다.

슐노반이 커다란 보폭으로 벌써 저만치 걸어가고 있었다.

루크는 서둘러 슐노반을 따라갔다.

선착장을 벗어나 번화한 까뮤 거리에 접어든 루크는 잘 다듬어진 길 양옆으로 세워진 많은 건물들과 오가는 사람들을 구경하느라 정신이 없었다.

"슐노반 님, 여기저기 새 건물을 올리고 있는데요?"

"까뮤는 계속 성장 중이니까."

"네에…… 제가 모은 돈으로는 저런 큰 건물은 살 수 없겠습니다."

새로 지어지는 건물 중 하나는 여러 상점이 한꺼번에 문을 열 수 있을 만큼 규모가 컸다.

알베른에서 가장 잘나가는 마거티 상단이 짓고 있는 새 건물이었다.

"큰 건물을 갖고 싶은 것이냐?"

"있으면 좋지 않겠습니까? 그 건물에 슐노반 님과 제 이름을 새겨 넣는 겁니다."

루크는 희망 섞인 말을 하며 웃었다.

길을 걷던 슐노반은 덤덤하게 말했다.

"네가 원한다면 롤만 왕에게 부탁해 왕성에 그런 건물을 마련해 줄 수도 있다."

"예?"

깜짝 놀란 루크는 슐노반을 쳐다보며 다급히 손사래를 쳤다.

"아닙니다, 슐노반 님. 그냥 해 본 말이었습니다."

"진심인 것 같은데."

"정말입니다. 그리고 그런 건물은 제가 나중에 스스로 돈을 벌어서 사겠습니다. 슐노반 님의 도움을 받고 싶지 않습니다."

슐노반은 당황하는 루크를 보며 피식 웃다가 멀리 언덕 위의 알베른성을 응시했다.

지난번에 방문했을 땐 한겨울 눈이 알베른성을 하얗게 만들었었다. 그러나 지금은 언덕 주변의 푸른 나무들이 알베른성을 아름답게 감싸고 있었다.

"겨울에도, 여름에도 알베른성은 언제나 보기 좋군."

담담히 중얼거리던 슐노반은 이안을 만날 생각에 발걸음을 서둘렀다.

두 사람이 알베른성과 이어진 언덕 아래에 도착했을 때였다.

뒤에서 달려오던 말 한 필이 그들 옆에서 멈춰 섰다.

말을 탄 사람은 다름 아닌 톰이었다.

"역시 슐노반 님이셨군요."

반가워하며 말에서 내린 톰은 슐노반에게 정중히 인사를 건넸다.

"안녕하셨습니까, 슐노반 님."

"넌 알베른 영주 도서관의 사서 톰이구나."

"제 이름을 기억하고 계시는군요."

톰은 빙그레 미소를 지었다. 일전에 영주관 앞 분수대에서 숲노반의 부탁을 받고 그의 등을 긁어 준 적이 있었다.

"어찌 네 이름을 잊겠냐? 꼬맹이로 불렀다 혼이 났는데 말이다, 하하하!"

숲노반은 톰과 재회한 게 즐거웠는지 호탕하게 껄껄 웃었다.

'나보다 나이도 어려 보이는데 영주 도서관 사서라고?'

보통 도서관 사서는 똑똑하고 책을 많이 읽은 사람이 맡는 자리였다. 루크는 자신보다 어려 보이는 톰이 도서관 사서라는 것이 놀라웠다.

"안녕하세요, 톰입니다."

톰이 루크에게도 선뜻 인사를 먼저 건넸다.

갑자기 인사를 받은 루크는 정신을 차리며 고개를 숙였다.

"루크라고 합니다, 사서님."

루크는 이안의 신하인 톰에게 함부로 대하지 않고 공손하게 말했다.

"톰, 루크는 전쟁 중에 내 수발을 들던 당번병이었다. 지금은 군인이 아닌 신분으로 날 따라다니고 있지."

"그렇군요."

톰은 웃는 얼굴로 루크를 바라보다가 숲노반에게 시선을 돌렸다.

"성으로 가시는 겁니까?"

"그래, 이안 영주를 만나러 왔다. 성에 계시느냐?"

"아쉽게도 지금 영지에 안 계십니다."

톰의 대답에 슐노반이 언덕 위의 성을 한번 올려다본 후 다시 말했다.

"어디 멀리 가신 거냐?"

"네, 영주님은 얼마 전 배를 타고 서대륙으로 가셨습니다."

"서대륙이라고?"

슐노반은 미간을 좁혔다. 톰의 입에서 서대륙이라는 말이 나올 줄은 예상치 못했다.

"서대륙이라면 먼 길인데, 혹 무슨 문제라도 생긴 것이냐?"

갑작스러운 이안의 서대륙행이 신경 쓰였는지 슐노반은 걱정을 담아 물었다.

톰은 잠시 생각하다 답했다.

"문제가 있는 것은 아니고 영주님은 한스 황제의 초대를 받아서 제국 황성으로 가셨습니다."

"그래?"

슐노반은 턱을 매만졌다.

그가 아는 이안은 황제가 초대했다 해서 무턱대고 그 먼 길을 갈 사람이 아니었다. 더군다나 전쟁도 끝난 지 얼마 안

된 시점에서는 더욱 그럴 것이다.

뭔가 내막이 있을 것 같았다.

"혹시 황제가 왜 이안 영주를 초대했는지 아느냐?"

"저도 그것은 모릅니다."

톰의 말에 슐노반은 고개를 끄덕였다.

"그렇구나. 알려 줘서 고맙다. 오늘 이안 영주를 만나서 술을 마시려 했는데, 그것은 뒤로 미뤄야겠다."

아쉬움이 가득한 슐노반의 말에 톰은 고개를 숙였다.

"죄송합니다, 슐노반 님."

"하하하! 네가 죄송할 게 무엇이냐? 이안 영주가 일이 있어 영지를 비운 것을. 천천히 기다렸다 만나면 된다."

"기다리신다고요?"

"그래, 당분간 알베른에서 지낼 생각이다."

한배를 오래 타고 가다 보면 서먹했던 사람들도 어느덧 술잔을 기울이며 서로의 관심사를 얘기하는 사이로 발전하게 된다.

"형님, 제 잔 받으십시오."

술이 얼큰하게 오른 황실 호위 딕벤은 자신의 선실에서 재무관에게 술을 권했다.

"그래, 동생. 술 한 잔 크게 따라 보게."

재무관도 호기롭게 말하며 술잔을 내밀었다.

딕벤은 재무관의 술잔에 술을 따른 뒤, 술병을 탁자에 내려놓았다.

얼마 전까지만 해도 서로 신경전을 벌였던 두 사람은 급기야 언쟁을 벌이다가 낮에 갑판에서 이안과 프리츠 몰래 몽둥이를 들고 대결을 펼쳤다.

지는 쪽은 앞으로 상대방을 형님이라고 부르기로 했는데, 딕벤이 재무관에게 사정없이 얻어터진 것이다.

재무관을 우습게 봤던 딕벤은 결과에 큰 충격을 받았지만, 약속을 번복하지는 않았다.

이마에 커다란 혹이 생긴 딕벤은 술을 마시며 말했다.

"아까 그 몽둥이로 펼친 검술은 정말 멋있었습니다. 나중에 배에서 내리면 진검으로 다시 한번 싸우고 싶을 정도로 말입니다."

"운이 좋아 이긴 것이네. 자네 실력이 더 뛰어나."

재무관은 딕벤의 변화무쌍한 몽둥이질에 한동안 고전을 했었다.

"아닙니다. 저 같은 황실 호위가 어떻게 운이 나빠서 지겠습니까? 형님의 실력이 뛰어났던 겁니다. 초강자라 해도 믿을 실력이었습니다."

"초강자라니, 아직 그 정도 경지에는 이르지 못했네."

재무관은 미소를 지으며 술잔을 눈높이로 들었다.

"아무튼 오늘 난 동생을 다시 보게 됐네. 장난처럼 시작한 대결이었는데 그 결과를 받아들이고 날 형님으로 대해 주다니, 솔직히 감동했네. 역시 황실 호위다워!"

"음하하하!"

딕벤은 어깨를 들썩일 정도로 크게 웃으며 재무관처럼 술잔을 높게 들었다.

"과찬이십니다. 형님이야말로 동대륙의 떠오르는 영지인 알베른의 재무관이 아니십니까?"

"하하하!"

서로를 추켜세운 둘은 화기애애한 분위기 속에서 술잔을 비웠다.

"나만 놔두고 두 사람만 술을 마시다니, 이래도 되는 건가?"

반언이 선실문을 벌컥 열고 들어오며 섭섭하다는 듯 말을 하자, 두 사람이 자리에서 일어서며 동시에 말했다.

"함께하시죠."

"토먼 경이 딕벤을 이기다니, 예상치 못했습니다."

프리츠는 석양으로 물든 붉은 빛깔의 하늘을 바라보며 말했다.

배 후미에서 프리츠와 함께 석양을 감상하던 이안이 담담히 대꾸했다.

"두 사람의 실력은 큰 차이가 없었습니다."

"그러니 놀라운 게 아닙니까?"

프리츠는 이안을 바라봤다.

"영지의 재정을 담당하는 관리가 저 정도 무예 실력이라니. 다른 관리들은 또 얼마나 대단하겠습니까?"

"제국의 관리들에 비하겠습니까?"

이안이 겸손하게 말을 받았다.

잠시 이안을 바라보던 프리츠는 선원들이 술과 술잔을 가지고 오자 배 후미 갑판 바닥에 주저앉으며 말했다.

"이안 영주님, 우리도 여기 앉아서 술잔을 나누는 것이 어떨까요? 석양을 구경하면서 말입니다."

"그럴까요?"

이안은 빙그레 미소를 지으며 갑판에 편하게 앉았다.

서로의 잔에 술을 채워 준 두 사람은 그 어느 때보다 붉게 타오르는 석양을 바라보며 술잔을 기울였다.

"오늘은 유독 석양이 붉군요. 마치 해가 폭발한 것 같습니다."

이안의 표현이 재밌었는지 프리츠는 웃으며 고개를 끄덕였다.

"네, 그런 것 같습니다."

이안은 웃고 있는 프리츠를 물끄러미 바라보다가 말했다.

"제가 성화를 가진 것을 어떻게 확신하고 오셨습니까? 소문만으로 이렇게 오시진 않았을 텐데요."

이안의 질문에 프리츠는 술잔을 갑판 바닥에 내려놓았다. 그러고 보니 이안이 자신에게 질문을 한 것은 몇 가지 없었다. 그것도 대부분 부황의 초대와 관련한 질문들이었다.

성화와 관련된 질문은 그래서 '왜 이제야 이런 질문을 하는 걸까?' 하는 생각이 들 정도로 늦은 감이 있었다.

'참을성이 대단한 사람이야. 꾹 참고 있다가 이 바다 위에서 물어보다니.'

프리츠는 턱에 난 짧은 수염을 매만진 뒤 이안에게 말했다.

"샬렌교 교단에 서대륙 출신의 대신관들이 있습니다. 부황께서 그들을 통해 성화의 진위 여부를 확인하셨습니다."

"그렇군요."

"저도 궁금한 게 있습니다."

"예, 말씀하십시오."

이안은 술잔에 술을 따르며 부드럽게 말했다.

"시페로스에서 용체를 없앴다고 들었습니다. 세상에 다시 없을 기물과도 같은 물건인데, 왜 이안 영주께서는 그것을 차지하지 않고 파괴하신 것입니까?"

"음, 용체 말이군요."

술을 조금 마신 이안은 프리츠를 바라보며 입을 뗐다.

"용체가 세상에 해로워 보였기 때문입니다. 실제로 그날 시페로스의 많은 병사들이 용체의 힘을 흡수한 한 마법사에게 학살을 당했습니다. 고대 세상을 위협한 고대 용의 그림자가 어른거리는 듯했죠."

잠시 말은 끊은 이안은 석양을 바라보며 말을 이어 갔다.

"게다가 용체로 위험한 일을 꾸미는 자들까지 있어서, 용체를 더더욱 그냥 둘 수가 없었습니다. 그래서 없앤 겁니다."

"세상을 위해서 용체의 유혹을 뿌리쳤군요."

프리츠는 크게 감탄을 했다. 전설의 용체 앞에서 욕심을 내지 않기란 참으로 어려운 일일 것이다.

"대단하십니다, 이안 영주님."

"별말씀을요."

이안이 쑥스러운 듯 남은 술잔의 술을 비웠다.

프리츠는 이안의 빈 잔에 술을 따라 주며 말했다.

"사실 부황의 초대장을 가지고 왔지만 이렇게 빨리 이안 영주님께서 황실을 방문해 줄 거라고는 생각지 못했습니다. 절 보내신 부황께서도 마찬가지일 테고요. 아마 제가 이안 영주님과 함께 가면 부황께서 매우 놀라실 겁니다."

"이런, 전 급한 일인 줄 알고 다른 일을 뒤로 미뤄 두기까지 했습니다. 괜히 서둘렀군요."

이안이 짐짓 억울하다는 표정을 짓자 프리츠가 소리 내어 웃다가 점차 웃음기를 지워 갔다.

그리고 진지한 표정으로 말했다.

"촌각을 다투는 급한 일이 아닌 것은 맞습니다. 그러나 그렇다고 여유를 가질 일도 아닙니다. 언제 상황이 바뀔지 모르니까요. 다시 한번 초대에 응해 주셔서 감사드립니다, 이안 영주님."

프리츠의 얼굴을 깊은 눈빛으로 바라보던 이안은 술잔을 들었다.

"제가 가서 해결할 수 있는 일이면 좋겠군요."

말을 마친 이안은 술잔을 비운 뒤 하늘을 응시했다. 불타던 석양이 점차 어둠 속으로 사라지고 있었다.

홀로 나룻배를 타고 강에 나가 밤낚시를 하고 돌아오던 그로만은 집 앞 선착장에 앉아 있는 거대한 덩치의 사내를 발견했다.

달빛을 맞으며 선착장에 앉아 있는 사내는 슐노반이었다.

"날 기다리고 있는 것이오?"

슐노반을 알아본 그로만이 선착장을 향해 나룻배의 노를 저으며 소리쳐 물었다.

전장에서 적으로 만났던 두 사람은 지난번 재대결 이후 과거의 앙금을 털어 냈다.

"그렇소. 물고기는 많이 잡으셨소?"

슐노반이 엉덩이를 털며 자리에서 일어섰다.

"한 끼 먹을 만큼은 잡은 것 같소."

선착장에 도착한 그로만은 선착장 말뚝에 배와 연결된 줄을 묶은 후 낚시 도구와 물고기가 든 통을 들고 배에서 내렸다.

"겨울에 보고 여름에 다시 보는구려."

그로만이 옅은 미소를 지으며 말하자, 슐노반은 껄껄 웃었다.

"그러게 말이오. 어떻게, 잘 지내셨소, 그로만 경?"

"물론이오."

그로만은 방금 전 타고 온 배를 가리켰다.

"배도 만들고 의자도 만들고 창고도 넓히고, 영주님과 몬스터 토벌도 하고, 아주 편히 잘 지내고 있소."

전 왕실 기사단장 그로만은 과거에 비해 한결 유쾌해져 있었다. 그것을 느낀 슐노반은 내심 고개를 끄덕였다.

"한데, 내가 낚시를 간 것은 어찌 알고 기다린 것이오?"

그로만이 집 방향으로 걸어가자 슐노반이 따라가며 답했다.

"당신 집에 갔다가 보엥 원로를 만났소. 그에게 당신이 낚시를 간 것 같다고 들었소."

"그렇구려. 한데, 보엥을 아시오? 슐노반 경이 지난번에 방문했을 땐 보엥이 이곳의 원로가 아니었는데."

마치 보엥을 잘 아는 사람처럼 슐노반이 말하자 그로만이 궁금했는지 물었다.

"이안 영주에게 들은 적이 있어서 그를 보자마자 바로 알아볼 수 있었소. 조금 전까지 나와 저 선착장에서 대화를 나누다 자신의 집으로 돌아갔소."

한 팔을 잃었지만 그것을 극복하고 과거보다 더 뛰어난 초강자가 된 보엥은 슐노반이 보기에도 대단한 면이 있었다. 그래서 첫눈에 상대가 마음에 든 슐노반은 떠나려는 그를 붙들고 선착장에서 대화를 나눈 것이다.

"그랬었구려. 어쩐지 선착장에 술병이 놓여 있다 했소."

"미안하오. 주인 없는 집에서 술을 몇 병 꺼내 와 마셨소. 보엥 원로를 탓하지는 마시오."

슐노반이 헛기침을 했다.

"저 집은 내 집이지만 우리 원로들의 쉼터와 같은 곳이오. 우리는 그런 것에 구애받지 않으니 신경 쓰지 마시오."

그로만이 웃으며 말했다.

두 사람은 잠시 후 그로만의 집 안으로 들어갔다.

잡은 물고기를 주방에 내려놓은 그로만은 몸을 돌려 슐노반을 쳐다봤다.

"매콤한 생선 수프를 만들까 하는데, 드시겠소?"

"물론이오. 내가 뭐 도와줄 건 없겠소?"

슐노반은 밤낚시를 다녀온 그로만이 자신을 대접하려 하자 미안한 마음에 물었다.

"아니오, 금방 끝나니 앉아서 편히 기다리시면 되오."

그로만은 능숙한 솜씨로 물고기의 비늘과 내장을 제거한 후, 생선 수프를 만들기 시작했다.

"영주님이 서대륙으로 가신 것은 알고 있소?"

주방에서 그로만이 묻자 의자에 앉아서 벽에 걸린 그림을 감상하던 슐노반이 대꾸했다.

"아까 들었소. 한스 황제가 자신의 아들을 보내 이안 영주에게 도움을 요청했다고 말이오."

톰을 만난 이후 슐노반은 관청에 들러 문관과도 만났다. 그때 조금 더 자세한 이야기를 문관으로부터 들을 수 있었다.

"이안 영주의 성화로 무엇을 하려 하는지 짐작이 되지 않소."

슐노반의 말에 그로만이 국자로 수프를 저으며 담담히 말했다.

"한스 황제가 자신의 지위를 믿고 우리 영주님께 무리한 요구를 한다면, 아마 큰코다칠 것이오."

"맞는 말씀이오. 이안 영주가 어떤 사람인지는 당해 본 사람만이 알 수 있지, 하하하!"

슐노반이 크게 소리 내어 웃자 요리를 하던 그로만도 낮게 웃었다.

얼마 후 그로만은 완성된 생선 수프를 접시에 담아 탁자로 걸어왔다.

"술도 드시겠소?"

"매운 요리와 술은 잘 어울리는 조합이 아니겠소? 술도 마십시다."

탁자에 수프 접시들을 내려놓은 그로만은 술을 가지고 돌아왔다.

"잘 먹겠소, 그로만 경."

슐노반은 매콤한 생선 수프를 맛본 후 얼굴에 미소가 어렸다. 생선 수프는 비리지도 않고 아주 맛있었다.

"훌륭하오, 그로만 경. 아주 맛있소."

"입에 맞는다니 다행이오."

두 사람은 주거니 받거니 하며 매콤한 생선 수프를 안주 삼아 술잔을 나눴다.

"이안 영주는 지금도 배를 타고 바다를 항해하고 있겠구려."

"그럴 것이오. 뱃길로 20일은 걸린다 했으니 말이오."

"이것 참 아쉽게 됐소. 내가 일찍 오거나 반대로 그가 늦게 떠났다면 나도 그 배에 타고 있었을 텐데."

슐노반은 그로만의 술잔에 술을 따라 주며 아쉬워했다.

그로만은 슐노반을 바라봤다.

"슐노반 경도 서대륙이 궁금하오?"

"아니오. 내가 궁금한 건 다섯 왕국을 짧은 시간 만에 통일한 한스 황제요. 이안 영주와 함께 갔다면 한스 황제를 쉽게 만날 수 있었을 테니 그게 아쉬워서 그렇소."

"그렇구려."

잠시 생각하던 그로만은 자리에서 일어섰다.

"새 술을 가지고 오겠소."

어느새 술병이 바닥이 나 있었고 그로만은 자리에서 일어나 새 술을 가지고 돌아왔다.

"전쟁이 끝난 왕성 분위기는 어떻소?"

그로만이 묻자 슐노반은 물고기의 뼈를 씹어 먹으며 묵직하게 답했다.

"평화가 왔다며 모두가 좋아하고 있소. 롤만 왕도 내정에 관심을 기울이고 있어서 민심도 빠르게 안정되었고. 그 덕에 나도 이곳에 마음 편히 정착할 수 있을 것 같소."

술잔을 입가로 가져가던 그로만이 술잔을 도로 탁자에 내려놨다.

"그게 무슨 말씀이오?"

"당분간 알베른에서 살 생각이오. 1년이 될지 10년이 될지는 모르겠지만 말이오."

"영주님을 기다리는 것이 아니라 아예 이곳에서 사시겠다는 말씀이오?"

"그렇소. 말썽 피우지 않고 조용히 지내면 이안 영주가 날 쫓아내진 않을 것 같은데, 하하하!"

슐노반은 껄껄 웃었다.

"왜 이곳이오?"

그로만이 묻자 슐노반은 차분한 눈빛으로 말했다.

"전쟁이 끝난 후 드노웨아의 산속으로 돌아갈까 생각도 해봤소. 가족과 함께 살던 추억이 깃든 장소이자 내게 익숙한 고향과도 같은 곳이니까."

잠시 말을 멈춘 슐노반은 그로만을 바라보며 말을 이었다.

"그런데 혼자서 무슨 재미로 살겠소. 내 자신에게 벌을 주는 것도 아니고. 그래서 알베른으로 온 것이오. 이곳이라면 적당히 조용하면서도 사람 사는 맛이 날 테니까."

"……."

슐노반을 말없이 응시하던 그로만의 입가에 언뜻 미소가 떠올랐다 사라졌다. 그의 마음을 알 것도 같았기 때문이다.

"롤만 왕이 붙잡지 않았소? 당신을 보내기 싫었을 텐데."

"롤만 왕과 나는 그런 딱딱한 관계가 아니오. 내가 알베른으로 간다고 하니, 오히려 기뻐했소. 그래서 드리는 말씀인데……."

슐노반이 창문 너머 어딘가를 손으로 가리켰다.

"경의 집에서 얼마 떨어지지 않은 곳에 강이 내려다보이는 전망 괜찮은 넓은 공터가 있지 않소? 경의 집처럼 뒤쪽으로 나무들도 많이 심어져 있고."

"어딜 말하는지 알 것 같소. 한데 그곳은 왜?"

"그곳에 내가 머물 집을 지을 생각이오. 그래도 괜찮겠소?"

그로만은 미소를 지으며 말했다.

"아니, 당신이 살 집을 왜 내게 허락을 받는 것이오?"

"한적함이 좋아서 이 집을 선택했을 게 아니오. 그런데 내가 근처에 집을 짓고 살면 아무래도 신경이 쓰일 수도 있을 것 같아서 그러오."

"거리가 아주 가까운 것도 아니고, 설령 바로 옆에 집을 짓는다 해도 나는 상관없소. 그러니 나 때문이라면 개의치 말고 뜻대로 하시오."

"정말 그래도 괜찮겠소?"

슐노반은 크게 기뻐했다.

"양해를 해 줘서 고맙소. 사실 그 자리는 지난겨울에 왔을 때 마음에 담아 둔 장소였소."

"그랬었구려."

"아까 관청에서 문관을 만났을 때 그곳에 집을 지어도 괜찮다는 허락을 받았지만, 만약 그로만 경이 난색을 표했다면 나는 다른 장소를 물색했을 것이오."

그로만은 슐노반이 자신의 눈치를 봤다는 게 신선했는지

그저 웃음만 나왔다.

'이 사람도 많이 변했군.'

얼마 후 술자리를 마친 슐노반과 그로만은 현관을 거쳐 뜰로 나갔다.

더위를 식혀 줄 시원한 바람이 불어오고 있었다.

"집은 직접 지을 것이오?"

"그럴까 싶지만, 뭐 중간에 힘들면 목수들의 손을 빌려도 괜찮지 않겠소?"

슐노반의 말에 그로만이 미소를 지으며 고개를 끄덕였다.

"가끔 가서 힘을 보태겠소."

"환영하오, 하하하!"

껄껄 웃은 슐노반은 강물을 바라봤다.

거인족 섬에서 가족의 복수도 했고, 롤만 왕을 도와 전쟁도 끝을 냈다. 이제 알베른에서 또 다른 삶을 시작할 생각이었다.

황성의 웅장한 건물들과 대로를 달리는 수많은 마차들을 바라보며 길을 걷던 수호자 마을의 장로 모레르는 부챗살처럼 뻗어 있는 여러 갈림길 앞에서 멈춰 섰다.

'어느 곳으로 가야 하나?'

잠시 길을 살피던 그는 지나는 사람을 붙잡고 길을 물었다.

"실례하오. 제국 감찰원으로 가려면 어느 길로 가야 하오?"

"감찰원 말씀이오?"

"그렇소."

"저쪽 길을 따라 쭉 가다가 보면 나올 것이오."

사내가 길을 알려 주자 후드를 쓰고 있던 모레르가 미소를 지었다.

"고맙소."

"그런데 무슨 일로 그곳을 찾는 것이오? 감찰원은 함부로 갈 곳이 못 되는데."

황성 사람들은 감찰원을 두려워하고 있었다. 그것을 느낀 모레르가 담담히 말했다.

"볼일이 있소. 아무튼 고맙소."

모레르는 사내가 알려 준 방향으로 계속 걸어갔다. 그리고 중간에 또 다른 사람에게 길을 물어본 끝에 황성 서쪽에 위치한 제국 감찰원을 찾을 수 있었다.

높은 돌담으로 인해 내부의 모습이 잘 보이지 않는 감찰원의 정문은 성문처럼 웅장했다.

청색 제복을 입은 감찰관들이 허리에 검을 차고 서 있는 그곳으로 모레르가 다가갔다.

"무슨 일이냐?"

정문을 지키는 감찰관 중 하나가 고압적인 말투로 물었다. 제국의 모든 관리들을 감찰하는 이들 감찰관들의 대단한 위세는 정문을 지키는 감찰관에게서도 표출됐다.

모레르는 머리에 쓴 후드를 등 뒤로 넘기며 말했다.

"제국 감찰원장이신 다미앵 경을 만나려고 왔소."

"뭐라? 감찰원장님을 만나려고 왔다고?"

감찰관의 말에 주변에 서 있던 다른 감찰관들이 일제히 모레르를 쳐다봤다.

"그렇소. 모레르가 왔다고 하면 날 만나 주실 것이오. 그러니 가서 내 이름을 전해 주시면 고맙겠소."

"당신이 누군데?"

"모레르요."

"당신 이름 말고, 신분!"

"내 이름이 내 신분이오."

수호자 마을에서 왔다고 얘기할 수는 없었다.

어이없다는 듯 모레르를 노려보던 감찰관이 으름장을 놨다.

"노인장, 만약 장난을 치는 거라면 목을 내놓아야 할 것이오. 자신 있소?"

"내 이름을 전해 주시오."

모레르가 흔들림 없이 말을 하자 감찰관이 동료들을 한번 쳐다본 후 조금 누그러진 기세로 그에게 말했다.

"험, 여기서 기다리시오. 시간이 좀 걸릴 것이오."

감찰관이 감찰원 내부로 걸어 들어가자 모레르는 뒷짐을 진 채 기다리기 시작했다.

시간이 상당히 흘러갔고, 어느덧 해가 뉘엿뉘엿 지고 있었다.

안에 보고를 하기 위해 들어갔던 감찰관이 멀리서부터 부리나케 뛰어왔다.

쉬지 않고 뛰어온 그는 말없이 기다리던 모레르를 향해 허리를 깊숙이 숙였다.

"안으로 모시겠습니다, 모레르 님!"

완전히 달라진 그의 태도에 주변에 있던 감찰관들의 표정이 살짝 변했다.

그들은 새삼스럽게 모레르를 쳐다봤다.

"저를 따라오시면 됩니다."

"고맙소."

후드를 머리에 다시 쓴 모레르는 태도가 바뀐 감찰관을 따라 감찰원으로 들어갔다.

한스 황제는 다섯 왕국을 통일한 후, 넓은 영토를 효율적으로 통치하기 위해 20명의 총독을 임명해 그들로 하여금 각 지역을 관리토록 했다.

이들 총독들은 대부분 제국 통일 전쟁 때 혁혁한 공을 세운 이들이었다.

수십 년간 변함없이 총독직을 유지해 온 일부 공신들은 그 지역에서 막강한 권세를 누리며 왕처럼 군림하고 있었다.

"다미앵 경, 아무리 경이라 해도 내게 이러실 수는 없소! 나는 바르틴 지역의 총독이오! 황제 폐하를 만나게 해 주시오!"

어두운 취조실에서 거꾸로 매달려 있던 노인이 눈을 부릅뜨며 항의했다.

그의 전신은 모진 고문으로 인해 피투성이였다.

의자에 앉아서 차가운 눈빛으로 놀런 총독을 응시하던 장대한 체구의 노인이 묵직한 목소리로 말했다.

"놀런, 죄를 인정하나?"

"대체 내게 왜 이러는 것이오, 다미앵 경! 우리는 제국 통일 전쟁 때 함께 싸운 사이가 아니오! 억울하오!"

놀런이 몸부림을 치며 외치자 천장과 이어진 쇠사슬들이 출렁거렸다.

의자에서 일어선 다미앵이 거꾸로 매달려 있던 놀런에게 걸어갔다.

"너는 내가 보낸 감찰관들을 함정에 빠트려 죽였다. 죄를 인정하느냐?"

다미앵의 말에 억울하다던 놀런의 얼굴이 굳어졌다.

"무, 무슨 소리요? 난 모르는 일이오."

"모른다고? 그 일에 관여한 자들의 증언을 이미 확보했다."

"그, 그것은……."

"감찰관들이 너의 비리를 파헤치니 아예 죽여서 입막음을 한 것이냐?"

"오, 오해시오. 내게 과잉 충성을 하는 수하들이 우발적으로 저지른 짓이오. 나와는 전혀 무관하오. 하늘에 맹세할 수 있소!"

부인하던 놀런이 변명하듯 말했다.

차가운 시선으로 놀런을 응시하던 다미앵이 입을 뗐다.

"죄를 인정하면 정상참작을 하겠다. 널 죽이되 가문은 부지하게 해 줄 것이다. 그러나 죄를 인정하지 않는다면, 너는 물론 네놈의 가족은 단 한 사람도 살아남지 못할 것이다."

서슬 퍼런 다미앵의 경고에 놀런이 발작적으로 외쳤다.

"제국엔 법이 있소! 당신이 아무리 감찰원장이라 해도! 황제 폐하와 가깝다 해도! 나를 처형할 수 있는 것은 오직 황제 폐하의 명뿐이오! 폐하를 만나 소상하게 설명할 테니, 뵙게 해 주시오!"

"하루의 시간을 주겠다. 잘 생각해 보아라. 그 뒤엔 감찰관들이 네놈의 가문으로 움직일 것이다."

무표정한 얼굴로 말을 한 다미앵이 취조실을 나가려 하자
놀런이 고함을 쳤다.

"자, 잠깐만! 원하는 게 무엇이오! 다미앵 경! 다미앵 경!"

취조실을 나온 다미앵이 담당 감찰관에게 명했다.

"저놈의 죄상을 정리해 놓아라. 내일 황궁으로 갈 것이
다."

"예!"

취조실이 있는 지하 감옥을 벗어나 감찰원 본관으로 올라
온 다미앵은 본관 1층 서고로 들어갔다.

서고 한쪽 벽을 지키던 감찰관들은 다미앵이 다가오자 절
도 있게 경례를 한 후, 자신들의 등 뒤에 있는 서가를 옆으로
밀었다.

드르륵.

옆으로 밀린 서가 안쪽엔 지하로 내려가는 계단이 있었다.

다미앵의 저택과 연결된 지하 통로였다.

평소 다미앵은 감찰원을 오갈 때 이 지하 통로를 이용했
다.

감찰관들의 인사를 받으며 계단을 통해 아래로 내려간 다미
앵은 등불이 환하게 밝혀진 지하 통로를 뚜벅뚜벅 걸어갔다.

보폭은 일정했고, 앞을 응시하는 그의 눈은 어딘지 공허해
보였다.

'42, 43, 44.'

마음속으로 자신의 발걸음 숫자를 세며 걷던 다미앵은 얼마 후, 지상으로 올라갔다.

"오셨습니까."

지하 통로와 연결된 방에서 다미앵을 기다리던 그의 심복 바딤이 공손히 허리를 숙였다.

"그는 어디에 있느냐?"

다미앵이 그가 누구인지 구체적으로 언급하지 않았지만 바딤은 쉽게 알아들었다.

"손님은 조금 전에 도착해 접견실로 안내했습니다."

방을 나선 다미앵은 모레르가 있는 접견실로 향했다. 뒤를 따라가던 나이 지긋한 바딤이 조용히 말했다.

"오늘 황궁에서 대신 베르너를 주축으로 한 몇몇 대신들이 감찰원장님의 은퇴를 언급했다고 합니다."

"늘상 있는 일이 아니더냐? 신경 쓸 필요 없다."

"그런데 이번엔 다릅니다. 그 자리에 있던 황태자가 일축하지 않고 여지를 남겼다고 합니다."

복도를 걷던 다미앵이 걸음을 멈췄다.

중년의 황태자는 2년 전부터 신하들과 국사를 논하며 후계자로서의 입지를 다지고 있었다.

황제는 전면에 나서지 않고 제국을 황태자의 손에 맡겨 둔 채 지켜보고 있는 것이다.

침묵하는 다미앵에게 바딤이 말했다.

"본보기로 베르너를 잡아들여 저들에게 경고를 하는 것이 좋을 듯합니다."

"아니다, 그냥 두어라. 황태자가 어찌 나올지 나는 궁금하구나."

차갑게 말을 내뱉은 다미앵은 멈췄던 걸음을 다시 옮겼다.

기품 있게 꾸며진 방 안에서 다미앵을 기다리던 모레르는 그가 문을 열고 들어오자 의자에서 일어섰다.

홀로 방에 들어온 다미앵은 문 앞에서 모레르를 뚫어지게 응시하다가 앞으로 걸어갔다. 무표정했던 그의 얼굴에 미소가 걸려 있었다.

"모레르, 오랜만이네."

"오랜만입니다."

겉모습은 모레르가 더 늙어 보였지만 나이는 다미앵이 조금 더 많았다.

실제로 수호자 마을에서 그들은 형님, 동생 하는 사이이기도 했다.

덥석.

모레르와 크게 포옹을 한 다미앵은 껄껄 웃으며 자리를 권했다.

"자, 앉게."

푹신한 의자에 앉은 두 사람은 서로를 한동안 바라봤다. 수십 년 만에 만난 그들은 모두 주름이 가득한 사람들이 되어 있었다.

"자네가 날 찾아오다니, 믿어지지 않는군."

수호자 마을을 떠난 뒤로 다미앵은 수호자들과 담을 쌓고 살아왔다.

수호자의 의무를 저버렸다며 극렬하게 비난하는 그들에게 머리를 숙일 생각은 없었기 때문이다.

"저도 이곳에 오게 될 줄은 상상도 못 했습니다."

"아직도 날 미워하나?"

"미워하고 말고의 문제가 아니지 않습니까? 사명과 의무에 대한 얘기입니다."

"됐네. 그 얘기를 하면 내가 자넬 이길 수가 없어."

다미앵은 모처럼 만난 수호자 마을 사람과 다투기 싫었다.

"저도 그 얘기는 더 하고 싶지 않습니다. 아무튼 수호자 마을을 떠날 때, 우리들에게 장담한 대로 많은 것을 이룩하셨군요."

모레르의 의미심장한 말에 다미앵은 쓴웃음을 지었다.

"그래, 무언가를 이루기는 했지."

잠시 모레르의 얼굴을 바라보던 다미앵이 물었다.

"아르크 단장님은 살아 계신가, 아니면 돌아가셨나?"

"아직 정정하십니다. 여전히 단장직을 맡고 계시죠."

"그렇군. 우리보다 장수하시겠어."

고개를 끄덕이던 다미앵은 자리에서 일어섰다.

"저녁 식사를 준비했네. 가서 술과 음식을 즐기며 얘기를 나누도록 하세."

"미안하지만 형님과 술을 마시기 위해 온 것이 아닙니다. 마을의 공적인 일로 왔습니다."

딱딱한 그의 말투에 일어섰던 다미앵이 고개를 돌려 모레르를 내려다봤다.

"나도 짐작하고 있네. 아르크 단장님이 살아 계시는데 자네가 마음대로 날 찾아오진 않았겠지. 그래도 수십 년 만에 만났지 않나? 술이라도 한잔하면서 얘기를 나누세."

"얼마 전 하얀 나무를 노리는 자가 마을을 공격했습니다. 막아 내긴 했지만 많은 수호자들이 죽거나 다쳤습니다. 지금 마을은 도움이 필요합니다."

모레르의 말에 얼굴이 굳어진 다미앵이 다시 의자에 앉았다.

"대체 누가 그런 짓을 벌인 건가?"

"용의 심장을 가진 거인족 여자였습니다."

"뭐라고?"

깜짝 놀라는 다미앵에게 모레르가 말을 이었다.

"여기 아르크 단장님의 편지를 가지고 왔습니다."

모레르가 품 안에서 편지를 꺼내자 다미앵이 손을 내뻗었다.

하지만 모레르는 고개를 가로저었다.

"이 편지는 형님에게 쓴 편지가 아닙니다. 한스 황제에게 쓴 편지지요. 그를 만날 수 있게 절 황궁으로 데려다주십시오."

손을 내뻗었던 다미앵이 천천히 손을 거두며 말했다.

"자네가 날 찾아온 것은 단순히 그 이유 때문이었나? 한스 황제에게 데려다 달라는?"

"하얀 나무가 위기에 처해 있습니다. 수호자 마을의 최강자였던 그분만이 이번 위기를 해결할 수 있습니다."

다미앵은 순간 깨달았다.

수십 년 전 나드 한스와 함께 마을을 떠났지만, 수호자 마을이 기억하는 건 제국의 황제가 된 나드 한스뿐이라는 것을.

다섯 왕국의 초강자들을 으스러트리며 제국을 세우는 데 앞장섰지만, 하늘에 빛나는 이름은 오직 하나였다.

나드 한스.

한동안 말없이 모레르를 바라보던 다미앵이 말문을 열었다.

"알겠네. 황제에게 데려다주지."

긴 항해를 하며 선원들과 친해진 반언은 지루했는지 그들을 갑판에 잔뜩 모아 놓고 이야기보따리를 풀어놓고 있었다.

수십 명의 선원들은 잠자리에 들지 않고 약간의 술을 마시며 반언의 이야기에 귀를 기울였다.

"내가 이르카 3대 명장으로 명성을 올리게 된 여러 전투 이야기는 이쯤에서 끝을 내고, 다음은 무슨 얘기가 좋을까……. 그래, 이곳이 바다니까 바다 던전 얘기를 해 주도록 하지."

"예? 바다 던전요?"

선원들이 깜짝 놀라며 침을 꿀꺽 삼켰다.

바다 던전은 바다를 항해하는 선원들에게 공포의 대명사였다.

"바다 던전이 실재한다는 말씀입니까?"

평소 바다 던전의 존재를 믿지 않던 한 젊은 선원이 물었다.

"물론이지. 육지에도 던전이 있는데 바다에 던전이 없으라는 법은 없지. 바다 던전은 존재해. 이 주변 해역 어딘가에 있을 수도 있다."

반언은 자신을 빙 둘러싼 갑판 위의 선원들을 바라보며 음산하게 말을 했다.

"난파선을 타고 다니는 해골 병사들이 바다 던전에 들어온 인간들을 공격해 모두 죽여 버리지. 그리고 그렇게 죽은 인간들을 가득 실은 배들은 바다의 무덤으로 흘러 들어간다. 바다의 지옥인 셈이지."

선원들은 소름이 오싹 돋았다.

반언은 씨익 웃으며 술병을 들어 술을 몇 모금 마셨다.

"믿을 수 없습니다. 바다 던전 얘기는 무수히 많지만 실제로 그곳을 다녀왔다고 주장하는 이들은 배가 목적지에 늦게 도착하거나 배가 파손된 핑계를 대려고 바다 던전을 들먹이는 사람들이었습니다. 바다 던전은 허구입니다."

처음 질문을 한 젊은 선원이 반언의 눈치를 보며 조심스럽게 반박을 하자 반언이 눈을 부라렸다.

"아니, 이 자식이 돈도 안 받고 재미난 얘기를 해 주는데 왜 사람 말을 못 믿어? 내가 큰형님으로 모시는 분은 그 무시무시한 바다 던전에서 간신히 살아 나오셨다. 제정신을 유지하기 어려울 만큼 아주 오랫동안 바다 던전에서 살았단 말이다."

반언의 주장에도 사람들은 선뜻 믿지를 않았다.

"아, 이 답답한 놈들! 정말 속고만 살았나."

반언은 옆으로 시선을 돌렸다.

이안이 재무관 함께 웃고 있었다. 그 옆으로 프리츠와 딕벤도 보였다.

"저기 증인이 있다! 우리 영주님이 그 바다 던전을 경험하신 분이다!"

반언이 이안을 가리키자 선원들이 일제히 이안을 쳐다봤다.

곁에 서 있던 프리츠와 딕벤도 놀란 눈빛으로 이안을 바라봤다.

두 사람 역시 반언이 재미난 농담을 하는 줄 알았는데, 이안이 거론되자 깜짝 놀란 것이다.

"영주님, 이쪽으로 오셔서 제 말이 사실임을 증명해 주십시오! 영주님께선 바다 던전의 괴물을 위협해서 그놈이 열어 준 출구로 바다 던전을 탈출하셨지 않습니까?"

웃고 있던 이안은 손에 든 술잔을 재무관에게 맡긴 뒤 선원들 사이를 지나 반언에게 걸어갔다.

"영주님, 소신의 체면 좀 세워 주십시오. 부탁드립니다."

반언이 나지막한 목소리로 재차 부탁을 하자 이안은 둥그렇게 에워싼 선원들을 둘러보더니 미소를 지으며 말했다.

"사실이다. 바다 던전은 존재한다. 폭풍우 속에서 우연히 바다 던전에 진입했었다."

"와아, 진짜였어!"

이안이 인정을 하자 반신반의했던 사람들이 놀라움을 금치 못했다.

"난파선의 해골 병사들 이야기도 모두 사실이다."

이안은 자신이 바다 던전에서 겪은 일들을 얘기해 주었고, 사람들은 이야기에 빠져 자리를 이탈하는 이가 한 사람도 없었다.

선장도 선원들 사이에 끼어서 이안의 재미난 바다 던전 탈출 이야기에 빠져들어 갔다.

"바다 던전에는 그곳을 지배하는 괴물이 있다. 그 괴물을 사정없이 괴롭혔더니, 나보고 어서 빨리 나가 달라고 사정을 하더군."

"으하하하!"

사람들이 통쾌하다는 듯 소리 내어 웃었다.

"아무튼 그렇게 해서 바다 던전을 나올 수 있었다."

생생한 바다 던전 경험담 얘기를 마친 이안이 다시 재무관이 서 있는 쪽으로 걸어가자 반언이 소리쳤다.

"야 이놈들아, 우리 영주님께서 어디서도 듣지 못할 귀중한 이야기를 해 주셨는데, 가만히 있을 것이냐? 박수!"

반언의 말에 선원들이 크게 박수를 쳤다.

"흥미로운 이야기를 해 주셔서 감사합니다, 영주님!"

선장이 대표로 모자를 벗으며 정중히 고개를 숙였다.

재무관으로부터 술잔을 다시 받아 든 이안이 빙그레 웃었다.

사실 이안은 바다 던전에 가 본 적 없다고 말하려다가 반언이 하도 사정을 해서 어쩔 수 없이 인정을 했다.

그리고 이왕 인정한 거, 사람들을 더 즐겁게 해 주자는 마음에 조금 더 자세하게 경험담을 풀어 냈다.

"놀라운 이야기였습니다. 이안 영주님이 바다 던전을 실제로 경험하고 살아 나온 사람이었다니."

프리츠는 새삼 이안을 대단하게 봤다.

"제 말이 사실이었을까요?"

"예에?"

갑작스러운 말에 혼란스러워하는 프리츠에게 이안은 미소를 지었다.

"내일은 함께 카드놀이나 하시죠."

이안이 재무관과 함께 먼저 자리를 뜨자 뒤에 남은 프리츠와 딕벤은 그런 이안의 뒷모습을 멍하니 쳐다봤다.

짙은 콧수염을 기른 화려한 복장의 중년인이 황실 근위대가 지키는 아치형 문을 통과했다.

꽃과 나무가 어우러진 아담한 화원이 중년인의 눈앞에 펼쳐졌다.

쏴아아아.

인공으로 만들어진 작은 폭포에서는 쉴 새 없이 물이 떨어졌고, 그 물들은 화원을 가로질러 갔다.

한밤의 화원은 달빛과 수십 개의 석등에서 흘러나오는 은은한 불빛으로 인해 그 정취가 무척 아름다웠다.

황궁 깊숙한 곳에 위치한 이 화원은 황제가 조용히 시간을 보내는 공간으로, 높은 담으로 둘러싸여 있었다.

폭포수가 흘러가는 수로를 큰 걸음으로 뛰어넘은 중년인은 화원 중앙에 위치한 정자에서 책을 읽고 있는 백발의 노인에게 다가갔다.

"아버지, 위르겐입니다."

정자와 연결된 계단 앞으로 다가간 황태자 위르겐은 책을 읽고 있는 노인을 바라보며 말했다.

벽이 없이 사방이 뚫린 정자에서 책을 읽던 한스 황제는 앉은 자세 그대로 고개만 돌려 황태자를 응시했다.

사람을 위축시키는 자연스러운 위엄이 한스 황제에게서 흘러나왔다.

"드릴 말씀이 있습니다."

"올라오너라."

위르겐 황태자는 정자로 올라가 부친의 옆에 섰다. 정자엔 의자가 하나밖에 없어서 앉고 싶어도 앉을 수가 없었다.

"몸은 어떠십니까?"

며칠 만에 부친을 만난 위르겐은 걱정을 담아 물었다.

2년 전부터 국사를 장남 위르겐에게 맡긴 후로 한스 황제는 대부분의 시간을 이 화원에서 보내고 있었다.

사실상 칩거나 다름없었다.

"괜찮다."

한스 황제는 짤막하게 대구를 했다.

연로한 부친의 표정을 살피던 위르겐이 말했다.

"프리츠가 이안 영주에게 아버지의 뜻을 잘 전달할 겁니다. 기다려 보시지요."

"이안 영주를 초대하긴 했다만, 성화가 해결책이라고 확신하지는 않는다. 그저 가능성을 보는 것일 뿐. 그러니 너도 너무 기대하지 마라."

냉정함이 묻어나는 한스 황제의 말에 위르겐은 별말이 없다가 조심스럽게 찾아온 용건을 꺼냈다.

"제가 이 시간에 온 것은 다름이 아니라 감찰원장 때문입니다."

"그가 왜?"

"감찰원에서 놀런 총독을 제 허락도 없이 체포해서 조사하고 있는 중입니다."

말을 하는 위르겐의 얼굴은 붉게 달아올라 있었다.

"부황을 대신해 제국을 통치하는 저를 우습게 여기고 있다는 뜻입니다. 이런 일이 한두 번이 아닙니다."

"음⋯⋯."

한스 황제는 팔짱을 끼며 정자 밖으로 보이는 폭포에 시선을 뒀다.

"오늘도 대신들이 제게 감찰원장을 자리에서 물러나게 해야 한다며 목소리를 높였습니다. 저도 더 이상은 감찰원장을 두둔하기가 어렵습니다."

"위르겐."

폭포를 응시하던 한스 황제가 고개를 돌려 위르겐을 바라봤다.

"이 제국의 기초는 다미앵과 내가 세운 것이다. 맨손으로 말이다. 나와 너는 그에게 빚이 있다."

"무슨 말씀인지 저도 알고 있습니다. 제가 어렸을 때 수호자 마을에서 목마를 태워 주기도 했던 분이시니까요. 어찌 저라 해서 사적인 감정이 없다 하겠습니까."

위르겐은 한스 황제 앞에서 위축되지 않고 막힘없이 말을 토해 냈다.

"그러나 제국이 세워진 지 30년이 넘었습니다. 그동안 황실은 그에 대한 예우를 충분히 했다고 저는 생각합니다. 이제 제국의 앞날을 위해서 아버지께서 결단을 내려 주셔야 합니다."

"위르겐, 그는 나와 의형제를 맺은 사이다."

한스 황제의 얼굴에 은은한 노기가 어려 있었다.

"아버지, 지방 관리들이 황실보다 감찰원장을 더 두려워하고 있다는 말도 들립니다. 이것이 정상입니까?"

아들의 말에 한스 황제의 눈빛이 순간적으로 흔들렸다.

"감찰원장도 나이가 들 만큼 들었으니 이제 그를 명예롭게 은퇴시킬 때라고 소자는 말씀드리고 싶습니다. 지방의 넓은 땅을 주고 여생을 즐길 수 있게 하는 것이야말로, 감찰원장을 위한 일일 수도 있습니다. 부디 심사숙고해 주십시오."

제국을 세운 노장들이 하나둘 은퇴를 하고 있었다.

수십 년이 흘렀으니 그것은 어찌 보면 자연스러운 일이었다.

한스 황제가 폭포를 바라보며 긴 침묵을 이어 갈 때였다.

황실 근위대장이 정자 밑으로 다가와 보고를 했다.

"폐하, 감찰원장이 폐하께 알현을 청했습니다."

근위대장의 말에 먼저 와 있던 위르겐은 살짝 놀라며 화원의 입구 방향을 쳐다봤다.

"무슨 일인지 물어보고 급하지 않으면 내일 낮에 다시 오라 하라."

한스 황제는 아들과 하던 얘기를 마무리 짓고 싶었다.

"예, 폐하."

그러나 잠시 후 근위대장이 다시 돌아왔다.

"폐하, 송구하오나 매우 중요한 일이라 하옵니다. 모레르라는 사람과 같이 왔다고 전해 달라 하였습니다."

"모레르?"

한스 황제가 의자에서 벌떡 일어섰다.

"그들을 데리고 오너라!"

"예, 폐하."

근위대장이 화원 입구로 급히 향했고, 한스 황제는 위르겐에게 말했다.

"모레르가 누군지 기억나느냐?"

"예, 기억납니다. 수호자 마을 사람이 아닙니까?"

어린 시절을 수호자 마을에서 보낸 위르겐은 비록 수십 년이 흘렀지만 그곳의 정경과 사람들을 대부분 기억하고 있었다.

모레르도 그중에 한 사람이었다.

"너는 그만 물러가거라. 모레르와 다미앵을 만나야겠다."

잠시 생각하던 위르겐이 고개를 숙였다.

"알겠습니다, 아버지. 조금 전 제가 드린 말씀을 깊이 생각해 주십시오."

위르겐은 화원의 뒷문을 통해 조용히 화원을 빠져나갔다.

"모레르."

한스 황제는 정자 밑으로 내려가 다미앵과 같이 온 모레르를 크게 반겼다.

"폐하를 뵙습니다."

모레르가 허리를 숙이며 예를 표하자 한스 황제의 위엄 가득한 얼굴에 미소가 어렸다.

"참으로 오랜만이구나."

"예, 오랜 시간이 흘렀군요."

반가운 마음에 모레르를 물끄러미 바라보던 한스 황제는 근위대장에게 명했다.

"접견실에 술을 준비해 놓아라. 잠시 후에 그곳으로 가겠다."

"예, 폐하."

한스 황제는 모레르의 방문을 진심으로 기뻐하고 있었다.

"그래, 어찌 지냈나?"

"선조들처럼 마을을 지키며 조용히 지냈습니다."

"이런, 내가 당연한 질문을 한 것 같군. 하긴, 나와 다미앵이 다른 길을 간 것이니."

껄껄 웃던 한스 황제는 모레르 옆에 조용히 서 있는 다미앵을 바라봤다.

그의 얼굴이 딱딱하게 굳어 있었다.

"무슨 일이 있나 보군."

심상치 않은 분위기에 한스 황제가 웃음기를 지웠다. 모레르는 품 안에서 아르크 단장의 편지를 꺼냈다.

"폐하, 아르크 단장님이 보내신 편지입니다. 편지를 보시면 제가 왜 왔는지 아시게 될 것입니다."

"아버지가 아직 살아 계시는가?"

아르크 단장은 한스 황제의 부친이었다.

"그렇습니다."

부친의 편지를 손에 쥔 한스 황제는 한동안 아무 말 없이 편지를 내려다보다 천천히 편지를 개봉해 읽어 내려갔다.

시시각각 한스 황제의 표정이 변해 갔다.

장문의 편지를 다 읽은 한스 황제는 굳은 표정으로 모레르에게 말했다.

"나와 절연을 한 아버지가 내게 도움을 요청하셨군. 그것도 당연히 내가 도와야 한다는 듯이 말이야."

"폐하, 수호자 마을의 힘만으론 용의 심장을 가진 그라일라를 상대하기가 어려운 처지입니다. 폐하의 도움이 필요합니다."

모레르는 간곡하게 부탁을 했다.

"하얀 나무가 손상되면 이 세상의 균형과 질서가 무너지고, 폐하께서 세우신 이 제국도 위태로워질 것입니다."

"제국까지 걸고넘어질 필요 없네."

냉정히 말하며 들고 있던 편지를 다미앵에게 건넨 한스 황제는 뒷짐을 지고 폭포로 걸어갔다.

수십 년 전 수호자 마을을 나올 때 부친인 아르크 단장은 친아들인 한스 황제를 죽이려고까지 했다.

아마 무위가 약했다면 아르크 단장 손에 그는 죽었을 것이다.

부친과 깊은 골을 가지고 있던 한스 황제는 떨어지는 폭포수를 바라보며 한동안 침묵하다가 말문을 열었다.

"알겠네, 돕도록 하지. 내가 수호자 마을에 지고 있던 마음의 빚도 있으니까."

모레르의 표정이 밝아졌다.

"감사합니다, 폐하."

"용의 심장을 가진 그 여자의 용모파기를 그려 주게. 같이 다닌다는 젊은 사내도. 그럴 수 있겠나?"

"물론입니다."

"다미앵."

폭포 앞에서 돌아선 한스 황제가 다미앵을 쳐다봤다.

"예, 폐하."

"에르소에 파견된 감찰관들이 몇 명이나 되지?"

에르소는 20개의 지방 구역 중 하나로, 총독이 다스리는 지역이었다.

일곱 호수는 에르소의 남부에 있었다.

"그곳엔 50명 정도 됩니다."

제국 감찰원은 지방에도 지부가 존재했다.

"그곳의 감찰관들을 동원해 일곱 호수 인근의 마을들을 조사하게. 그들이 에르소 지역을 벗어나지는 않았을 거야."

"예, 폐하."

"나는 내일 모레르와 함께 은밀히 황성을 떠나 수호자 마을로 가겠네."

하얀 나무를 지키는 수호자 마을은 세상에 공공연하게 드러나서는 안 되는 비밀스러운 곳이었다.

한스 황제는 대규모 병력 대신 믿을 수 있는 최소한의 사람들만을 데리고 이번 일을 해결할 생각이었다.

"폐하, 상황이 어찌 변할지 모릅니다. 만일의 사태를 대비해 충성심과 실력이 뛰어난 감찰관 수백을 일곱 호수에 준비시켜 놓겠습니다."

다미앵을 지그시 바라보던 한스 황제가 고개를 끄덕였다.

"그렇게 하게."

"그 감찰관님이 날 보는 눈빛이 심상치 않았다니까."

"어땠는데?"

"아주 그윽했어. 설마 날 좋아하는 걸까?"

잡담을 하며 빨래를 하던 사람들은 회초리를 든 세탁 감독관 노파가 나타나자 황급히 입을 다물었다.

"오늘부터 당분간 빨래가 많이 줄어들 것이다. 그러니 쉬엄쉬엄해도 좋다."

다른 날과 달리 한껏 여유로진 노파의 모습에 사람들은 의아했다.

"무슨 일인데요?"

빨래의 물기를 짜내던 디일렌이 물었다. 노파는 디일렌을 힐끔 쳐다보더니 말했다.

"감찰원장님이 수백의 감찰관들과 함께 멀리 지방을 감찰하시는 일정이 잡혔다. 점심때 출발하신다고 들었다."

"네? 감찰원장님이 지방으로 가신다고요?"

디일렌이 목소리를 높여 묻자 노파가 이상하다는 듯 쳐다봤다.

"왜 그리 놀라는 것이냐?"

"아니, 갑작스러워서요."

"그래, 나도 이렇게 갑작스러운 일정은 처음이긴 하다만 뭐 어쨌든 우리 입장에선 한동안 편하게 돈을 벌 수 있으니 좋은 일이 아니더냐?"

노파의 말에 사람들이 웃으며 고개를 끄덕였다.

빨래를 들고 뭔가를 생각하던 디일렌은 세탁이 끝난 빨래가 담긴 통을 들고 건조장으로 가다가 주변을 쓱 둘러봤다. 그러고는 방향을 바꿔 감찰원 내부에 있는 넓은 공터로 향했다.

그곳엔 청색 제복을 입은 수백 명의 감찰관들이 모여 각자의 말에 짐을 실으며 떠날 준비를 하고 있었다.

"여기서 뭐 하는 거냐?"

등 뒤에서 들리는 목소리에 디일렌은 빨래 통을 들고 태연히 뒤돌아섰다.

키 큰 감찰관이 그녀를 쏘아보고 있었다.

"단체로 지방 감찰을 가신다고 해서 호기심에 한번 와 봤습니다."

"빨래터 일꾼이냐?"

감찰관은 디일렌이 들고 있던 빨래 통을 보며 물었다.

"네, 아마 감찰관님이 입고 계신 옷을 제가 빨았을지도 모릅니다."

"주제넘게 얼쩡거리지 말고 빨래터로 돌아가라."

감찰관이 매섭게 말했다.

일부러 머리카락을 흐트러트리고 얼굴도 약간 지저분하게 만들었던 디일렌은 겁에 질린 표정으로 몸을 움츠렸다.

"죄송해요."

자리를 벗어난 디일렌은 빨래터로 돌아가서 감독관 노파에게 몸이 아프다는 핑계를 대고는 바로 감찰원을 나왔다.

그녀는 동료들이 있는 집으로 급히 뛰어갔다.

"라이던!"

디일렌이 문을 마구 두드리자 라이던이 현관문을 열어 줬다.

"뭐야, 벌써 일이 끝난 거냐?"

"짐 챙겨."

"무슨 소리야?"

라이던은 급하게 집 안으로 들어오는 디일렌에게 물었다.

"다미앵이 감찰관들을 이끌고 지방으로 간대. 점심때 출발한다고 했으니까, 우리도 서둘러야 해."

"드디어 다미앵의 낯짝을 볼 수 있는 것인가?"

라이던이 이를 갈 때 방 안에서 잘랭이 문을 열고 나오며 물었다.

"무슨 일로 다미앵이 움직이는 거지?"

"모르겠어요. 지방 감찰이라고만 들었어요. 그런데 감찰원의 감찰관 대부분을 대동하는 것으로 보아, 작은 일은 아닌 것 같아요."

잠시 생각하던 잘랭은 자신의 방으로 돌아와 짐가방을 빠르게 챙기기 시작했다. 어쩌면 다미앵을 없앨 기회가 생길수도 있었다.

히히힝!

수백의 감찰관들이 자신들의 말을 이끌고 두 척의 배에 나눠서 타고 있었다.

이곳은 황성과 반나절 거리인 내륙의 항구로, 서대륙의 대표적인 강인 산페르강을 이용할 수 있는 곳이었다.

낮에 황성을 출발한 감찰관들이 에르소로 향하는 여정을 위해 관선에 오르고 있는 것이다.

감찰원의 상징인 청색 제복을 입은 다미앵은 허리에 검을 차고 그 모습을 묵묵히 지켜보고 있었다.

바람에 긴 수염을 휘날리며 서 있는 장대한 체구의 다미앵은, 나이를 무색하게 하는 패도적인 눈빛을 발산하고 있었다.

마치 수십 년 전 제국 통일 전쟁 때 뜨거운 전의를 가득 품고 전장으로 향하던 과거의 그가 돌아온 듯했다.

"감찰원장님."

다미앵의 심복인 바딤이 빠른 걸음으로 그에게 다가왔다.

바딤의 공식적인 직함은 감찰원의 수석감찰관이었다.

감찰관들이 배에 오르는 모습을 지켜보던 다미앵이 고개를 돌려 바딤을 쳐다봤다.

바딤은 나지막한 목소리로 보고를 했다.

"우리가 도착하기 전 황태자의 지시를 받은 황실 호위 2백여 명이 은밀히 배를 타고 먼저 에르소로 향했다 합니다."

"황태자가 불안했나 보군."

다미앵은 담담히 말을 하며 감찰관들이 탄 배를 향해 천천히 걸음을 뗐다.

한스 황제는 필요하면 100만의 병력을 움직일 수 있는 권력자였다.

하지만 그는 단지 10여 명의 근위대만을 데리고 아침 일찍 에르소로 길을 떠났다.

용의 심장을 가진 자라 해도 한스 황제는 그자를 홀로 상대할 자신이 있었기 때문이다.

물론, 수호자 마을이 많은 사람들에게 노출되는 것을 꺼려서이기도 했지만.

그러나 위르겐 황태자는 그런 부친의 뜻을 거스르면서까지 적지 않은 황실 호위들을 은밀히 움직인 것이다.

"황태자가 황실 호위들을 보낸 것은 에르소로 가는 우리들을 견제하기 위함이 분명합니다. 그는 감찰원장님을 신뢰하지 않고 있습니다."

"현명하군. 내가 목마를 태워 주던 어린아이가 장성해서 나를 견제하기까지 하다니."

다미앵은 옅은 미소를 지었다.

"신경 쓸 필요 없다. 나를 감당할 수 있는 사람은 내가 의형으로 모시는 황제뿐."

차갑게 말을 한 다미앵은 감찰관들이 탄 배에 올랐고, 얼마 후 감찰관들을 실은 두 척의 관선은 에르소를 향해 북상하기 시작했다.

"선장, 뭐 하는 거요, 어서 저 배를 뒤따라가지 않고!"

라이던이 작은 배의 선장을 재촉했다.

조금 전 라이던에게 받은 돈주머니 안의 금화를 꺼내 세어 보던 선장은 헛기침을 했다.

"미안하지만 이것의 세 배는 더 줘야겠소."

"무슨 소리요, 이 낡아 빠진 배를 빌리는 데 그만한 돈이면 충분하지!"

꽤 많은 돈을 지불한 라이던이 인상을 쓰며 말했다.

"낡아 빠진 배라니? 내 배를 모욕하지 마시오! 이 산페르 강에서 긴 세월 동안 내 가족들을 먹여 살린 배니까!"

선장은 이 낡은 배에 자부심이 큰지 라이던을 향해 불같이 화를 냈다.

"저 배는 감찰원 소속의 관선이란 말이오. 딱 보니 위험한 일 같은데, 이 돈을 받고는 움직일 수 없소. 내 목숨이 걸린 일이니까."

선장이 돈을 돌려주려 하자 말없이 지켜보던 잘랭이 품 안에서 작은 보석을 꺼냈다.

"이만하면 이 배를 빌릴 수 있겠소?"

반짝이는 보석을 본 선장의 눈이 휘둥그레졌다. 자신이 요구한 돈보다 훨씬 가치가 큰 보석이었다.

냉큼 보석을 받은 선장은 몇 안 되는 선원들에게 고함을
쳤다.

"어서 출항해라!"

작은 배는 곧 항구를 떠나 북상하는 관선의 뒤를 따라가기
시작했다.

잘랭, 디일렌, 라이딘은 뱃머리에 서서 앞서가는 관선을
응시했다.

저들의 목적지가 어딘지 아직 파악이 안 되어서 어쩔 수
없이 이렇게라도 뒤쫓아 가야 했다.

넓은 강을 오가는 배들이 많아서 관선의 감찰관들은 뒤따
라오는 작은 배를 수상하게 생각하지는 않을 것이다.

"조금 전 그 보석은 어디서 난 거예요? 황성에서 집을 구
할 때 돈을 다 썼다고 했잖아요."

디일렌이 잘랭에게 물었다.

잘랭은 강에 시선을 두며 답했다.

"알베른을 떠날 때 이안 영주가 선물로 준 거야."

"다정하네요. 단검도 주고 보석도 주고. 그런데 보석이 있
었으면서 왜 돈이 없는 척했어요?"

"맞아, 진작 말했으면 저 선장 녀석과 말씨름 안 해도 됐
는데."

라이딘이 섭섭하다는 듯 옆에서 거들었다.

잠시 침묵하던 잘랭이 작게 한숨을 쉬며 입을 뗐다.

"이안 영주가 준 보석은 사용하고 싶지 않았다."

"왜요? 쓰라고 준 거잖아요."

"고향에 간다는 내게 빈손으로 가지 말라며 준 거다. 그는 내 거짓말을 의심하면서도 나를 믿고 싶었던 거겠지."

잘랭의 말에 디일렌의 눈동자가 흔들렸다.

"그래서 사용하고 싶지 않았던 거다. 사용하면 안 될 것 같아서."

말을 마친 잘랭이 갑판 중앙 쪽으로 걸어갔다. 뒤에 남은 라이던이 헛기침을 하며 디일렌에게 속삭였다.

"잘랭이 이안 영주를 진심으로 대한 것 같은데? 복수만 아니었으면 계속 알베른의 경비대장으로 있었을 것 같아."

"그랬겠지."

"그런데 이안 영주의 부친을 죽인 건 잘랭이잖아. 이안 영주 옆에 있으면 괴롭지 않을까?"

디일렌은 고개를 돌려 라이던을 바라봤다.

"이 멍청아, 그건 어쩔 수 없이 벌어진 일이야. 그날 사원에서 잘랭과 내가 소일라 얘기를 나누는 것을 이안의 부친인 세실이 우연히 엿듣고는 우리의 진정한 정체를 그가 알게 됐어."

디일렌은 차가운 눈빛으로 강을 바라보며 말을 이었다.

"화가 난 세실은 왕실에 우리 일을 보고하려 했어. 단지 그것뿐이었으면 그는 아직 살아 있었을 거야. 잘랭은 그를 죽이면서까지 자신의 정체를 숨기고 싶어 하지는 않았으니까. 게다가 이안의 모친인 소일라가 사랑했던 사람이기도 했고."

"그런데 왜 죽인 거야? 나는 지금까지 너희들 정체가 탄로 나서 입막음을 하려고 그를 죽인 것으로 생각했는데."

"이안 영주 때문이야. 세실은 이안 영주가 자신의 친아들이 아닐 거라며 망상에 빠졌어. 반쯤 정신이 나간 세실이 이안 영주를 죽이려 했다고."

"뭐야?"

라이던이 깜짝 놀라며 눈을 크게 떴다.

"그래서 잘랭이 먼저 손을 쓴 거야. 소일라의 아들을 구하기 위해서."

"빌어먹을, 그렇게 된 일이었군."

라이던은 갑판 난간에 기대 홀로 강을 응시하고 있는 잘랭을 새삼스럽게 쳐다봤다.

잘랭은 소일라와 같은 고향 출신이었다.

"하지만 잘랭은 그 일로, 매일 괴로워했어. 어찌 됐든 이안 영주의 부친을 죽인 것은 변함이 없는 사실이니까. 그리고 그 일이 있은 후부터 나를 대하는 태도가 아주 싸늘해졌지. 세실이 그날 밤 사원에 찾아온 것은 나 때문이었으니까."

"그게 왜 네 책임이야? 잘랭도, 너도 아무 책임 없어. 이 모든 건 20여 년 전에 우리를 동대륙의 첩자로 보낸 다미앵

때문에 벌어진 일이라고. 개자식, 인질로 잡은 우리 가족들을 다 죽여 버리다니."

라이던은 분노의 화살을 다미앵에게 돌렸다.

디일렌은 몸을 돌려 관선을 차갑게 바라봤다.

"그래, 네 말이 맞아. 다미앵은 죗값을 치러야 돼."

황제

숲길을 따라 10여 필의 말이 달리고 있었다.

말을 탄 사람들은 여행자 복장을 한 한스 황제 일행이었다. 배를 타고 에르소 남부에 도착한 그들은 육로를 통해 일곱 호수로 향하는 중이었다.

신분을 감추고 있었기 때문에, 때때로 마주친 이 지역 사람들은 제국을 세운 한스 황제를 자신들이 마주쳤다는 사실을 아무도 몰랐다.

해가 지자 그들은 숲으로 들어가 야영을 준비했다. 조금더 가면 마을이 나왔지만 한스 황제는 마을의 여관이 아닌 숲에서 자는 것을 선택했다.

"내 잠자리에 신경을 쓸 필요 없다. 모처럼 숲에 등을 대고 누워 잠을 자고 싶구나."

"예, 폐하."

황제를 수행한 이들은 모닥불을 피우고 냇물에서 물을 떠와 저녁 식사를 준비했다.

이 모든 일들을 하는 이들은 근위대의 주요 지휘관들이었다.

근위대를 이끄는 나이 지긋한 근위대장과 각 부대를 통솔하는 황실 제1근위장, 제2근위장, 제3근위장, 그리고 여섯 명의 수석 근위장교들이었다.

모두 황제를 위해서라면 목숨을 던질 수 있는 충성심 깊은 사람들로, 입도 무거운 사람들이었다.

저녁 식사를 마친 한스 황제는 모닥불을 바라봤다. 근위대들은 또 다른 모닥불을 만들어서 그곳에 앉아 있었다.

이 모닥불 앞엔 한스 황제와 장로 모레르만이 앉아 있었다.

"내일이면 수호자 마을에 도착하겠군."

한스 황제는 모닥불을 바라보다가 모레르에게 조용한 어조로 말했다.

"그렇습니다. 단장님이 반기실 겁니다."

"어떤 의미로 반기실지 모르겠군. 수호자 마을을 위해 싸워 줄 사람이 왔다는 의미일지, 아니면 아들을 만난 것에 대한 반가움일지 말이야."

"단장님은 폐하께서 마을을 떠나시고 외롭게 수십 년을 지내오셨습니다."

모레르는 무거운 얼굴로 말을 이었다.

"과거의 일은 이제 묻어 두시고 두 분이 서로 화해를 하셨으면 좋겠습니다."

"아버지가 보낸 편지에서 난 느낄 수 있었네, 그분과 나 사이엔 여전히 넘을 수 없는 벽이 존재한다는 것을."

앞에 놔둔 술병의 마개를 연 한스 황제는 잔에 술을 따라 모레르에게 건넸다. 그리고 자신의 잔에도 술을 따른 후, 술병을 땅바닥에 내려놨다.

"하지만 나는 이해하네. 그분은 수호자 마을에서 하얀 나무를 지키다 생을 마감하는 것이야말로 자신이 태어난 목적이라 생각하시는 분이니까."

"숭고한 사명입니다."

"그래, 숭고한 사명이지. 그러나 나의 자유로움을 하얀 나무 때문에 구속받기는 싫었네. 다섯 왕국의 왕들과 영주들이 백성들 위에 군림하며 폭압하는 것을 보기도 싫었고. 그들 때문에 무고하게 희생된 자들을 헤아리면, 아마 하얀 나무 한 그루가 사라지면 벌어질 참사와 비슷하지 않을까 생각하네."

"폐하."

"왜, 내 말이 심했는가? 하하하!"

한스 황제는 껄껄 웃다가 술잔을 입가로 가져갔다.

"그런데 말일세, 다섯 왕국을 무너뜨리고 결국 제국을 세웠지만 부끄럽게도 내가 바라던 이상적인 세상은 펼쳐지지 않더군. 손에 수없이 많은 피를 흘리며 제국을 세웠는데 말이야. 어느새 내가 다섯 왕국의 왕들을 전부 합한 것보다 더한 괴물이 되어 있다고 느낄 때도 있네."

쓴웃음을 흘리며 술을 마시는 한스 황제에게 모레르가 차분히 말했다.

"폐하께서는 그렇게 생각하시는군요. 제가 보기엔 다섯 왕국 시절보다 지금이 더 좋아진 것 같은데 말입니다."

"진심인가?"

"그렇습니다. 약초를 팔며 가끔 도시로 나가 세상 돌아가는 것을 보고 오고는 합니다. 그때마다 제가 느끼기엔 그랬습니다."

물끄러미 모레르를 바라보던 한스 황제가 술잔을 기울였다. 그의 얼굴엔 미소가 어려 있었다.

"내가 왜 이 숲에서 잠을 자자고 한 줄 아는가?"

"모르겠습니다. 왜입니까?"

그렇지 않아도 모레르는 그 점이 궁금했다.

"온갖 비난을 받으며 수호자 마을에서 가족을 이끌고 나온 나는 이 숲에서 지금처럼 야영을 했네. 그땐 나와 다미앵이 야영 준비를 했었지."

조금 떨어진 곳에 앉아 있는 근위대를 바라보며 말을 하던 한스 황제는 고개를 돌려 모닥불을 지그시 응시했다.

그는 수십 년 전 과거를 떠올리며 말을 이었다.

"그때 다미앵과 맹세를 했네. 제국을 세우기 전까지는 결코 수호자 마을로 돌아가지 않겠다고. 그날의 맹세가 제국을 세우는 데 큰 힘이 되었지."

"맹세를 지키셨군요."

"그렇다네."

한스 황제가 술잔을 비우고 자리에서 일어섰다. 그가 일어서자 근위대들이 따라서 일어섰다.

"제국을 세우지 못했다면 아무리 아버지가 불렀어도 난 돌아가지 않았을 것이네."

잠시 모레르를 바라보던 한스 황제는 몸을 돌려 숲을 향해 걸음을 옮겼다.

"쉬게. 숲을 산책하고 오겠네."

"이놈들아, 그동안 즐거웠다. 너희들 때문에 뱃길이 덜 심심했다."

"안녕히 가십시오, 반언 님!"

"건강들 해라."

제법 정이 든 선원들과 작별 인사를 한 반언은 서둘러 배에서 내렸다.

　이안과 재무관은 프리츠 황자를 따라 먼저 하선한 상태였다.

　배에서 내린 반언은 주위를 둘러보고는 난감해했다.

　'뭐야, 이거. 그새 사람들이 이렇게 많아졌네.'

　교역항인 리자나 항구에 연이어 접안을 한 상선과 여객선에서 많은 사람들이 우르르 내리는 통에 주변이 온통 사람들로 붐볐다.

　조금 전 하선한 이안과 재무관을 찾을 수가 없었다.

　'뭐, 이 근처에 계시겠지. 날 두고 가시지는 않을 테니까.'

　반언은 사람들을 헤치며 앞으로 나아갔다. 하지만 일행을 찾을 수가 없게 되자 슬그머니 걱정이 된 반언이 재무관을 부르기 시작했다.

　"토먼! 토먼, 어디 있나!"

　반언은 큰 소리로 일행을 부르려다가 사람들 이목을 살까 싶어 나름 목소리 크기를 조절하며 재무관의 이름을 길게 불러 댔다.

　"원로님, 여기입니다!"

　반언은 왼쪽을 쳐다봤다.

　재무관이 사람들 사이에서 손을 흔들고 있었다.

　반언은 반색하며 그에게 걸어갔다.

"자네 얼굴이 이렇게 반가울 줄은 몰랐네."

"그렇습니까?"

재무관은 웃음을 참으며 말했다.

사실 재무관은 반언을 진작 봤지만 그가 초조한 표정으로 자신의 이름을 부르자 장난기가 발동해 시간을 끈 것이다.

그것을 모르는 반언은 재무관에게 다정하게 말했다.

"영주님은 어디 계시나?"

"저쪽에 계십니다."

"어서 가세."

"예."

두 사람은 붐비는 사람들을 헤치며 이안이 있는 곳으로 향했다.

이안은 깊은 눈빛으로 고풍스러운 건물들이 많은 리자나 항구도시를 바라보고 있었다.

긴 항해 끝에 서대륙에 도착한 것이다.

누군가에게는 첫발이었고, 누군가에게는 7백 년 만의 복귀였다.

선착장에서 리자나 항구도시를 바라보던 이안은 옆에 서 있는 블란조르에게 시선을 돌렸다.

이 유서 깊은 항구도시 리자나는 아주 오래전부터 서대륙과 동대륙을 오가는 배들이 찾는 대표적인 항구였다.

과거 블란조르는 이 리자나에서 배를 타고 첫사랑을 찾아 동대륙으로 건너갔다.

"이 리자나 항구의 역사는 수천 년이나 됩니다. 동서 대륙의 많은 사람들과 물건들이 이곳을 통해 드나들었죠."

프리츠의 말에 이안은 고개를 끄덕였다.

"그렇군요."

"시간이 충분하다면 며칠이고 이곳에 머물며 항구의 역사를 더듬는 여행을 해도 좋을 겁니다. 뒷골목 가게엔 먼지 쌓인 수천 년 된 골동품들을 쉽게 찾아볼 수 있는 곳이 바로 이 리자나 항구니까요. 흥미로운 이야기도 많답니다. 역사서에는 기록되지 않은 이야기들이지요."

"매력적인 도시군요."

"물론입니다. 부황께서 제국 통일 전쟁 때 이 유서 깊은 도시가 파괴되는 것을 우려해, 이 도시의 저항 세력에게 많은 것을 양보하고 항복을 받아 냈을 정도니까요."

"황제께서요?"

이안이 의외라는 표정을 짓자 프리츠는 쓴웃음을 지었다.

"압니다. 많은 사람들이 부황을 피도 눈물도 없는 잔혹한 피의 황제라고 부르는 것을요. 그러나 그것은 부황의 일면만 보고 그러는 것일 뿐입니다."

프리츠는 말을 하다가 민망한 듯 헛기침을 했다.

"제가 너무 말이 많았군요."

"아닙니다. 몰랐던 부분도 알고 유익했습니다."

"영주님."

프리츠와 대화를 나누던 이안은 뒤를 돌아봤다. 반언이 머리를 긁적이고 있었다.

"기다리시게 해서 죄송합니다."

"아니야, 괜찮아."

미소를 지은 이안은 프리츠에게 말했다.

"식사 시간도 다 됐으니, 이제 이 유서 깊은 도시의 음식 맛 좀 볼까요?"

이안은 서대륙에서의 첫 식사를 무척 기대하고 있었다.

"하하하! 그러시죠. 딕벤, 앞장서거라."

"예, 황자님."

이 지역 출신인 딕벤이 앞장서서 걸어갔고, 사람들이 그 뒤를 따라갔다.

하늘은 화창했고, 햇볕은 뜨거웠다. 그러나 그늘에 들어가면 시원했다.

규모가 큰 리자나의 고풍스러운 거리를 걸으며 프리츠가 말했다.

"긴 항해로 다들 피곤하니 오늘은 이 도시에서 쉬고 내일 황성으로 떠나는 게 좋을 것 같습니다."

황성은 이곳에서 말을 타고 이틀 거리였다.

"그렇게 하시죠."

거리를 구경하던 이안이 담담히 말했다.

"안녕히 가십시오, 손님!"

시장에서 빵과 과일을 산 데카트는 쓴웃음을 흘리며 거리
를 걸었다.

고급스러운 옷을 입고 단정한 모습으로 다니자 사람들은
전과 달리 아주 친절했다. 허름한 옷을 입고 외모에 신경을
쓰지 않았을 땐, 깔보며 낮춰 보던 사람들이 이젠 크게 인사
를 한다.

자신을 지체 높은 귀족으로 생각하는 듯했다.

'이게 세상인가?'

데카트는 거리를 걸으며 푸른 하늘을 올려다봤다.

거인족 섬에서도 외모 때문에 차별을 받았는데 바깥세상
또한 마찬가지였다.

누가 더 좋은 옷을 입고, 누가 더 돈을 많이 가졌느냐에 따
라 그 사람을 대하는 태도가 달라진다.

부푼 꿈을 갖고 그라일라와 세상에 나왔던 데카트는 갈수
록 이 세상에 대한 동경심이 사그라지고 있었다.

'그래도 아이들은 저렇게 해맑은데…….'

데카르트가 걸음을 멈추고 거리에서 장난을 치는 아이들을 멍하니 바라보고 있을 때였다.

갑자기 골목에서 튀어나온 젊은 청년이 겁에 질려 대로로 뛰어들다가 말과 부딪치며 뒤로 굴러갔다.

"크으으으, 빌어먹을."

데카르트 앞에 쓰러진 청년이 신음을 흘리고 있을 때 골목 안쪽에서 청색 제복을 입은 감찰관들이 바람처럼 나타났다.

그들은 바닥에 엎드린 채 신음을 흘리는 청년의 몸을 뒤집 더니 손에 든 초상화와 얼굴을 비교했다.

"약간 비슷하긴 한데, 이놈은 아니야."

허탕을 친 두 감찰관들은 화난 표정으로 말과 충돌해 부상 을 입은 청년에게 물었다.

"왜 치료원에서 치료를 받다가 우리를 보고 도망친 것이 냐?"

"그, 그게……."

"말을 해, 이 자식아!"

감찰관 중 하나가 청년의 복부를 걷어찼다.

"허억!"

숨넘어가는 소리를 낸 청년이 몸을 새우처럼 말며 고통스 러워했다.

"무, 물건을 훔친 저를 잡으려고 오신 줄 알았습니다."

청년은 도시의 좀도둑이었다.

"너! 이 두 사람 본 적 있나?"

감찰관들은 그라일라와 데카트의 얼굴이 그려진 초상화를 내밀었다.

이들은 에르소 지부의 감찰관들로, 상부의 지시를 받고 그라일라와 데카트를 찾아다니고 있었다.

이들 외에도 수십 명의 에르소 지부 감찰관들이 일곱 호수 지역을 중심으로 범위를 넓히며 마을의 여관과 치료사 들을 집중적으로 접촉하고 있었다.

그들이 찾는 여자가 중상을 입어 치료사에게 치료를 받았을 수도 있다는 상부의 정보 때문이었다.

'저건 나와 그라일라 님이잖아!'

바로 앞에서 감찰관들이 청년을 다그치는 것을 보고 있던 데카트는 저들의 손에 들린 초상화를 보고는 깜짝 놀랄 수밖에 없었다.

"모, 모릅니다. 처음 보는 사람들입니다."

겁에 질린 청년을 차갑게 내려다보던 감찰관들은 초상화를 품에 넣고 옆에 서 있는 데카트를 힐끔 쳐다봤다.

데카트는 긴장됐지만 태연하게 서 있었다.

외모를 한껏 꾸민 데카트는 초상화 속 데카트라고 생각할 수 없을 만큼 외모와 분위기가 사뭇 달랐다.

그래서인지 감찰관들은 눈앞의 데카트가 그들이 찾는 사

람일 거라고는 전혀 생각을 못 했다.

"가세."

데카트의 위아래를 잠시 훑어보던 감찰관들은 이내 몸을 돌려 그대로 거리 저편으로 걸어갔다.

그들이 자리를 떠나자 청년이 비틀거리며 일어섰다.

"젠장, 큰일 날 뻔했네."

청년이 골목 쪽으로 걸어가자 데카트가 급히 물었다.

"잠깐만요."

데카트가 부르자 청년은 걸음을 멈추고 미간을 좁히며 그를 쳐다봤다.

"뭡니까?"

삐딱하게 묻는 그에게 데카트는 은화 하나를 건넸다.

"조금 전 청색 옷을 입은 저들은 누구입니까?"

청년은 데카트와 그의 손에 들린 은화를 번갈아 보다가 슬며시 은화를 받았다.

"저 사람들을 몰라요? 제국에서 가장 무서운 관리들인데."

"관리?"

"네, 제국 감찰원의 감찰관들입니다."

청년은 은화를 받은 보답으로 감찰관들이 어떤 존재들인지 자신이 아는 만큼 상세하게 말해 주었다.

"저 사람들과는 엮이지 않는 게 신상에 이로워요."

청년이 경고하듯 말하고 떠나자 데카트는 서둘러 집으로

향했다.

몸이 많이 좋아진 그라일라는 의자에 앉아서 차를 마시고 있었다.

"그라일라 님, 이상한 일이 벌어졌습니다."

흥분해 있는 데카트에게 그라일라가 담담히 말했다.

"호들갑 떨지 말고 차분히 말해라."

"제국 감찰원이라는 곳에서 우리를 찾고 있습니다."

데카트는 시장 거리에서 조금 전 겪은 일을 빠르게 설명했다.

묵묵히 얘기를 다 들은 그라일라가 찻잔을 탁자에 내려놨다.

"그러니까 감찰관이라는 놈들이 너와 나의 초상화를 들고 있더란 말이지?"

"예. 무슨 이유로 우리를 찾고 있는 걸까요? 우리가 제국에 해가 되는 행동을 한 적도 없는데요. 감찰관들의 행동을 보면 호의로 우리를 찾고 있는 것이 아니었습니다. 적대적이었습니다."

그라일라는 생각 깊은 눈빛으로 찻잔을 내려다보다가 고개를 들었다.

"아무래도 수호자 마을의 그 늙은이가 손을 쓴 듯하구나."

"아르크 단장 말씀입니까?"

"그래. 그는 하얀 나무를 지키기 위해서 무슨 짓이든 할

자였다."

의자에서 일어선 그라일라는 창가로 걸어가 밖을 내다봤
다.

"제국에 도움을 요청했을 수도 있다."

"그럼 큰일 아닙니까? 수호자 마을에 제국이 보낸 강자들
이 있을 수도 있으니까요."

데카트는 걱정이 가득한 얼굴로 말했다.

말없이 창밖을 응시하던 그라일라는 천천히 입을 뗐다.

"가 보면 알겠지."

일곱 호수로 가는 길목에 백여 명의 제국군 병사들이 말을
타고 도열해 있었다.

이들은 에르소 지역을 다스리는 위더스 총독의 호위병들
이었다.

· 제국 통일 전쟁 때 참전하기도 했었던 위더스 총독은 언덕
을 넘어오는 푸른 물결을 바라봤다.

황성에서 출발한 다미앵과 감찰관들이 말을 타고 언덕을
넘어 오고 있었다.

흰 눈썹이 아래로 축 처진 사각 턱의 위더스 총독은 말을
몰아 다미앵을 마중 나갔다.

다미앵은 위더스 총독이 말을 타고 다가오자 손을 들어 대열을 멈추게 했다.

"어서 오십시오, 감찰원장님."

위더스 총독은 말에서 내려 다미앵을 향해 정중하게 예를 표했다.

말 위에서 위더스 총독의 인사를 받은 다미앵은 말에서 내렸다.

"위더스 총독이 여긴 무슨 일이오?"

"감찰원장님이 에르소 남부로 오신다는 말씀을 듣고 인사차 왔습니다."

위더스는 공손히 대답을 하며 다미앵의 뒤쪽으로 말을 탄 채 열 지어 서 있는 수백 명의 감찰관들을 힐끔 쳐다봤다.

이토록 많은 감찰관들이 동시에 움직인 적은 그가 기억하기론 단 한 번도 없었다. 에르소의 총독인 위더스는 긴장이 될 수밖에 없었다.

"괜한 수고를 했구려. 그러지 않아도 되는데."

"아닙니다, 감찰원장님. 저를 에르소의 총독으로 황제께 추천해 주신 분이 다름 아닌 감찰원장님이 아니십니까? 어려운 발걸음을 해 주셨는데 어찌 인사를 드리러 오지 않을 수 있겠습니까?"

"하하하!"

뒷짐을 진 다미앵은 껄껄 웃었다.

"그건 오래전 일이 아니오? 새삼스러우니 그만하시오."

"예, 감찰원장님."

위더스도 웃는 낯으로 말을 했다.

"일정을 알려 주시면 제가 가시는 곳마다 모든 편의를 준비해 드리겠습니다, 감찰원장님."

"그럴 필요 없소. 일곱 호수 근처에 숙영지를 만들어 당분간 그곳에 머물 생각이니까. 필요하면 연락을 드리겠소."

"알겠습니다, 감찰원장님."

위더스는 다미앵의 행동이 이해가 안 됐지만 꼬치꼬치 캐물을 수도 없었다.

"그만 이동을 해야겠소."

"예, 감찰원장님. 저는 이 근방에 있는 도시 프로스에서 당분간 머무를 예정입니다. 뭐든 필요하시면 연락을 주십시오."

"고맙소, 위더스 총독."

말에 오른 다미앵은 말의 허리를 찼다. 멈췄던 대열이 다시 움직이기 시작했다.

호위병들과 함께 길옆으로 비켜서 있던 위더스는 턱을 매만졌다. 확실히 이례적인 상황이었다.

"흠, 대체 무슨 일인지 모르겠군. 황실 호위들도 대거 이동을 한다고 보고를 받았는데."

웅장한 폭포에 도착한 한스 황제는 폭포의 물을 내려다봤다. 예나 지금이나 변함없이 폭포는 멈추지 않고 흘러내리고 있었다.

깊은 산중의 폭포는 수호자 마을을 벗어나고 싶어 하던 한스 황제가 젊은 시절부터 그 열망을 녹여내던 장소였다.

폭포 정상에 걸터앉아 멀리 일곱 호수를 내려다보며 마음을 달래곤 했다.

한스 황제는 과거를 떠올리며 폭포와 가까운 바위에 걸터앉았다.

폭포수가 위에서 떨어지며 만들어 낸 바람이 한스 황제의 옷자락을 펄럭였다.

얼마 전 내린 비로 인해 수량이 늘어난 폭포수는 더욱 우렁차게 떨어지고 있었다.

"모레르, 수호자 마을로 가서 내가 왔다고 아버지께 전하게. 난 여기서 아버지를 기다리겠네."

"예? 마을로 안 가시고요?"

"수호자 마을엔 안 들어가는 게 좋을 것 같네. 그라일라는 내가 외부에서 막겠네."

한스 황제의 말에 모레르의 눈빛이 흔들렸다.

"꼭 이렇게까지 하실 필요는 없지 않겠습니까? 마을에 다

왔으니 저와 함께 가시죠."

"다 이유가 있어서니 내 말대로 하게."

한스 황제가 고집을 꺾지 않자 모레르는 난감해하다가 어쩔 수 없다는 듯 말했다.

"알겠습니다, 단장님께 말씀을 전하겠습니다."

모레르가 마을로 향하자 한스 황제는 눈을 지그시 감고 폭포가 떨어지는 소리에 귀를 기울였다.

시간은 빠르게 흘러갔고 눈을 감고 있던 한스 황제가 천천히 눈을 떴다.

아르크 단장이 모레르와 함께 산 정상부에서 걸어 내려오고 있었다.

바위에서 일어선 한스 황제는 근엄한 얼굴로 내려오는 부친을 바라보다가 근위대장에게 명했다.

"내가 찾을 때까지 모두 물러가 있어라."

"예, 폐하."

폭포 주변을 경계하던 근위대원들이 모두 다른 곳으로 이동했다.

콰콰콰콰.

웅장한 폭포 소리를 들으며 아르크 단장을 기다리던 한스 황제는 그가 가까이 다가오자 고개를 숙였다.

"오랜만입니다, 아버지."

우뚝.

한스 황제 앞에서 걸음을 멈춘 아르크 단장은 그를 뚫어지게 쳐다보다가 조금 전 한스 황제가 앉았던 바위에 엉덩이를 대고 앉았다.

"그래, 오랜만이구나."

수십 년 만에 재회한 두 사람은 서먹하기 그지없었다. 옆에서 지켜보던 모레르는 두 사람이 편하게 대화를 나눌 수 있도록 자리를 피해 줬다.

꽉 다문 입술로 고집스럽게 앉아 있는 부친의 모습에 한스 황제가 먼저 말문을 열었다.

"그동안 어떻게 지내셨습니까?"

"그라일라가 나타나기 전까진 아주 잘 지냈다. 마을도 아주 평화로웠고. 네 빈자리가 전혀 느껴지지 않더구나."

"그렇군요."

"넌 어찌 지냈느냐?"

한스 황제는 폭포 앞 숲을 바라보며 말했다.

"저도 잘 지냈습니다."

"황제가 되었으니 그럴 만도 하겠지."

비꼬는 부친의 말에도 한스 황제는 별 반응이 없었다.

등을 지고 서 있는 아들의 뒷모습을 잠시 바라보던 아르크 단장이 입을 뗐다.

"여기까지 와 놓고 마을에는 왜 안 들어오는 것이냐?"

"들어가고 싶지 않았습니다. 어찌 됐든 전 더 이상 수호자가 아니지 않습니까?"

한스 황제의 대답에 아르크 단장의 표정이 무거워졌다. 두 사람 사이의 대화가 다시 끊겼다.

한동안 침묵하던 아르크 단장이 먼저 말했다.

"용의 심장을 가진 그라일라는 용의 환영을 불러낼 만큼 대단한 여자였다. 아무리 너라 해도 일대일로는 감당하기 벅찰 것이다."

"걱정 마십시오. 그라일라는 제가 막을 수 있습니다."

"황제가 되더니 아주 오만해졌구나."

"아버지는 저에 대해 예나 지금이나 모르시는 게 너무 많습니다."

숲을 응시하던 한스 황제가 몸을 돌려 바위에 앉아 있는 부친을 바라봤다.

아들의 얼굴을 물끄러미 쳐다보던 아르크 단장은 바위에서 일어섰다.

"너도 많이 늙었구나. 지쳐 보인다."

한스 황제의 눈동자가 순간 미세하게 흔들렸다.

"어디서 지낼 것이냐?"

"마을로 통하는 절벽 입구 근처에 여전히 오두막이 있다고 들었습니다. 그곳에서 당분간 지낼 생각입니다."

"알겠다. 너 편할 대로 해라."

아르크 단장은 한스 황제를 지나쳐 마을을 향해 걸음을 옮겼다. 앞을 보며 걷던 아르크 단장이 발걸음을 멈추고 몸을 돌려 한스 황제를 바라봤다.

"사실 편지를 보내는 것이 두려웠다. 네가 오지 않을까 봐."

"……."

"그런데 이렇게 바로 달려와 줘서 고맙구나."

아르크 단장은 아들이 오래전부터 무척 보고 싶었다. 다만 사람들에게 내색을 할 수는 없었다.

한스 황제를 잠시 바라보던 아르크 단장은 몸을 돌려 폭포를 떠났다.

아버지가 떠난 빈 공간을 한동안 바라보던 한스 황제는 몸을 솟구쳐 폭포 정상 부근으로 올라갔다.

산 밑 호수가 한눈에 들어왔다.

한스 황제는 오래도록 그 자리에서 감회 깊은 표정으로 서 있었다.

일곱 호수 인근 숲에 도착한 수백의 감찰관들은 숙영지를 조성하기 위해 방해가 되는 나무들을 사정없이 잘라 냈다.

잘린 나무들은 다미앵이 지낼 임시 거처의 목재로 사용됐다.

많은 인원들이 투입된 끝에 다미앵의 작은 집은 금세 완성됐다. 수백의 감찰관들이 지낼 막사도 튼튼하게 지어졌다.

이 모든 것이 전광석화처럼 이뤄졌다. 평소 감찰관들이 얼마나 일사불란하고 신속하게 행동해 왔는지 잘 엿볼 수 있는 장면들이었다.

"잘랭, 이곳이 저들의 목적지 같지 않소?"

어둠 속에서 화톳불이 타오르는 숙영지를 바라보던 라이던이 작게 속삭였다.

라이던의 말에 수풀 속에 같이 엎드려 있던 잘랭이 고개를 끄덕였다.

"그런 것 같군. 오늘 하룻밤을 보낼 숙영지라면 저렇게 공을 들이지는 않았겠지."

"대체 왜 이곳으로 온 걸까요? 이 주변은 일곱 호수밖에 없는데."

디일렌은 수수께끼를 푸는 사람처럼 미간을 좁히며 말했다.

다미앵이 수백의 감찰관들을 이끌고 온 곳이 고작 일곱 호수 근처의 평범한 숲이라는 것이 아주 이상했다.

그것은 다른 두 사람도 같은 생각이었다.

"경비가 오고 있어."

수풀 속에 엎드려 있던 세 사람은 대화를 멈추고 미동도 하지 않았다.

햇불을 든 두 감찰관들이 차가운 눈빛으로 세 사람이 은신해 있는 수풀을 둘러봤다.

엎드려 있던 세 사람의 머리 위로 햇불의 불빛이 잠시 머물다 지나갔다.

주위를 날카롭게 둘러보던 그들은 곧 다른 곳으로 걸어갔다.

"후우, 자식들이 설렁설렁하는 면이 없네. 내가 방귀 뀐 소리를 듣고 왔나?"

라이던이 미소를 지으며 농담을 했다.

"일단 물러나지."

잘랭이 말을 하며 뒤로 움직이자 나머지 두 사람도 조용히 그의 뒤를 따라갔다.

숲을 나온 그들은 달빛이 반짝이는 호숫가를 걸었다.

"젠장, 이 상황에서도 호수의 아름다움에는 눈길이 가는군."

라이던은 돌을 들어 호수에 던졌다.

고즈넉한 호수를 바라보던 디일렌이 말했다.

"이젠 어쩌지?"

"어쩌긴, 계속 감시해야지. 뭔가 아주 고약한 냄새가 난다고, 고약한 냄새가."

라이던이 코를 벌름거릴 때, 잘랭이 단단한 목소리로 말했다.

"일곱 호수 지역에 요즘 무슨 일이 있었는지 알아보는 게 좋을 것 같군. 그것과 관련해서 다미앵이 움직인 것일 수도 있으니까."

걸음을 멈춘 잘랭은 두 사람을 바라보며 말을 이었다.

"두 사람은 오다가 본 마을에 가서 정보를 좀 수집해 봐. 나는 다른 마을들을 돌아볼 테니까. 내일 밤에 이 자리에서 다시 만나지."

"그럽시다. 저놈들이 당장 움직일 것 같지는 않으니까. 가자고, 디일렌."

"혼자 가. 나는 잘랭과 함께 갈 테니까."

디일렌의 말에 라이던은 눈을 크게 뜨고 그녀를 바라보다가 잘랭의 눈치를 보며 헛기침을 했다.

"뭐, 그러든지."

"아니, 두 사람은 부부로 위장해서 같이 움직이는 게 좋을 거야. 잘 어울리니까."

잘랭의 말에 디일렌의 눈썹이 위로 올라갔다.

"어울리긴 뭐가 잘 어울려요?"

"참 나, 내가 할 소리를 하네?"

라이던과 디일렌이 티격태격할 때 잘랭은 조용히 몸을 돌려 앞으로 걸어갔다.

잘랭이 멀어지자 말다툼을 하던 두 사람은 입을 다물었다.

"디일렌, 너무 서운하게 생각하지 마. 잘랭 저 사람은 복

수 외에는 지금 눈에 들어오는 게 없을 테니까. 물론 나도 마
찬가지지만."

"닥쳐. 네게 위로받고 싶지 않아, 알았어?"

디일렌이 앞으로 걸어가자 라이던은 입맛을 다시며 그 뒤
를 따라갔다.

호수를 따라 걸으며 인근 마을로 향하던 잘랭은 순간 온몸
의 신경이 팽팽하게 곤두섰다.

뒷짐을 진 채 호숫가에 서 있는 다미앵과 우연히 마주친
것이다.

'저자가 왜 이곳에?'

후드를 깊이 눌러쓴 잘랭은 중간에 방향을 바꾸면 오히려
시선을 끌까 봐, 그대로 가던 길을 계속 걸어갔다.

홀로 있는 다미앵과 거리가 가까워질수록 잘랭의 손도 허
리의 검과 가까워졌다.

호수에 시선을 둔 다미앵의 등 뒤를 지나가며 공격할 좋은
기회가 찾아왔기 때문이다.

그러나 상대는 한스 황제와 더불어 적수가 없다고 알려진
강자 중의 강자였다.

초강자 잘랭이라 해도 신중해질 수밖에 없었다.

공격이 실패하면 역공을 당하고 복수의 기회는 사라진다.

'하지만…… 이와 같은 좋은 기회가 또 올까?'

등을 보이고 서 있는 상대의 유혹은 그만큼 강력했다.

짧은 순간, 수많은 생각을 한 잘랭은 마침내 등을 보이고 서 있는 다미앵의 뒤에 도착했다.

스윽.

잘랭이 검 손잡이에 손을 올리려던 순간, 그의 귓가에 갑자기 이안의 목소리가 환청처럼 들려왔다.

—1년이야. 1년 뒤엔 다시 돌아와야 돼. 아니면 내가 찾으러 갈 거야.

갑작스러운 환청에 잘랭은 공격할 호흡을 놓치고 말았다.

'이런.'

당혹스러운 표정을 지은 잘랭은 그대로 다미앵의 등 뒤를 지나쳐 계속 앞으로 걸어갔다.

잘랭이 그냥 지나쳐 가자 뒷짐을 진 채 호수를 바라보던 다미앵이 천천히 고개를 돌려 그런 잘랭의 뒷모습을 바라봤다.

'흠, 내 착각이었나?'

차가운 시선으로 잘랭을 바라보던 다미앵은 몸에 모았던 포스를 없앴다.

잘랭이 공격했다면 다미앵은 그 순간 상대를 갈기갈기 찢어 버렸을 것이다.

이내 잘랭에 대한 관심을 끊은 다미앵은 고개를 돌려 호수 너머 거대한 산으로 시선을 옮겼다.

산 정상부에 수호자 마을이 있었다.

'용의 심장이라…….'

한스 제국의 황성은 허허벌판에 세워지지 않았다. 멸망한 다섯 왕국 중 하나인 마란 왕국의 왕성을 토대로 세워졌다.

그렇기에 황성은 마란 왕국 시절의 건축물들을 여기저기서 쉽게 찾아볼 수 있었다.

채색이 된 수많은 유리창들로 장식된 고풍스러운 건물들과 대극장, 다섯 개의 종탑이 배치된 거대한 광장 등이 대표적인 마란 왕국 시절의 건축물들이었다.

"마란의 왕성을 황성으로 삼으려는 부황의 계획에 많은 신하들이 반대했습니다. 제국의 수도인 만큼 새로운 장소가 어울린다는 논리였죠."

황성 거리를 달리는 마차 안에서 프리츠는 이안에게 황성의 역사에 대해 친절하게 설명해 주고 있었다.

이안은 눈으로는 황성 거리를 구경하고, 귀로는 프리츠의 말을 집중해서 듣고 있었다.

"그런데 부황은 이곳이 마음에 드셨는지 신하들의 반대에도 불구하고 기존 왕성을 확장해 지금의 황성으로 만드셨습니다."

"그렇군요."

"어떻습니까, 황성의 모습이?"

프리츠는 자부심 가득한 표정으로 물었다.

이안은 빙그레 웃었다.

"옛것과 새것이 공존하니 이보다 더 좋을 수가 있겠습니까? 조화가 잘 이루어진, 아주 아름다운 모습입니다."

이안이 극찬을 하자 프리츠는 기쁜 얼굴로 껄껄 웃었다.

"고맙습니다, 이안 영주님. 하지만 마치 제가 칭찬을 바란 모양새군요."

"아닙니다. 진심으로 드린 말씀입니다."

이안은 다섯 개 종탑의 종이 순서대로 울려 퍼지고 있는 광장을 바라보며 말했다.

'황성이 굉장히 넓군.'

황성이 어찌나 넓은지 이안과 프리츠 일행이 탄 넓은 마차는 거리를 한참을 달린 후에야 황성 북쪽에 위치한 황궁 입구에 도착할 수 있었다.

"잘들 지냈나, 나 딕벤일세. 마차에 프리츠 황자님이 타고 계시네."

마부석에 앉아서 마차를 몰았던 딕벤이 얼굴을 가린 후드를 등 뒤로 넘기며 황궁을 지키는 병사들에게 말했다.

쿠쿠쿵!

육중한 성문이 열렸고, 멈췄던 마차는 황궁 안으로 들어갔다.

그러나 마차가 움직일 수 있는 공간은 제한적이었다. 황궁 입구에서 얼마 떨어지지 않은 곳에서 이안과 반언, 재무관은 프리츠를 따라 마차에서 내려야만 했다.

"영주님, 황궁입니다."

재무관은 소문으로만 듣던 제국의 황궁에 도착하자 약간 상기된 얼굴로 말했다.

이안은 높은 성벽으로 둘러싸인 황궁 내부를 바라보며 고개를 끄덕였다.

"그래, 황궁이군."

곧 한스 황제를 만날 수 있다는 생각에 이안의 눈빛이 깊어졌다.

'그를 드디어 만나게 되는군.'

피의 황제로 불릴 만큼 제국을 세울 때 단호하게 다섯 왕국을 멸망시킨 한스 황제는 지난 30여 년간 동대륙의 많은 사람들에게 두려움과 호기심의 대상이 되어 왔다.

이안도 평소 한스 황제에 대한 호기심을 갖고 있었다.

페르콘의 톰브린 원로는 한스 황제를 일생에 한 번 만나기 어려운 대단한 인물이라며, 그를 매우 높이 평가했었다.

"이안 영주님, 저를 따라오시죠."

황궁에 도착한 프리츠는 드디어 임무를 완수했다는 듯 얼굴에 여유가 흘렀다.

"예."

이안은 프리츠를 따라 황궁 안쪽으로 걸음을 옮겼다.

황궁은 건물이 많았고, 길은 모두 대리석으로 깔려 있었다.

마주치는 사람들은 프리츠 황자를 알아보고 걸음을 멈추고 예를 다하는 모습이었다.

"이곳은 외궁에 해당하는 구역으로, 부황께선 황궁 안쪽의 내궁에서 지내십니다."

"그렇군요."

이안은 서쪽의 정원을 바라보며 담담히 대꾸했다. 정원은 숲과 연결되어 있었다.

"저 정원과 숲은 마란 왕국 시절부터 존재하던 곳입니다. 마란 왕실은 저 숲에서 1년에 한 번씩 신에게 기도를 해 왔다고 합니다. 왕국의 무사 안녕을 기원하면서요."

"제국에게 좋은 의미의 숲은 아니군요. 그런데 왜 그냥 놔둔 것입니까?"

이안이 묻자 프리츠는 웃으며 답했다.

"보기 좋은 곳이니 없애지 말라는 부황의 명이 계셨다고 합니다. 지금도 기억이 나는군요, 제가 어렸을 때 저 숲에서 뛰어놀던 것이요. 황궁 밖으로 거처를 옮길 때까지 저 숲이 있어서 저는 황궁이 답답한 줄 몰랐답니다, 하하하!"

"지금은 황궁 밖에서 사십니까?"

"네. 결혼을 한 뒤로는 황궁을 벗어나 황성에 집을 구해 살고 있습니다. 나중에 저희 집으로 한번 와 주시죠. 아이들에게 이안 영주님을 소개하고 싶습니다."

프리츠는 자신보다 나이가 어린 이안을 마음속으로 깊이 인정하고 있었다.

그래서 자라나는 아이들에게 하나의 훌륭한 모범으로 이안 영주를 만나게 해 주고 싶었다.

"그래 주시겠습니까?"

프리츠가 걸음을 떼며 묻자 이안은 숲에서 시선을 돌려 그의 얼굴을 바라봤다.

악의 없는 순수함이 느껴지는 사람이었다.

"그렇게 하시죠."

"하하하! 고맙습니다, 이안 영주님."

활기차게 웃던 프리츠는 이안에게 차분히 말했다.

"부황께서 이안 영주님을 보시면 매우 기뻐하실 겁니다."

"글쎄요, 전 부담이 되는군요. 아직 무슨 일로 제가 초대됐는지 모르니 말입니다."

이안의 말에 밝은 표정이었던 프리츠의 낯빛이 살짝 바뀌었다.

이안을 알베른에서 이곳까지 데리고 온 것은 큰 성과였지만, 정작 중요한 일은 이제부터 시작이었다.

'내가 너무 좋아했군. 진짜 중요한 일이 남아 있는데.'

프리츠가 턱을 매만질 때 뒤에서 황궁을 구경하며 따라오던 반언이 묵직한 목소리로 물었다.

"험, 프리츠 황자님, 저와 재무관도 황제를 만나 뵐 수 있는 겁니까?"

"물론이오. 이안 영주님의 가까운 분들이시니 부황께서 만나 주실 것이오."

"다행입니다. 황궁만 구경하고 돌아갔으면 섭섭할 뻔했습니다."

반언의 말에 이안을 비롯한 사람들이 낮게 소리 내어 웃었다.

"황자님, 앞에 대신들이 오고 있습니다."

"그렇구나. 궁전 회의가 있었나 보다."

딕벤의 말에 프리츠는 맞은편에서 걸어오는 사람들을 바라봤다.

기품 있는 관복을 입은 여러 대신들이 황궁 입구를 향해 걷고 있었다.

황태자가 주관하는 궁전 회의에 참석하고 방금 전 나온 이들이었다.

"황태자님이 점차 우리 의견에 귀를 기울이시는 것 같소. 이런 때일수록 더 과감히 감찰원장의 퇴진을 요구해야 할 것이오."

꼬장꼬장한 성미를 자랑하는 베르너가 말을 하자 사람들이 고개를 끄덕였다.

하지만 키 작은 대신이 주위를 둘러보며 작게 말했다.

"그런데 난 조금 걱정이 됩니다. 궁전 회의에 참석한 자들 중에 분명 감찰원장의 수족이 있을 텐데, 우리들의 이런 행동을 보고받고 그가 가만히 지켜만 볼지 말입니다."

"불안해할 필요 없소. 하늘이 도왔는지 감찰원장은 수하들을 이끌고 지금 멀리 감찰을 가지 않았소? 그가 돌아오기 전에 황태자님을 설득해 감찰원장을 자리에서 물러나게 해야 하오."

베르너는 강경했다.

"제국의 기틀을 더욱 강건히 하기 위해선 감찰원장이 가진 권력을 내려놓고 물러나야 하오. 이대로 폐하께서 황태자님께 황위를 물려주신다면 황태자님은 종이호랑이 꼴을 벗어나지 못할 것이오."

"맞는 말씀이나, 황태자님이 우리 의견에 동조하신다 해도 폐하께서 이를 윤허하시겠습니까? 감찰원장과 의형제를 맺은 사이신데 말입니다."

"답답하시오."

베르너가 키 작은 대신을 바라보며 혀를 찼다.

"폐하께서도 귀와 눈이 있으신데 어찌 감찰원장의 전횡을 모르시겠소. 다만 그간의 공과 정이 있으니 침묵하고 계시는 것일 뿐. 황태자님이 황실을 위해 간곡히 부탁을 드린다면, 결국 폐하께서는 대의를 따르실 것이오."

사람들은 무거운 표정으로 재차 고개를 끄덕였다. 어찌 되었든 감찰원장과 맞선다는 것은 목숨을 내놓아야 할 만큼 두려운 일이었다.

"베르너 경, 저기 프리츠 황자입니다."

사람들은 대화를 멈추고 맞은편에서 걸어오는 프리츠를 바라봤다.

"베르너 경, 좋은 생각이 났습니다. 황태자님께 프리츠 황자를 감찰원장으로 추천을 하면 어떻겠습니까? 프리츠 황자는 성격이 유순하니 우리 대신들이 대하기 편할 것입니다."

"흠, 그것도 괜찮은 생각이오. 감찰원장의 후임도 중요하니 말이오."

잠시 후 베르너와 대신들은 프리츠와 마주했다.

"안녕하십니까, 황자님."

대신들의 인사에 프리츠도 정중히 화답했다.

"안녕들 하십니까."

나이 지긋한 베르너가 인자한 미소를 지으며 물었다.

"한동안 황성에서 뵙지를 못했군요."

"예, 일이 좀 있어서 황성을 비웠습니다."

"그러셨군요."

베르너의 시선이 프리츠 뒤에 서 있는 이안과 그 일행에게로 향했다. 처음 보는 이들이었다.

"이분들은 누구신지요?"

베르너가 묻자 프리츠는 가볍게 헛기침을 하며 이안을 소개했다.

"여기 이분은 벨로린 왕국의 이안 영주님이십니다. 알베른의 영주시지요."

"벨로린이라면…… 동대륙이 아닙니까?"

베르너와 대신들이 의외였는지 새삼스럽게 이안을 쳐다봤다.

그들은 알베른이나 이안에 대해 잘 모르는 눈치였다. 다만, 멀리서 온 영주에 대한 호기심을 보일 뿐이었다.

"처음 뵙겠습니다. 알베른의 영주, 이안 알베른입니다."

이안이 먼저 인사를 하자 베르너와 대신들도 차례로 인사를 했다.

이안과의 인사가 끝나자 베르너는 의아한 얼굴로 프리츠에게 물었다.

"외람되나 동대륙의 영주께서 무슨 일로 황궁에 오신 겁니까?"

"내가 개인적으로 초대한 손님인데, 서대륙은 처음 오신 거라서 황성과 황궁을 구경시켜 드리고 있습니다."

"네에."

"그럼, 이만."

프리츠와 이안 일행이 지나쳐 가자 베르너는 몸을 반쯤 틀어 그들을 한동안 바라봤다.

"갑자기 동대륙의 영주를 데리고 오다니. 여기 있는 사람 중에 알베른에 대해 들어 본 사람이 있소?"

베르너가 주변의 대신들에게 확인하듯 물었다.

"처음 들어 봅니다."

"흠."

흰 수염을 훑어 내리던 베르너는 황태자가 있는 외궁 건물 안으로 들어가는 이안을 지그시 바라보다가 말했다.

"한번들 알아보시오. 동대륙의 일개 영주라고 보기엔 범상치 않아 보이오."

"예, 베르너 경."

프리츠는 외궁의 접견실로 이안을 안내했다.

10여 개의 높은 아치형 창문에서 햇볕이 투과되어 들어오는 넓은 접견실은 웅장하면서도 화려해, 방문객을 기죽이기에 충분했다.

　"이곳에서 잠시 기다리시죠. 황태자 형님을 만나 이안 영주님의 방문 사실을 전하고 오겠습니다."

　접견실을 가볍게 둘러보던 이안이 프리츠에게 대꾸했다.

　"아름다운 접견실이군요. 알겠습니다, 다녀오십시오."

　현재 제국은 황제를 대리해 위르겐 황태자가 통치하고 있었다. 이안도 그것을 알고 있었다.

　황제를 만나기에 앞서 황태자를 먼저 만나게 될 것 같다.

　프리츠가 딕벤과 함께 나가자 이안은 화려한 장식이 가미된 의자에 천천히 앉았다.

　반언과 재무관은 접견실을 둘러보느라 정신이 없었다.

　그도 그럴 것이 접견실엔 다섯 왕국에서 몰수해 온 진귀한 예술품들 중 일부가 배치되어 있었다.

　"영주님, 이 그림 좀 보십시오. 다양한 보석들을 작게 만들어서 붙인 그림입니다. 세상에 이런 그림은 처음 봅니다."

　반언이 눈을 휘둥그렇게 뜨며 말했다.

　그림을 보는 각도에 따라서 보석들이 다양하게 빛을 발산하며 그 아름다움을 더했다.

　옆에 있던 재무관은 보석으로 제작된 그림을 게슴츠레한

눈빛으로 평가했다.

"밑바탕은 황금 가루로 되어 있습니다. 그림이 얼마나 무거운지 받침까지 벽에 박아 놨습니다. 이 그림을 팔면 10만 금화는 받을 것 같습니다."

"재무관, 황제에게 말해서 이 그림을 우리 영지로 가지고 가세. 영주님의 방에 걸어 놓으면 아주 좋을 것 같군."

"알겠습니다, 원로님. 영주님의 위상과 이곳까지 오시는 수고로움을 계산하면 최소 100만 금화는 될 테니 이것도 요구하겠습니다."

재무관이 품에서 장부를 꺼내 적었다.

뒤에서 지켜보던 이안이 하품을 하며 말했다.

"촌사람들처럼 왜 그래? 이런 접견실이 뭐 그리 대단하다고."

"재무관, 이쪽에 있는 조각상도 괜찮은 것 같군. 이것도 영주님 방에 가져다 놓자고."

"이건 3만 금화 정도 되겠군요."

반언이 가리키는 조각상을 이리저리 살피던 재무관이 장부에 기재했다.

반언과 재무관은 접견실에 있는 예술품들을 모두 가지고 갈 기세였다.

이안은 웃으며 손짓을 했다.

"그만들 하고 와서 앉아. 의자가 푹신하니 좋다고."

"영주님, 그 의자가 마음에 드십니까?"

재무관이 장부를 들고 다가오자 이안은 고개를 절레절레 흔들었다.

"황제가 무슨 일로 불렀는지 아직 모르잖아. 벌써부터 이러지 말자고. 창피하니까."

"영주님, 이유야 어찌 됐든 저들의 요구에 맞춰 긴 시간을 들여 황성까지 오시지 않았습니까? 영주님께서 황제를 도울 수 없는 경우라 해도 저들은 일정한 대가를 지불해야 합니다."

"재무관의 말에 전적으로 동감합니다."

반언도 옆에서 거들었다.

그때였다. 접견실 문이 열리며 황궁 궁녀들이 들어오더니 탁자 위에 찻잔과 과일이 든 접시들을 내려놓고 조용히 나갔다.

"아무튼 앉아."

"예, 영주님."

반언과 재무관이 의자에 앉았다.

세 사람은 차를 마시며 프리츠가 돌아오기를 기다렸다.

"재무관, 근데 말이야."

"예, 영주님."

"내가 돈 얘기를 꺼내기는 뭐하니까, 옆에서 확실히 챙겨. 알았지?"

이안이 헛기침을 하며 하는 말에 재무관이 씨익 웃으며 답했다.

"걱정 마십시오, 영주님."

"수고했다. 네가 이안 영주와 함께 돌아올 줄은 몰랐다."

집무실에서 동생으로부터 보고를 받은 위르겐은 크게 놀라며 기뻐했다.

황제의 초대장을 전달한 것으로 끝을 낸 게 아니라 이안 영주 본인을 직접 데리고 온 것이다.

"이안 영주는 왕국 내전이 끝난 지 얼마 안 된 상황에서 어렵게 영지를 비우고 왔습니다. 할 일도 많은데 말입니다. 그에 대한 보답을 황실 차원에서 확실히 해 줬으면 합니다."

"이안 영주가 마음에 들었나 보구나, 네가 그런 이야기까지 다 하고 말이다."

위르겐은 탁자 너머에 앉아 있는 프리츠를 바라보며 미소를 지었다.

"걱정 마라. 선뜻 초대에 응해 준 그를 어찌 섭섭하게 대할 수 있겠느냐. 황실의 체면이 있지. 이안 영주가 문제를 해결해 주지 못하더라도 성의를 다하겠다."

"감사합니다, 형님. 접견실에서 그들이 기다리고 있습니다. 가서 만나 보신 후, 아버지께 함께 가시죠."

프리츠가 밝은 표정으로 의자에서 일어서려 할 때 위르겐이 말했다.

"프리츠, 아버지는 지금 궁에 안 계신다."

"안 계신다고요?"

"그래."

위르겐은 집무실 벽에 걸려 있는 제국의 지도에 시선을 두다가 말문을 열었다.

"수호자 마을에 가셨다."

"수호자 마을에요?"

프리츠는 깜짝 놀라며 위르겐을 쳐다봤다.

프리츠는 자신의 부모와 형이 수호자 마을 출신이라는 것을 알고 있었다. 형인 위르겐은 어린 시절을 그곳에서 보내기도 했었다.

그에 비해 프리츠는 한스 황제가 수호자 마을을 떠나 세상으로 나온 뒤에 태어났다. 수호자들과 하등의 관련 없이 이 세상에서 자신의 삶을 시작한 것이다.

"아버지는 수호자 마을과 연을 끊으셨지 않습니까? 그런데 왜 갑자기 그곳에 가신 겁니까?"

"할아버지가 사람을 보내 도움을 요청하셨다."

"할아버지라면……."

"그래, 아버지와 싸웠다는 그 할아버지가 맞다. 아직도 살아 계신다고 하더구나."

위르겐은 수호자 마을을 떠나던 날, 아버지의 뺨을 후려치던 할아버지의 차가운 얼굴을 여전히 기억하고 있었다.

그때처럼 할아버지가 낯설고 무서웠던 적이 없었다.

잠시 옛 생각을 하던 위르겐은 무슨 일이 벌어졌는지 궁금해하는 프리츠에게 수호자 마을이 처한 상황을 차분히 설명해 주었다.

눈을 크게 뜨며 이야기를 모두 들은 프리츠는 목이 탔는지 탁자 위에 있는 물병의 물을 따라 마셨다.

"놀랍군요. 용의 심장을 가진 거인족 여자가 하얀 나무를 노리고 있다니."

"그러게 말이다. 용의 심장의 힘으로 무려 천 년을 늙지 않고 살았다고 하니, 그라일라의 능력이 얼마나 대단한지 겪지 않고서도 짐작할 수 있다."

"아버지의 몸 상태가 예전과 다른데 괜찮으실까요?"

프리츠의 우려에 위르겐은 자리에서 일어나 창가로 걸어갔다.

그는 창문 밖을 내다보며 입을 뗐다.

"걱정 마라. 아버지의 능력은 우리가 추측하기 어려울 정도다. 그라일라를 상대하실 수 있다고 하셨으니 그 말씀대로 될 것이다."

"저도 그렇게 믿고 싶습니다만, 걱정이 되는 것은 어쩔 수 없군요."

"이 녀석아, 나라고 걱정이 안 되겠느냐?"

창밖을 내다보던 위르겐이 쓴웃음을 지으며 뒤돌아섰다.

"수호자 마을이 세상에 드러나든 말든, 수십만 병력을 그곳으로 투입하고 싶은 마음이 굴뚝이다."

"형님⋯⋯."

"그러나 말이다. 궁을 떠나실 때 보여 주신 아버지의 자신감 어린 미소를 생각하며 참고 있는 것이다. 그러니 너도 아버지를 믿어라. 제국을 세우신 분이 아니더냐?"

형과 시선을 주고받던 프리츠는 천천히 고개를 끄덕였다.

"알겠습니다, 형님. 그런데 궁금한 게 있습니다."

"무엇이냐?"

위르겐은 다시 의자에 앉으며 동생을 바라봤다.

"아버지를 믿는다면서 왜 황실 호위대를 일곱 호수에 파견하신 겁니까?"

"그건 다른 이유 때문이다."

위르겐이 무거운 표정으로 말을 이었다.

"감찰원장은 아버지처럼 수호자 마을 출신이다. 그래서 아버지를 돕기 위해 감찰원 병력을 이끌고 일곱 호수로 갔다. 하지만 나는 그것이 오히려 신경이 쓰인다."

"설마 감찰원장이 다른 마음이라도 품고 있다는 뜻입니까?"

"그렇게 생각하지는 않는다. 그저 조심하자는 것뿐이다."

프리츠는 위르겐의 얼굴을 뚫어지게 쳐다봤다. 말은 아니라고 했지만 감찰원장에 대한 신임을 위르겐은 거둬들인 것 같았다.

잠시 침묵하던 프리츠가 물을 한 모금 마신 뒤 말했다.

"보낼 거면 황실 근위대를 보내시지 왜 황실 호위대를 보내신 겁니까?"

"황실 근위대는 아버지의 명만 따르는 자들이 아니더냐? 내가 비록 아버지 대신 내정을 관리해도 근위대를 움직일 권한은 아직 없다."

"그래서 황실 호위대를 움직인 것이군요."

황실 근위대는 오직 황제를 호위하는 기관이었다. 반면, 황실 호위들은 황실의 일원 전체를 대상으로 호위를 하는 병력이었다.

"그래, 내 처소를 지키는 자들까지 몽땅 보냈다."

"그러다 아버지께서 진노하시면 어쩌시려고요?"

"그것은 나중 일. 아버지는 도착한 황실 호위들을 돌려보내시지는 않을 것이다."

위르겐은 한스 황제를 닮아 한번 결정한 일은 후회하지 않고 추진하는 적극적인 성격이었다.

그런 형의 성격을 잘 알고 있는 프리츠는 그저 웃고 말았다.

"문제는 아버지가 궁을 비운 사이에 이안 영주가 방문을 했다는 것인데……. 아버지는 그라일라를 잡기 전까지 궁으로 돌아오시지 않을 게다. 생각보다 시간이 많이 소요될 수도 있어."

"형님, 아버지가 돌아오실 때까지 이안 영주에게 기약 없이 기다려 달라고 요청할 수는 없습니다. 우리 사정을 고려해 서둘러 와 주기까지 했는데 말입니다."

프리츠는 난처해하며 말을 이었다.

"이안 영주와 함께 제가 일곱 호수로 가겠습니다. 그것이 기다리는 것보다는 나을 겁니다."

"음……."

잠시 생각하던 위르겐이 고개를 끄덕였다.

"나도 네 생각과 같다. 하지만 일단 아버지께 이안 영주가 왔음을 알리는 게 먼저인 것 같다. 지금 전서구를 보내면 이틀이면 아버지의 회신이 도착할 테니, 그때 상황을 봐서 일곱 호수로 가도 늦지는 않을 게다."

위르겐은 말을 하며 자리에서 일어섰다.

"이안 영주도 먼 길 오느라 피곤할 테니 하루 이틀 정도는 쉬어야 하지 않겠느냐?"

"알겠습니다, 그렇게 하는 게 좋을 것 같습니다."

집무실 책상으로 걸어가 빠르게 편지를 작성한 위르겐은 황실 마법사를 불렀다.

마법으로 특별한 새를 관리하는 마법사였다.

"일곱 호수에 가 있는 황실 호위대에게 전서구를 보내게."

"예, 황태자님."

공손하게 허리를 숙이며 대답을 한 날카로운 인상의 마법사는 황태자의 편지를 두 손으로 받아 들고 집무실에서 물러갔다.

"그만 이안 영주를 만나러 가자. 그를 너무 오래 기다리게 했구나."

위르겐은 프리츠와 함께 집무실을 나와 서둘러 접견실로 향했다.

접견실의 예술품들을 구경하며 시간을 보내는 것도 잠시, 프리츠를 기다리던 이안은 따분한 표정으로 앉아 있다가 마법 주머니에서 고대 샬렌교 경전을 꺼내 펼쳤다.

"역시 영주님은 믿음이 깊으시군요. 아닌 척하시지만요."

탁자 위의 포도를 떼어 먹으며 입으로 우물거리던 반언은 이안이 읽고 있는 경전을 기웃거렸다.

에렌투 수도원을 함께 다녀온 반언은 이안이 샬렌의 등불을 회복시키는 과정을 바로 옆에서 지켜봤었다.

"그냥 읽는 거야, 심심해서."

"다 본 걸 또 보면 지루하지 않습니까?"

반언의 말에 이안은 고개를 끄덕였다.

"맞아, 지루해. 근데, 명색이 성화의 주인인데 샬렌교 경전을 가끔은 봐 줘야 하지 않겠어?"

"그것도 일리 있는 말씀입니다. 그런데 영주님은 샬렌을 보신 적이 있으십니까?"

"봤지."

"예? 불의 신을 보셨다고요?"

반언과 재무관이 깜짝 놀라며 이안을 쳐다봤다.

"일전에 경전을 읽다가 잠이 들었는데, 꿈인지 현실인지 모르겠지만 얼굴 크기가 산만 한 불의 신이 하늘에 둥둥 떠서 나를 내려다보더라고."

"험, 신을 만났다고 하기엔 좀 애매하군요."

반언이 이안의 눈치를 보며 말했다.

경전에 시선을 두던 이안은 피식 웃으며 대꾸했다.

"그래, 그냥 꿈일 뿐일 거야."

"영주님, 겨울이 시작되기 전에 샬렌교 교단에 가신다고 하셨지 않습니까? 새 교주를 선출하기 위해서요. 마음에 담아 두신 사람이 있습니까?"

이번엔 재무관이 물었다. 이안은 12성탑의 클로에와 율법 사자 도네오를 떠올리다가 고개를 가로저었다.

"아직 정하지 않았어. 현장에서 판단 내릴 거야."

"성화를 가지신 영주님이 선택한 사람이 차기 교주가 될 가능성이 높기 때문에, 어깨가 무거우시겠습니다."

"솔직히 좀 그래. 나중에 차기 교주가 잘못하면 그 책임을 내게 돌리는 사람이 분명히 나올 테니까."

귀찮아질 앞날을 생각하며 미간을 좁히던 이안은 문이 열리는 소리에 접견실 출입문을 쳐다봤다.

프리츠가 중년의 사내와 함께 들어오고 있었는데, 한눈에 봐도 두 사람의 외모가 상당히 닮아 있었다.

'저 사람이 위르겐 황태자인가 보군.'

경전을 접어 품 안에 넣은 이안은 자리에서 일어섰다.

"오래 기다리게 해서 죄송합니다, 이안 영주님."

프리츠는 방에 들어오자마자 이안에게 사과를 했다. 시간이 많이 흘러 어느새 해가 지고 있었기 때문이다.

이안은 담담히 미소를 지었다.

"괜찮습니다. 일이 있으셨겠죠."

"이해해 주셔서 감사합니다."

프리츠는 옆에 서 있는 위르겐을 가리켰다.

"이분은 제 형님인 위르겐 황태자이십니다."

장차 황제가 될 위르겐을 바라보던 이안은 정중하게 인사를 건넸다.

"만나 뵙게 되어 반갑습니다. 이안 알베른이라고 합니다."

이안의 훤칠한 외모에 잠시 시선을 두던 위르겐은 이안처럼 정중하게 인사를 했다.

"황태자 위르겐이라고 합니다. 먼 길 오시느라 고생하셨습니다. 성화의 주인을 이렇게 만나 뵙게 되어 영광이군요."

"영광이라니요. 감당하기 힘든 말씀입니다."

이안은 황태자가 자신을 한껏 추켜세우자 민망해했다. 제국의 차기 황제는 생각과 달리 오만한 면은 없었다.

'얼마나 큰 부탁을 하려고 황태자가 이리 저자세로 나오는 걸까?'

한스 황제를 만나기에 앞서 위르겐을 만난 이안은 자신을 초대한 이유가 새삼 궁금해졌다.

위르겐과 인사를 나눈 이안은 옆에 서 있는 반언과 재무관을 그에게 소개했다.

"제 신하들입니다."

이안의 말이 끝나자 반언과 재무관이 차례로 위르겐에게 인사를 했다.

"알베른 가문의 원로 반언이라고 합니다."

"재무관 토먼입니다."

위르겐은 접견실로 오는 길에 반언과 재무관이 어떤 사람인지 프리츠에게 들은 상태였다.

부드러운 미소를 지으며 위르겐이 말했다.

"훌륭한 분들께서 이안 영주님과 함께 오셨군요. 환영합니다."

"감사합니다, 황태자님."

재무관은 제국의 황태자가 예의를 갖추며 영주와 자신들을 맞이하자 기분이 좋아졌다.

'역시 영주님과 함께 있으니 황제가 될 사람에게 이런 대접도 다 받는군.'

재무관은 어깨가 으쓱해졌다.

"앉으시죠."

위르겐은 이안에게 의자를 권한 후, 프리츠와 함께 탁자 앞에 앉았다.

"두 분도 여기 앉으시죠. 괜찮습니다."

위르겐은 서 있는 반언과 재무관에게도 의자를 권했다.

이안은 두 사람을 보며 고개를 끄덕였다. 그러자 반언과 재무관은 방금 전까지 자신들이 앉아 있던 그 자리에 엉덩이를 대고 앉았다.

사실 재무관은 몰라도 반언은 동대륙에서 명성을 날리던 인물이었다. 황태자는 그것을 존중해 주고 있었다.

"먼저 부황의 초대에 응해 주신 점, 황실을 대표해 깊이 감사드립니다, 이안 영주님."

위르겐이 다시 한번 사의를 표하자 이안은 담담히 말했다.

"별말씀을요. 다만, 성화가 꼭 필요한 일이라고 프리츠 황자님께서 간곡히 부탁을 하셔서 어떤 일인지도 모르고 왔습니다. 제 발걸음이 헛되지 않으면 좋겠습니다."

"저 역시 그렇게 되기를 간절히 바라고 있습니다."

"그럼 이제 황제 폐하를 만나 무슨 일로 저를 초대하셨는지 들을 수 있는 겁니까?"

이안의 말에 위르겐이 바로 답을 내놓지 못하고 가볍게 헛기침을 했다.

'어라, 왜 이러는 거지?'

뭔가 일이 생겼다는 것을 직감한 이안은 프리츠에게로 시선을 돌렸다.

프리츠는 이안과 시선이 마주치자 미안한 눈빛으로 사정을 설명했다.

"지금 부황께서는 황궁에 안 계십니다. 일이 생기셔서 다른 곳에 계십니다."

"아, 그래요. 그럼 언제 돌아오십니까?"

대수롭지 않게 물어보는 이안에게 프리츠는 잠시 뜸을 들이다가 답했다.

"그것이 좀 확답을 드릴 수 없는 상황입니다. 부황께서 처리하실 일이 언제 끝날지 몰라서요. 그래서 아무래도 이안 영주님이 부황이 계시는 곳까지 가 주셔야 될 것 같습니다."

"음, 그렇군요."

이안이 턱을 매만지자 위르겐이 사과를 했다.

"죄송합니다. 힘들게 황궁까지 오셨는데 또 움직이게 되어서요."

"아닙니다. 제가 이렇게 빨리 올 줄은 예상하지 못하셨잖습니까?"

이안이 빙그레 웃으며 말을 하자 위르겐과 프리츠는 안도하며 미소를 지었다.

충분히 짜증을 낼 만한데 이안은 담담히 받아들이며 그들의 사정을 이해해 줬다.

"그곳이 어디입니까?"

이안이 당장 그곳으로 갈 기세로 말을 하자 위르겐이 손을 저으며 만류했다.

"이안 영주님, 이곳으로 오기 전에 부황께 전서구를 날렸습니다. 아마 내일 밤이나 모레 사이에 부황으로부터 회신이 올 테니 그동안 황성에서 쉬고 계십시오."

"형님 말씀대로 잠시라도 휴식을 취하시지요."

프리츠까지 나서서 만류하자 이안은 못 이기는 척 고개를 끄덕였다.

"정 그러시다면 알겠습니다. 그런데 황제께서 계시는 곳이 어딘지는 말씀해 주실 수 있습니까?"

이안의 물음에 위르겐은 잠시 생각하다가 답했다.

"일곱 호수입니다."

일곱 호수에도 물고기를 잡는 어부들이 많이 있었다. 호수를 낀 작은 마을에 어선들을 심심치 않게 볼 수 있는 이유가 그것이다.

그러나 호수 마을의 어선들 대부분은 바다에서 물고기를 잡는 배처럼 크지 않았다.

낚시로 물고기를 잡거나 두세 사람이 합심해 그물질을 하는 정도가 호수 마을 어부들이 물고기를 잡는 방식이었기 때문이다.

그런데 사실, 일곱 호수 주변의 땅은 비옥해서 어부라 해도 물고기만으로 생계를 유지하는 사람은 드물었다.

많은 사람들이 농사를 겸하고 있었다.

"내 집 위치가 아주 한적해서 호수의 경치를 구경하며 지내긴 그만이라오. 삶에 지친 사람이 머리를 식히며 지낼 만한 장소로는 이 근방에서 내 집이 제일이지."

일곱 호수 중 하나인 '샤들' 호수의 늙은 어부는 자신의 다 쓰러져 가는 낡은 집을 세상에 둘도 없는 별장처럼 잘랭에게 소개했다.

"해가 져서 어두워서 그렇지 낮에 보면 내 말이 거짓이 아님을 알 수 있을 거요."

"해가 졌어도 아름다운 호수의 정취가 느껴지는군요."

마을과 외떨어진 노인의 집 주변으로는 나무들도 많이 있어서 외부 시선으로부터도 자유로웠다.

"마음에 듭니다. 이 집을 사겠습니다."

잘랭이 큰돈을 선뜻 내어 주자 노인은 관청에서 발급한 집 문서와 열쇠를 재빨리 잘랭의 손에 쥐어 줬다.

"이 집은 지금부터 당신 집이오."

노인은 집 안에 있는 살림도구까지 잘랭에게 모두 넘겼다. 그만큼 많은 돈을 받기도 했을뿐더러, 그는 앞으로 옆 마을 에서 사는 아들 집에서 함께 살 계획이었다.

그렇기에 옷가지만 챙겨서 맨몸으로 나가도 무방했다.

"그런데 무슨 일을 하시오?"

노인은 뒤늦은 질문을 했다.

"용병입니다. 지금은 은퇴했습니다."

"아, 어쩐지."

노인의 시선이 잘랭의 몸을 가린 망토 사이로 보이는 길쭉 한 검집으로 향했다.

"손에 피를 많이 묻히셨나 보구려, 이곳에서 조용히 지내 려고 하는 것을 보니."

잘랭은 별다른 대꾸를 하지 않았고, 노인도 더는 잘랭의 과거에 대해 관심을 두지 않았다.

집 안에서 옷을 챙겨 나온 노인에게 잘랭은 땅에 올라와 있는 작은 배를 가리켰다.

"저 배는 얼마에 파실 겁니까?"

노인은 집 앞의 배를 힐끔 쳐다봤다.

거꾸로 뒤집힌 채 길게 누워 있는 배는 호수에 띄우지 않은 지 상당히 됐다. 어깨가 안 좋아진 노인이 배를 타지 않고 그대로 방치해 둔 것이다.

"나도 양심이 있지, 좋은 가격으로 집을 사 주신 분에게 낡은 배까지 어찌 돈을 받고 팔겠소? 그냥 가지시오."

"감사합니다."

"그럼 잘 사시오."

노인은 옷이 든 가방을 등에 메고 정든 집을 한번 쓱 하고 바라보더니 뒤도 돌아보지 않고 그대로 자리를 떠났다.

잘랭은 텅 빈 집을 잠시 바라보다가 집 앞에 놓여 있는 배를 호수에 띄웠다.

노인의 손때가 묻은 노를 든 그는 천천히 노를 저으며 호수를 가로질러 갔다.

'다미앵은 호수를 보고 있었던 것일까, 아니면 호수 너머의 저 산을 바라보고 있었던 것일까?'

동료들과 만나기로 한 장소로 노를 저어 가던 잘랭은 오른쪽으로 고개를 돌려 어둠 속에 솟아 있는 웅장한 산을 응시했다.

낮에 보면 구름이 산 정상에 걸릴 정도로 높고 거대한 산이었다.

어젯밤 다미앵을 우연히 호수에서 조우했던 잘랭은 당시에는 미처 생각하지 못했던 부분을 짚어 보고 있었다.

'내가 과민한 것인가?'

산을 지그시 쳐다보던 잘랭은 다시 앞을 바라보며 노를 저어 갔다.

얼마 후 잘랭은 호숫가에 배를 대고 뭍으로 올라왔다. 부부로 위장하고 돌아다니던 디일렌과 라이던이 그를 기다리고 있었다.

"잘랭, 당신이구려. 깜짝 놀랐소."

라이던은 배를 타고 나타난 잘랭에게 웃으며 말했다.

"얘기는 배에서 나누고, 어서 타지."

다미앵을 이 근처 호수에서 만났던 잘랭은 주변을 경계하며 말했다.

두 사람이 배에 오르자, 잘랭은 노를 저어 호수 안쪽으로 이동했다.

땅과 멀어지자 라이던이 물었다.

"이 배는 어디서 난 거요?"

"집을 구입했더니 이 배는 공짜로 주더군."

잘랭은 호숫가의 집을 구입한 얘기를 해 주었다.

"잘했소. 그렇지 않아도 우리가 지낼 곳이 필요했는데, 시기적절하게 구입을 했군."

라이던은 잘랭의 발 빠른 행동에 고개를 끄덕였다.

"이안 영주가 준 보석을 팔아서 샀나요?"

디일렌이 묻자 잘랭은 그녀를 잠시 바라보다가 담담히 답했다.

"그래."

이안이 준 보석은 이들에게 요긴하게 사용되고 있었다.

"뭘 좀 알아낸 게 있나?"

잘랭이 노를 저으며 묻자 디일렌이 답했다.

"라이턴과 일곱 호수 동쪽의 마을 두 곳에 들러 조사를 해 봤는데, 일곱 호수 자체엔 특별한 일이 없었던 것 같아요. 그런데 흥미로운 사실을 발견했어요."

"흥미로운 사실?"

"그래요. 감찰관들이 젊은 남녀의 초상화를 가지고 다니며 그들을 찾아다녔다고 해요. 다미앵이 이곳에 오기 여러 날 전부터요."

"다미앵이 이곳에 온 게 어쩌면 초상화 속 그들 때문일지 모르오."

디일렌과 함께 돌아다녔던 라이턴이 자신의 생각을 말하다가 갑자기 머리를 좌우로 흔들며 자신이 방금 전 한 말을 부정했다.

"빌어먹을, 하지만 이건 말이 안 되지. 겨우 젊은 남녀를 찾는 일에 제국의 2인자로 불리는 다미앵 같은 자가 직접 움직이다니. 그것도 수백의 감찰관들까지 대동하고. 이건 다미앵이 온 것과 관련 없는 별개의 사안일 것 같소."

두 사람의 얘기를 조용히 듣고만 있던 잘랭이 입을 뗐다.

"내가 조사한 마을들에서도 감찰관들이 젊은 남녀를 찾아

다녔어. 주로 여관과 치료사 들 위주로 수소문을 했더군."

잘랭은 노를 멈추고 품 안에서 두 장의 종이를 꺼내 들었다.

"이들이 감찰관들이 찾는 사람들이야."

"오, 이것은 어찌 구했소? 우리가 만난 자들은 시간이 좀 흘러서 제대로 기억을 못 하던데."

라이던이 잘랭으로부터 초상화를 받아 들며 눈을 동그랗게 떴다.

"눈썰미가 좋은 치료사가 내게 돈을 받고 자신이 본 초상화 속 남녀를 그려 줬지."

"그렇구려."

디일렌이 마법 주문을 외우자 주변을 은은하게 밝히는 마법초가 생성됐다.

마법초에 의지해 잘랭이 가지고 온 초상화를 들여다본 두 사람은 잘랭을 쳐다봤다.

"잘랭, 당신은 다미앵이 온 것이 이들 때문이라고 생각하시오?"

"글쎄, 모르겠어. 다만, 당장 눈에 보이는 현상은 이게 전부니까."

"젠장, 다미앵이 무슨 꿍꿍인지 모르겠군."

라이던은 미간을 찌푸리며 손에 든 초상화를 노려봤다.

얼마 후 그들은 잘랭이 구입한 호숫가의 집에 도착했다.

"지내기에 나쁘지 않군."

라이던은 조금은 지친 표정으로 의자에 털썩 주저앉았다. 유쾌해 보이는 그였지만 속마음까지 그렇지는 않았다.

무거운 분위기 속에서 탁자에 둘러앉아 술잔을 나누던 잘랭이 어제 다미앵을 우연히 만난 이야기를 해 주었다.

라이던과 디일렌은 크게 놀란 표정을 지었다.

묵묵히 술잔을 기울이는 잘랭을 바라보며 라이던이 물었다.

"그자를 왜 베지 않았소? 좋은 기회였다면서."

"그때 공격했으면 아마 나는 물고기 밥이 됐을 거야."

"놈이 눈치라도 챘다는 거요?"

술잔을 든 채 라이던을 물끄러미 쳐다보던 잘랭은 술잔을 비우고 말했다.

"다미앵 같은 자는 상대의 기파에 매우 예민하지. 그런데 어젠 나도 모르게 흥분해서 평정심이 깨졌어. 그자는 내 행동을 주시하고 있었고, 그것을 내가 깨달은 건 그를 지나친 후였어."

"지나친 후에 깨달았다면서 그 전에는 어떻게 알고 공격을 안 한 것이오?"

라이던이 이해가 안 된다는 듯 재차 물었다. 디일렌도 궁금했는지 잘랭을 쳐다봤다.

또르륵.

술잔에 술을 따른 잘랭은 술잔을 들며 담담히 말했다.

"누군가의 목소리가 들리더군. 그래서 살 수 있었어."

"누구의 목소리 말이오?"

"……이안 영주의 목소리."

"말도 안 돼요. 그는 알베른에 있잖아요."

듣고 있던 디일렌이 눈을 크게 뜨며 말했다.

"알아. 나도. 환청이었겠지. 어쨌든 그 목소리가 날 도왔어."

제국군 병사들이 경비를 서고 있는 정문을 통과한 마차는 정원을 가로질러 황실 영빈관 건물 앞에서 멈춰 섰다.

마차에서 내린 이안은 불이 환하게 켜진 아름다운 건축물을 찬찬히 둘러봤다.

규모가 큰 성당을 닮은 이 건축물은 황실의 귀중한 손님에게만 개방되는 특별한 숙소였다.

"황궁을 확장하는 공사를 할 때 부황께서 잠시 머무시기도 한 곳입니다."

프리츠의 말에 이안은 고개를 끄덕였다.

"의미 깊은 곳이군요. 이런 귀중한 곳을 숙소로 내주셔서 고맙습니다."

"별말씀을요."

프리츠의 얼굴은 조금 전 끝난 술자리로 인해 불그스름했다. 이안을 환영하는 술자리가 황궁에서 있었던 것이다.

비록 한스 황제가 그라일라 때문에 수호자 마을에 가 있었지만, 위르겐 황태자는 황실을 대표하는 사람으로서 멀리서 온 이안을 대접하는 데 소홀함이 없었다.

물론, 평소였다면 황궁 연회장을 개방해 악사들과 무희들을 불렀겠지만, 오늘은 그렇게까지는 하지 않았다.

"그럼 시간이 늦었으니 오늘은 푹 쉬시고 내일 뵙겠습니다."

프리츠의 말에 이안은 빙그레 미소를 지으며 말했다.

"황자님도 오랜만에 가족을 만나시겠군요. 내일 뵙도록 하죠."

"아마 시간이 늦어 아이들은 다 자고 있을 겁니다, 하하하!"

가족을 보러 가는 프리츠의 얼굴은 웃음기가 가득했다.

"그럼 쉬십시오. 가자, 딕벤."

프리츠는 마차를 향해 걸어갔고 곁에 서 있던 딕벤이 망설이다가 이안에게 말했다.

"영주님, 제가 그동안 영주님께 버릇없이 한 행동을 사과드립니다. 못난 제 행동을 용서해 주십시오. 제가 간이 배 밖으로 나왔었습니다."

이안은 아무 말도 안 했지만 딕벤은 스스로 마음이 찔렸는지 진심을 담아 용서를 구했다.

재무관을 형님으로 삼으며 딕벤은 자신이 그동안 얼마나 우물 안 개구리였는지도 깨닫게 되었다.

이안은 허리를 숙이며 사과를 하는 딕벤에게 다가가 그의 어깨를 가볍게 토닥여 줬다.

"신경 쓰지 말게. 난 오히려 황실에 대한 자네의 자부심을 높이 평가하고 있으니까."

이안이 질책 대신 따뜻한 격려를 해 주자 딕벤은 감동받은 표정으로 이안을 바라봤다.

"어서 마차로 가게. 프리츠 황자님이 기다리고 계시네."

"감사합니다, 영주님. 안녕히 주무십시오."

"그래, 이곳까지 길을 안내하느라 자네도 수고 많았네."

딕벤은 이안 뒤에 서 있는 재무관과 반언에게 눈인사를 보낸 뒤 뒤돌아 마차로 뛰어갔다.

"황자님, 마부석에서 내려오십시오! 그러다 떨어지십니다!"

술을 제법 많이 마신 프리츠는 마차 안이 아닌 마부석에 앉아 있었다.

"싫구나. 내가 집까지 마차를 몰고 갈 것이다. 네가 마차 안에 타거라."

"왜 이러십니까, 황자님? 제가 편안하게 집으로 모셔다 드리겠습니다.”

딕벤은 간신히 프리츠 황자를 달래 마차 안에 밀어 넣고는 마차를 몰아 황실 영빈관을 빠져나갔다.

그동안 프리츠의 흐트러진 모습을 본 적이 없었던 이안은 그 모습을 보며 낮게 웃었다.

'황성으로 돌아온 게 어지간히 기쁜가 보군. 가족 때문인가?'

이안은 마차가 보이지 않자 반언과 재무관을 돌아봤다. 황태자가 연 술자리에 두 사람 역시 참석했고, 술기운으로 인해 얼굴이 상기되어 있었다.

“두 사람도 이곳까지 날 수행하며 오느라 고생했어.”

“아닙니다, 영주님.”

“푹 자고 내일은 황성 구경이나 하러 가자고.”

“하하하! 그것 좋지요.”

반언이 껄껄 웃었다.

재무관이 한쪽에 공손히 서 있는 중년의 관리에게 다가갔다.

그는 황실 영빈관을 담당하는 관리로, 황궁에서 연락을 받고 이안 일행이 편히 지낼 수 있게 모든 준비를 마친 상태였다.

중년의 관리와 몇 마디 대화를 주고받은 재무관이 이안에게 말했다.

"영주님, 이곳에 큰 목욕탕이 있는데 그곳에 뜨거운 목욕물이 준비되어 있다고 합니다. 목욕을 하고 주무시지요."

"그래? 그럼 다 같이 가자고."

"예?"

재무관은 깜짝 놀라며 이안을 쳐다봤다.

"목욕을 함께하자는 말씀이십니까?"

"뭐, 어때? 목욕물 아깝게 혼자 하는 것보다는 낫지. 안 그런가, 반언 원로?"

이안이 묻자 반언은 웃으며 답했다.

"물론이지요. 재무관, 영주님 말씀을 따르게. 이런 때 아니면 언제 영주님의 등을 밀어 드리겠나."

재무관은 머뭇거리다가 이안에게 말했다.

"알겠습니다, 영주님. 그렇게 하겠습니다."

황실 영빈관 관리 칸웰은 이안이 신하들과 목욕물을 함께 사용하려는 것을 옆에서 듣고는 속으로 크게 놀랐다.

'이분은 매우 소탈하군.'

칸웰이 이안을 새삼스럽게 쳐다볼 때 이안이 그를 바라보며 물었다.

"자네, 이름이 뭔가?"

"황실 영빈관 책임자 칸웰이라고 합니다, 영주님."

칸웰이 공손히 답했다.

"그래, 반갑네, 칸웰. 이곳에 얼마나 머물지 모르겠지만 있는 동안 잘 부탁하네.”

“예, 영주님. 부족하지만 최선을 다하겠습니다.”

이안은 몸을 돌려 다시 한번 황실 영빈관을 바라봤다.

황제가 황궁에 없어서 아쉽게 됐지만, 사정이 생겼다니 어쩔 수가 없었다.

이안은 반언, 재무관과 함께 영빈관으로 발걸음을 옮겼다.

“그럼 안녕히 주무십시오, 영주님.”

“그래, 두 사람도 푹 자도록 해.”

반언과 재무관이 물러가자 이안은 몸을 돌려 침실을 바라봤다.

황실 영빈관의 침실은 기품이 느껴지는 아늑한 방이었다. 이안은 황금색 휘장이 쳐진 넓은 침대로 다가가 몸을 뉘었다.

땀이 나올 정도로 뜨거운 목욕탕에서 목욕을 했더니 전신이 나른했다.

“황성에서의 첫 밤이군.”

소문이 무성한 한스 제국의 심장부에 온 이안은 기분이 묘했다.

인생은 한 치 앞도 알 수 없다더니, 왕국 내전이 끝나자마자 이렇게 서대륙에 오게 될 줄은 상상도 못 했다.

그래서 지금의 이 침실이 조금은 어색했다.

"텃밭의 수박은 많이 자랐겠지? 어쩌면 벌써 수확을 했을 지도 모르지. 당근처럼 수박도 맛이 좋아야 할 텐데. 지구에서도 여름이면 수박을 즐겨 먹었거든. 물론, 이계인의 침공 이후로는 수박을 구경도 못 했었지만."

지구 생각을 하며 혼잣말처럼 중얼거리던 이안은 베개에 기댔던 머리를 살짝 들어 앞을 쳐다봤다.

블란조르가 의자에 앉아 무언가를 곰곰이 생각하고 있었다.

"그런데 아까부터 무슨 생각을 그렇게 해?"

이안은 침대에서 일어나 블란조르의 맞은편에 앉았다.

황궁에서 위르겐을 만난 뒤부터 블란조르는 뭔가를 깊이 생각하는 눈치였다.

팔짱을 끼고 의자에 앉아 있던 블란조르가 고개를 들어 이안을 쳐다봤다.

－일곱 호수.

"일곱 호수는 왜? 그곳에 한스 황제가 있다고 했잖아."

이안은 탁자 위의 술병 마개를 열고 주향을 맡으며 물었다.

－일곱 호수 근처에 하얀 나무가 있다.

"뭐라고?"

딴짓을 하며 이야기를 듣던 이안이 깜짝 놀라며 블란조르를 바라봤다.

열어 놓은 술병 마개를 다시 닫은 이안은 탁자에 상체를 기대며 진지하게 말했다.

"블란조르가 지키던 하얀 나무가 일곱 호수에 있단 말이야?"

―그 하얀 나무는 아니다. 다른 하얀 나무다. '니아'라고 불리는 하얀 나무지. 나와 선대들이 수호하던 하얀 나무 데바돈은 다른 곳에 있다.

"그렇군. 난 또."

이안은 헛기침을 하며 의자에 등을 기댔다. 하지만 곧 다시 의자에서 등을 떼며 말했다.

"가만, 지금 그 말을 꺼낸 건 혹시 한스 황제가 일곱 호수에 간 일이 하얀 나무 때문일 거라는 뜻이야?"

―공교로워서 하는 말이다. 우연일 수도 있겠지만.

"흠."

이안은 턱을 매만지며 생각했다.

위르겐과 프리츠는 황제가 일곱 호수에 있다면서도 왜 그곳에 갔는지는 말해 주지 않았다.

이유가 궁금했지만 그곳에 가 보면 자연히 알게 되리라 생각하고 이안도 깊이 생각하지는 않았다.

"일곱 호수 근처에 있는 하얀 나무도 지키는 사람들이 있겠지?"

─물론이다. 니아를 지키는 수호자 마을이 있다.

"그곳에 가 봤어?"

이안이 묻자 블란조르는 고개를 가로저었다.

─왕래는 하지 않았다. 일곱 호수 옆에 있는 높은 산 어딘
가에 그들의 마을이 존재한다는 것만 선대에게 전해 들었
을 뿐.

"그렇군."

이안은 자리에서 일어나 창가로 걸어갔다.

창문을 활짝 연 이안은 밖을 내다봤다. 침실이 높은 층에
있어서, 황성의 야경이 일부 보였다.

"정 걱정되면 내가 지금 그곳으로 가 볼까?"

이안의 말에 블란조르는 옅은 미소를 지었다.

─굳이 그렇게까지 할 필요는 없다. 그저 그곳에 하얀 나
무가 있어서 생각을 좀 해 본 것뿐이니까. 그리고 설사 문제
가 발생한다 해도 고대부터 늘 그래 왔듯이 그곳의 수호자들
이 하얀 나무를 잘 지킬 것이다.

한스 황제는 수호자 마을로 들어가는 입구와 가까운 오두
막에서 지내고 있었다.

제국을 세운 황제가 머물기엔 아주 초라한 곳이었지만 한스 황제는 개의치 않았다. 모레르가 수호자 마을로 거처를 옮기라고 계속 권했지만 소용없었다.

　"지낼 만한가 보구나?"

　불쑥 찾아온 아르크 단장이 오두막 안을 둘러보며 묻자 한스 황제는 찻잔에 차를 따르며 담담히 말했다.

　"이 오두막을 세운 게 저라는 걸 기억하십니까?"

　오두막 앞은 차밭이었다.

　산 정상에 위치한 차밭은 한스 황제가 수호자 마을을 떠나기 전까지 직접 관리를 했었다.

　오두막도 다미앵과 함께 땀 흘려 지은 것이다.

　"이 오두막에서 지내는 게 새삼스럽지 않습니다."

　"그때 이 오두막을 짓도록 허락하지 않았어야 했다."

　아르크 단장은 아들이 수십 년 만에 만들어 준 차를 내려다보며 미간을 찌푸리면서 탄식하듯 말했다.

　"수호자 마을 밖에 있는 이 오두막에서 차밭을 관리하며 너는 세상에 대한 꿈을 키운 것이다. 수호자의 사명을 버리면서까지."

　"부패한 다섯 왕국 때문에 많은 사람들이 힘들어했습니다. 그들을 대신할 나라를 세워 사람들을 편안케 했으니, 그 또한 의미 깊은 일이 아니겠습니까?"

　한스 황제의 말에 아르크 단장은 입을 꾹 다물었다.

"차 드시죠. 제가 떠난 뒤로 차밭을 방치해서 엉망이 되었지만, 그래도 한동안 먹을 만큼의 찻잎은 구할 수 있었습니다."

아르크 단장은 찻잎이 보기 좋게 떠 있는 찻잔을 잠시 내려다보다가 차를 한 모금 마셨다.

"그라일라는 찾고 있는 것이냐?"

"예, 다미앵의 수하들이 인근 마을들을 계속 조사하고 있습니다."

아르크 단장은 무거운 표정으로 말했다.

"그라일라와 한동안 함께 생활을 했던 바킬라에 의하면 그녀는 용의 심장 때문에 갈수록 가슴 통증이 심해지고 있다고 했다. 더군다나 하얀 나무의 힘이 깃든 단검에 부상까지 당했으니, 마음에 여유가 없을 것이다. 그녀는 머지않아 이곳에 제 발로 나타날 것이다."

차를 마시며 부친의 말을 듣고 있던 한스 황제는 찻잔을 내려놓으며 물었다.

"바킬라는 어떻게 하실 겁니까?"

"우리 마을에서 계속 살기로 했다. 비록 그라일라를 이곳에 데리고 온 죄는 있으나, 그는 마지막에 올바른 길을 선택했으니까."

"그렇군요."

"너는 앞으로 어찌할 것이냐? 그라일라를 쓰러트린 후에는 말이다."

아르크 단장의 질문에 한스 황제는 담담히 답했다.

"황궁으로 돌아갈 것입니다."

"가지 말고 내 뒤를 이어 수호자 마을을 이끌어라."

"아버지."

"네 말대로 넌 다섯 왕국을 없애고 대단한 제국을 세웠다. 그럼 다 끝난 것이 아니냐? 제국은 네 아들에게 맡기고 넌 그만 돌아와라. 수호자로서의 명예를 되찾아라."

한스 황제의 얼굴이 굳어졌다.

"그럴 수 없습니다."

"한스, 부탁한다. 부디 내 뒤를 이어 다오."

아르크 단장이 간곡하게 부탁을 했지만, 한스 황제는 단호하게 말했다.

"아버지, 제 역할은 그라일라를 상대하는 것으로 끝이 나는 것입니다. 모레르도 훌륭하니, 그를 다음 대 단장으로 삼으십시오."

한스 황제의 대답에 실망한 아르크 단장은 잠시 침묵하다가 입을 뗐다.

"조금 더 생각해 보아라."

차를 남겨 두고 벌떡 일어선 아르크 단장은 문을 밀치며 밖으로 나갔다.

문 앞에 장대한 체격의 백발노인이 서 있었다.

"다미앵."

수십 년 만에 다미앵을 만났지만 아르크 단장은 한눈에 그를 알아봤다.

다미앵은 정중히 허리를 숙였다.

"오랜만에 뵙습니다, 단장님."

"그래, 오랜만이구나. 넌 밖에서 행복했느냐?"

아르크 단장의 날카로운 질문에 다미앵은 표정 변화 없이 답했다.

"수호자 마을에 있을 때보다는 훨씬 행복했습니다."

"뭐라?"

아르크 단장은 못마땅한 표정으로 다미앵을 노려보다가 그대로 지나쳐 수호자 마을로 향했다.

냉기 가득한 아르크의 뒷모습을 바라보며 쓴웃음을 흘린 다미앵은 오두막 안으로 걸어 들어갔다.

"폐하."

다미앵이 공손히 예를 표하자 의자에 앉아서 부친이 남긴 찻잔을 바라보던 한스 황제가 말했다.

"다미앵, 보는 사람도 없는데 딱딱하게 폐하라 하지 말고 형이라 불러라."

다미앵은 잠시 한스 황제를 바라보다가 답했다.

"알겠습니다, 형님."

"이쪽으로 와서 앉아라."

다미앵이 맞은편에 앉자 한스 황제는 찻주전자를 기울여 그에게 차를 따라줬다.

"아버지는 내게 수호자 마을을 맡기시려는 것 같다."

"문밖에서 들었습니다."

"그라일라가 하루라도 빨리 나타났으면 좋겠구나. 이러다 아버지와 또 싸우겠다."

한스 황제의 농담에 다미앵은 웃으며 차를 마셨다.

탁자를 사이에 두고 오두막에서 차를 마시던 한스 황제는 추억을 떠올리듯 말했다.

"기억나느냐? 이 오두막에서 우리는 제국을 세우기로 맹세했었다."

"어찌 기억이 나지 않겠습니까? 아직도 생생합니다."

결의를 다졌던 장소에 다시 마주 앉은 두 사람은 감회 깊은 표정을 지었다.

"제국은 세웠으나 너와 난 이렇게 다 늙었구나."

"그러게 말입니다."

두 사람은 서로를 마주 보며 껄껄 웃었다.

한동안 웃던 한스 황제는 점차 웃음을 거두고 진지하게 변했다.

"다미앵."

"예, 형님."

"우리 이제 그만 쉬는 게 어떻겠느냐? 이번 일을 처리하고 황궁으로 돌아가면 난 황위를 정식으로 황태자에게 물려줄 생각이다. 그때 너도 감찰원장직을 내려놓아라."

한스 황제의 갑작스러운 말에 다미앵의 눈빛이 흔들렸다.

"제국 내 어디든 네가 원하는 곳의 땅을 주겠다. 원하는 만큼의 재물도 주고. 그곳에서 유유자적하게 여생을 보내는 것이 어떠냐? 이제 쉴 때도 되지 않았느냐?"

흔들리는 눈빛으로 한스 황제를 바라보던 다미앵이 말문을 열었다.

"명령이라면 따르겠습니다. 하지만 제안이라면 거절하겠습니다. 아직 전 더 일을 하고 싶습니다."

"다미앵."

"어느 쪽입니까?"

한스 황제는 일순 대답을 못 하고 다미앵을 뚫어지게 쳐다봤다. 훈훈했던 분위기는 순식간에 차갑게 식어 갔다.

"꼭 대답을 듣고 싶은 것이냐?"

"그렇습니다. 듣고 싶습니다."

"명령이다. 감찰원장직에서 물러나거라."

"그렇군요."

다미앵은 공허한 눈빛으로 오두막의 벽을 응시했다.

수십 년 전 함께 지은 집이었다. 그런데 그 집이 무너지는 심정이었다.

"알겠습니다. 명을 따르겠습니다. 돌아가면 감찰원장직에서 물러나겠습니다."

"미안하구나, 황태자가 이끌 제국은 그의 손에 맡겨 두는 것이 좋을 것 같아 이러는 것이다. 다른 뜻은 없다."

"이해합니다, 형님."

벽을 응시하던 다미앵이 천천히 고개를 돌려 한스 황제를 바라봤다.

"그런데 형님, 이거 하나만은 기억해 주셨으면 합니다. 저는 수년 전 형님의 권유로 동대륙으로 진출하려던 계획을 단념했습니다. 제가 수십 년간 공들여 키운 사병들을 해체하고 반발하는 많은 수하들을 제 손으로 없앴습니다. 형님과 맞서 싸우기 싫었기 때문입니다."

"네가 역모를 꾸민다는 대신들의 고발이 빗발쳤었다. 너도 알고 있지 않느냐?"

"형님은 제 진심을 알고 계셨지 않습니까?"

한스 황제는 침묵했다.

"형님의 꿈은 이뤄졌을지 모르지만, 아직 제 꿈은 이뤄지지 않았습니다. 그럼에도 저는 그 뒤로도 묵묵히 형님을 위해 감찰원장의 본분을 다했습니다. 그런데 결국 이렇게 되는군요."

쓸쓸하게 말을 한 다미앵의 눈가는 붉게 충혈되어 있었다. 그것을 본 한스 황제의 눈시울도 어느새 붉어졌다.

"미안하다, 다미앵. 널 형제로 생각하는 내 마음은 변함이

없다. 그러나 제국을 위해서니 이 못난 형의 마음을 이해해
다오."

"제국. 형님의 제국."

찻잔을 바라보며 나지막이 읊조리던 다미앵은 차를 비우
고 자리에서 일어났다.

"형님이 성화를 가진 이안 영주를 초대한 것을 알고 있습
니다. 그만큼 몸 상태가 악화된 것이겠지요. 그라일라와 싸
울 때 조심하십시오. 형님의 능력을 알고 있지만 지나친 자
신감이 걱정되는군요. 그럼 물러가겠습니다."

다미앵은 허리를 숙여 예를 표한 뒤, 오두막을 조용히 나
갔다.

잠시 뒤, 오두막 문을 열고 들어온 근위대장이 무거운 표
정으로 앉아 있는 한스 황제에게 다가왔다.

"폐하, 황태자님이 편지를 보냈습니다."

근위대장은 황실 호위대를 통해 전달받은 전서구의 서신
을 공손히 한스 황제에게 건넸다.

황태자가 2백의 황실 호위들을 일곱 호수에 파견한 것을
이제는 한스 황제도 알고 있었다.

편지를 받아 개봉한 한스 황제는 뜻밖의 내용에 눈이 살짝
커졌다.

자신이 초대한 이안이 프리츠와 함께 황성에 도착한 것이
다.

"이렇게 빨리 오다니."

잠시 고민하던 한스 황제는 황태자에게 보내는 편지를 적어 근위대장에게 건넸다.

"황궁으로 보내라."

"예, 폐하."

어둠이 내려앉기 시작하는 골목 모퉁이에 청색 제복을 입은 네 명의 감찰관들이 나타났다.

그들은 골목 모퉁이의 벽에 몸을 바싹 붙이고 길 건너에 있는 한 집을 날카롭게 응시했다.

"저 집이냐?"

차가운 인상의 키가 큰 감찰관이 묻자 감찰관들의 뒤에 서 있던 배가 나온 중년의 남자가 긴장한 얼굴로 고개를 끄덕였다.

"예, 감찰관님. 저 집이 맞습니다."

중년인은 얼마 전 데카르트에게 집을 빌려준 사람이었다.

그는 감찰관들이 젊은 남녀를 찾아다닌다는 것을 우연히 알게 된 후, 불안에 떨어야만 했다.

혹시 자신에게 집을 빌린 한 쌍의 남녀가 그들일지도 모른다는 불안감 때문이었다.

집을 제대로 살펴보지도 않고 큰돈을 선뜻 내주며 집을 빌리는 그들을 호구라고 생각했는데, 만약 감찰관들이 쫓는 죄인들이라면 애먼 자신에게까지 불똥이 튈 수 있었다.

그래서 중년인은 도시를 떠나려고 하는 감찰관들을 먼저 찾아가 집을 빌린 데카트와 그라일라 얘기를 했다.

그러면서도 마음속으로는 감찰관들이 찾는 남녀가 그들이 아니길 바랐는데, 초상화를 보는 순간, 집주인인 중년 사내의 희망은 산산이 부서졌다.

집을 빌린 사람들과 외모가 비슷했기 때문이다.

"상부에 보고하세."

동료 감찰관의 말에 키가 큰 감찰관은 고개를 저었다.

"아직은 아니야. 우리 눈으로 직접 확인해야 하지 않겠나?"

키 큰 감찰관은 길 건너 집을 노려보다가 집주인에게 말했다.

"집을 빌린 자들의 얼굴을 내가 직접 확인해야겠다. 나를 새로운 집주인이라고 그들에게 소개해라. 그사이 내가 저들의 얼굴을 확인할 테니까."

키 큰 감찰관의 말에 머뭇거리던 집주인이 침을 꿀꺽 삼키며 답했다.

"알겠습니다, 감찰관님. 그런데 그들이 위험한 자들입니까?"

"쓸데없는 질문 하지 말고 앞장서기나 해."

청색 제복을 벗고 평범한 옷차림으로 바꿔 입은 키 큰 감찰관은 집주인과 함께 골목을 벗어나 길 건너의 집으로 향했다.

완전히 해가 져서 거리의 집과 상점 들의 창문에선 불빛이 흘러나왔다.

집 앞에 도착한 집주인은 상기된 얼굴로 현관문을 두드리며 안에서 사람이 나오길 기다렸다.

그런데 조용했다.

몇 차례 더 현관문을 강하게 두드렸지만 시간이 흘러도 나오는 사람은 아무도 없었다.

"안에 없는 것 같습니다."

집주인의 말에 키 큰 감찰관은 뒤로 몇 걸음 물러나 집을 둘러봤다.

다른 집과 달리 이 집에선 불빛이 전혀 새어 나오지 않고 있었다.

"열어라."

"예?"

"이 집의 열쇠가 있다 하지 않았느냐? 열어라!"

감찰관이 재촉하자 집주인은 움찔하며 열쇠를 꺼내 현관문의 열쇠 구멍에 넣고 옆으로 돌리려 했다.

하지만 열쇠를 꽂기도 전에 문이 스르르 열렸다.

"어! 문이 안 잠겨 있습니다."

당황한 집주인을 옆으로 밀친 키 큰 감찰관이 집 안으로 들어갔다.

실내는 어두웠고 아무도 없는지 정적만이 그를 맞이했다.

"어떻게 된 건가?"

골목에서 지켜보던 감찰관들이 뛰어 들어와 물었다.

"아무도 없었네. 문도 잠겨 있지 않았어."

"조사해 보세."

집 안의 불을 밝힌 감찰관들은 집 안 구석구석을 재빨리 조사했다.

"먹다 남은 음식만 있고, 옷이나 짐이 하나도 남아 있지 않아. 짐을 정리해 떠난 것 같군."

"빌어먹을!"

키 큰 감찰관은 탁자 위의 찻잔을 들어 벽에 던졌다.

챙그랑!

벽에 걸려 있는 거울이 찻잔과 부딪치며 박살이 났다.

그라일라가 지내던 방 안에서 분풀이를 하던 키 큰 감찰관은 방 안에 들어온 동료들에게 말했다.

"자네들 생각은 어떤가? 이곳에 머물던 자들이 우리가 찾는 자들이라고 생각하나?"

"정황상 나는 그들이라 생각하네. 집주인의 증언만으로도 충분하니 상부에 어서 보고하세."

"나 역시 같은 생각이네."

동료들의 의견이 하나로 모이자 키 큰 감찰관은 창턱에 두 손을 올리고 거리를 내려다봤다.

큰 공을 세워 황성에 있는 본원으로 갈 좋은 기회라 여겼는데, 아쉽게도 한발 늦고 말았다.

"알겠네. 상부에 보고하세."

황성 대극장 무대 위의 배우들이 풍부한 성량으로 웅장한 노래를 부르며 극의 결말을 향해 달려가고 있었다.

무대 아래에 위치한 악단의 긴장감 넘치는 연주가 분위기를 더욱 고조시키고 있었다.

'나중에 영지로 돌아가면 까뮤에도 극장을 세워야겠어. 이런 멋진 공연을 영지민들 누구나 볼 수 있게 말이야.'

황성 대극장에서 오페라 같은 무대극을 감상하던 이안은 거듭 감탄하며 영지민들을 위한 무료 극장을 계획했다.

사실 이안은 오래전부터 여러 공연을 할 수 있는 실내 극장을 알베른에도 만들고 싶어 했다.

다만 그것보다 중요하고 급한 일들이 산적해 있었기에 뒤로 미뤘던 것이다.

하지만 오늘 황성 대극장의 공연을 관람하면서 더는 극장을 뒤로 미루지 않기로 했다.

영지의 재정은 충분했고, 영지민들에게 삶의 다양한 경험과 기쁨을 선사해 주고 싶었다.

'나만 행복하면 뭐 해.'

입가에 미소를 지으며 무대 위의 공연을 감상하던 이안은 옆을 쳐다봤다.

반언이 의자에 머리를 기댄 채 졸고 있었다.

이안은 피식 웃었다.

'하지만 이런 것을 따분하게 여기는 사람도 있지.'

공연 중간부터 반언은 잠에 빠져 있었다. 이안은 굳이 그를 깨우지 않았다.

이안은 이번엔 반대편으로 고개를 돌려 재무관을 쳐다봤다.

재무관은 공연에 흠뻑 빠진 표정을 지으며 무대에 집중하고 있었다. 그는 황성 대극장의 저녁 공연을 제대로 즐기고 있었다.

빙그레 미소를 지은 이안은 무대로 다시 시선을 돌렸다.

공연은 잠시 후 남녀 주인공이 죽는 비극적인 장면을 끝으로 막을 내렸다.

비극이 주는 슬픈 여운이 극장을 가득 채웠고, 재무관은 감정이 복받쳤는지 눈물을 주르륵 흘렸다. 급기야 두 손으로 얼굴을 가리며 펑펑 울기까지 했다.

"재무관, 괜찮아?"

당황한 이안이 묻자 재무관은 소매로 눈물을 닦아 내며 고개를 들었다. 그의 얼굴 곳곳에 눈물 자국이 남아 있었다.

"너무 아름다운 공연이었습니다. 이런 공연을 볼 수 있게 해 주셔서 정말 고맙습니다, 영주님."

"고맙긴. 이렇게 재미없게 본 사람도 있는데."

이안이 반대편에 앉아 있는 반언을 바라보며 말했다.

잠에서 깬 반언은 헛기침을 했다.

"영주님, 저도 감동을 받았습니다. 훌륭한 무대였습니다."

"그럼 내일 또 볼까?"

"예? 그것은 좀…….."

반언이 화들짝 놀라며 말끝을 흐리자 이안은 낮게 웃으며 자리에서 일어났다.

사실 이안이 황성 대극장의 공연을 보러 오게 된 것은 어제 프리츠 황자의 추천 때문이었다.

뛰어난 극작가가 아름다운 무대를 완성했다며 이안에게 관람을 제안했었다.

황성 대극장을 나선 세 사람은 황성 밤거리를 걸으며 낮과는 또 다른 볼거리를 제공하는 황성의 정취를 만끽했다.

"영주님, 근데 말입니다. 황성이 크고 볼거리가 많긴 한데, 왜 저는 까뮤가 더 생각나는지 모르겠습니다."

사람들로 붐비는 복잡한 거리를 걷던 반언이 말했다.

이안은 담담히 미소를 지었다.

"한 달만 이곳에서 지내면 까뮤는 생각도 안 날걸."

"그럴 리가요. 이곳은 화려하지만…… 제가 지낼 곳은 아닌 것 같습니다."

반언이 차분한 눈빛으로 대답했다.

옆에서 걷던 재무관도 고개를 끄덕였다.

"영주님, 소신도 반언 원로님처럼 황성보다는 까뮤가 더 좋습니다."

"황성에 있으면 조금 전 본 것 같은 공연을 매일 볼 수 있는데도?"

이안이 넌지시 말했다. 그러나 재무관은 길게 생각하지 않고 단호하게 답했다.

"그래도 까뮤가 좋습니다. 까뮤는 제 가족이고 알베른은 제 영원한 집이 아니겠습니까?"

거리를 걷던 이안이 걸음을 멈추고 재무관을 물끄러미 바라봤다. 반언도 쳐다봤다.

두 사람이 알베른을 어떻게 생각하는지 마음으로 느낄 수 있었다.

"술 한잔 하고 숙소로 돌아갈까?"

앞장서 걷던 이안은 일부러 사람들이 붐비는 황성의 거창한 술집이 아닌 한적한 곳의 작은 술집을 찾아 들어갔다.

이안을 따라 술집에 들어가는 반언과 재무관의 얼굴엔 미소가 가득했다.

　다미앵은 숙영지에 세워진 자신의 숙소에서 홀로 술을 마시고 있었다. 제법 많은 술을 마셨지만 취하기는커녕 오히려 정신이 맑아지는 기현상을 겪고 있었다.

　무거운 눈빛으로 새 술병을 따서 잔에 술을 따른 그는 눈을 지그시 감았다.

　평생을 후회 없이 살아왔다 여겼지만, 그 마음이 오늘 유독 흔들리고 있었다.

　"바딤입니다."

　문밖에서 들리는 바딤의 목소리에 다미앵은 눈을 떴다.

　"들어와."

　문을 열고 바딤이 들어왔다.

　그는 술을 마시고 있는 다미앵을 잠시 바라보다가 탁자로 다가가 보고를 했다.

　"감찰원장님, 그라일라가 머물던 곳을 발견한 것 같습니다."

　술잔을 들던 다미앵이 잔을 내려놓았다.

　"그곳이 어디냐?"

　"일곱 호수에서 제법 떨어진 도시 다우인입니다."

바딤은 에르소 지부의 감찰관들이 보고한 보고서를 다미앵에게 건넸다.

보고서를 묵묵히 읽어 내려간 다미앵은 탁자에 보고서를 내려놨다.

"감찰관들이 직접 그라일라를 목격한 것은 아니나 집주인의 증언과 정황상 그 집에 그라일라가 있었던 것이 사실인 것 같습니다."

"오늘 그 집에서 자취를 감췄다면 지금쯤 이곳으로 오고 있겠군."

"그럴 가능성이 높습니다. 아마 부상을 다 치료한 것 같습니다."

보고서를 내려다보던 다미앵은 술을 한 모금 마신 후 바딤에게 말했다.

"산으로 사람을 보내 근위대장에게 이 보고서를 전달해라."

"……."

바딤이 대답이 없자 다미앵이 고개를 돌려 그를 쳐다봤다.

"왜 대답이 없느냐?"

"감찰원장님, 정녕 황성으로 돌아가시면 감찰원장직에서 물러나실 겁니까?"

낮에 한스 황제를 만나고 온 다미앵은 바딤에게 황제의 명령을 말해 주었다.

잠시 침묵하던 다미앵이 술잔을 기울이며 말했다.

"이미 결정된 일이다."

"왜 매번 양보만 하십니까? 동대륙으로 진출하기 위해 공을 들여 준비한 모든 것들을 황제 때문에 포기하셨지 않습니까? 그런데 감찰원장직마저도 그만두라 하다니, 심히 부당한 명령입니다."

평소 침착한 성격의 바딤이 울분에 찬 목소리로 말을 하자 다미앵의 눈빛이 크게 흔들렸다.

그는 술잔을 소리 나게 탁자 위에 내려놨다.

탁!

"그만해라. 오늘은 그 어떤 소리도 듣기 싫다."

파삭!

다미앵의 손에 들린 술잔이 모래처럼 가루가 되어 버렸다.

안으로 삭이고 삭이던 다미앵의 분노가 외부로 표출된 것이다.

바딤은 다미앵을 바라보다가 고개를 숙였다.

"감찰관들은 원장님의 어떤 지시라도 절대복종할 준비가 되어 있습니다. 그 일이 무엇이든 목숨을 걸고 수행할 것입니다. 그 점만 잊지 말아 주십시오. 그만 나가 보겠습니다."

바딤이 보고서를 들고 밖으로 나가자 다미앵은 한동안 미동도 하지 않고 탁자 위의 등불만을 노려봤다.

청색 제복의 나이 지긋한 감찰관이 높고 험준한 산을 다람 쥐처럼 빠르게 올라가고 있었다.

캄캄한 밤중에 산을 타는 것은 위험하고 어려운 일이었지 만 몸이 마른 감찰관은 마치 평지처럼 날렵하게 움직이며 산을 올라가고 있었다.

그는 감찰관들 중에서도 강하기로 소문이 난 대감찰관들 중 한 명이었다.

초강자로 구성된 대감찰관들은 다미앵과 오래전부터 함께 했던 자들로, 본래는 동대륙을 정복할 부대의 수장들이었다.

하지만 수년 전 황제의 지시로 다미앵의 휘하 부대들이 모 두 해체되며 그들은 감찰원으로 자리를 옮겨 대감찰관으로 활동 중이었다.

'황제는 어찌하여 의형제를 맺은 동생을 돕지는 못할망정 번번이 방해만 하다가 이제는 마지막 숨통까지 끊어 놓으려 하는가.'

바딤과 친구지간이기도 한 그는 산을 오르면서도 분을 참 지 못해 중간중간 욕설을 내뱉기도 했다.

바딤을 통해 한스 황제가 다미앵을 퇴임시키려 한다는 것 을 전해 들은 것이다.

'망할 놈의 황제. 신의 없는 자.'

제국 통일 전쟁 때 전장에서 싸우기도 했던 그는 황제가 변심했다며 황제를 탓했다.

황제를 욕하며 한참 산을 타고 올라가던 그는 돌연 걸음을 멈추고 뒤를 돌아봤다.

자신이 올라온 산길을 예리하게 살펴보던 그는 어두운 울창한 수풀 쪽으로 바람처럼 몸을 날려 주변을 살폈다.

특별히 눈에 띄는 것은 없었다.

'잘못 들은 것인가?'

나뭇가지가 밟히는 소리가 난 것 같았는데 주변에 아무도 없었다.

다시 한번 주변을 날카롭게 쏘아보던 대감찰관은 몸을 돌려 다시 산 위로 올라가기 시작했다.

잠시 후, 그가 살피던 수풀 근처의 나무 위에서 한 사람이 소리 없이 내려왔다.

잘랭이었다.

'역시 이 산에 뭔가가 있어.'

교대로 감찰관들의 숲속 숙영지를 감시하던 잘랭은 대감찰관이 산으로 움직이자 그를 은밀히 뒤따라온 것이다.

잘랭은 대감찰관이 사라진 방향으로 기척을 죽이며 빠르게 이동했다.

쿠콰콰콰!

한밤중에도 폭포는 거대한 굉음을 내며 거세게 물을 쏟아내고 있었다.

물보라가 자욱한 폭포에 도착한 대감찰관은 옆을 쳐다봤다.

폭포 옆 커다란 바위 뒤에서 철탑처럼 단단해 보이는 중년의 사내가 걸어 나왔다.

그는 황실 근위대의 제2근위장으로 수호자 마을로 가는 길 중 하나인 폭포 일대를 감시하던 중이었다.

두 사람은 안면이 있었는지 가볍게 인사를 나눴다.

"오랜만이오, 근위장."

"그렇군요."

근위장은 다소 무뚝뚝하게 인사를 했다.

"이 시간에 무슨 일입니까, 대감찰관?"

"그라일라와 관련된 새 정보가 들어왔소. 감찰원장님께서 근위대장께 그 소식을 전하라 하셨소."

대감찰관은 보고서가 든 원형의 길쭉한 통을 꺼냈다.

"이것을 근위대장께 전해 주시오."

"알겠습니다."

보고서가 든 통을 근위장에게 건넨 대감찰관은 턱을 매만지다가 작게 말했다.

"근위장, 내가 여기 있을 테니 산 위로 올라가는 척하다가 우회해서 조금 전 내가 올라온 길을 살펴보시겠소?"

"그게 무슨 말입니까?"

"아까부터 누군가 내 뒤를 따라온 것 같아서 말이오. 내 착각인지 아닌지 확인을 해야겠소."

조심성이 많은 대감찰관은 중간에 들은 나뭇가지 밟히는 소리가 마음에 자꾸 걸려 그냥 지나칠 수가 없었다.

"도와주시겠소?"

대감찰관의 말에 근위장은 묵직한 목소리로 말했다.

"알겠습니다."

황제의 신변을 지키는 근위장은 대감찰관의 말을 흘려듣지 않았다. 자신의 임무와도 연결된 일이기 때문이었다.

근위장이 폭포를 벗어나 산속으로 들어가자 대감찰관은 폭포에서 물을 떠 마시며 잠시 쉬는 척을 했다.

'내 기우였으면 좋겠군.'

대감찰관은 자신의 느낌이 틀렸기를 바라고 있었다. 폭포 앞에서 물기 가득한 축축한 바람을 맞으며 서 있던 대감찰관은 시간이 흘러도 주변이 조용하자 피식 웃었다.

'역시 내 착각이었나 보군.'

그가 마음속 긴장감을 풀려 할 때였다.

쾅! 쾅!

폭포와 얼마 떨어지지 않은 산 아래 방향에서 번쩍이는 섬광과 함께 연속으로 폭음 소리가 들려왔다.

낯빛이 변한 대감찰관이 바람처럼 몸을 날려 빛이 번쩍인 곳으로 달려갔다.

순식간에 현장에 도착한 대감찰관은 근위장과 맞붙어 싸우고 있는 정체불명의 사내를 발견했다.

그런데 그 실력이 대단해서 근위장이 뒤로 밀리고 있었다.

"네놈이었구나!"

검을 뽑은 대감찰관은 흰 수염을 휘날리며 근위장과 싸우고 있는 사내의 측면을 공격했다.

잘랭은 대감찰관의 강맹한 공격을 재빨리 검을 휘둘러 막았다.

쿠쾅!

두 사람의 검이 충돌하자 발아래 흙들이 용솟음치며 회오리쳤다.

'보통 놈이 아니구나.'

대감찰관은 자신의 검을 어렵지 않게 막아 낸 것도 모자라 근위장의 검까지 연이어 막아 낸 잘랭을 바라보며 놀라움을 금치 못했다.

"네놈은 누구냐?"

대감찰관은 후드로 얼굴을 가린 잘랭을 계속 공격하며 외쳤다. 잘랭은 침묵한 채 대감찰관의 검을 상대했다.

그사이 근위장은 뒤로 물러나 목에 두른 호각을 꺼내 길게
신호를 보냈다.

삐이익! 삐이이익!

은신해 있던 잘랭을 발견하고 제압하려다가 오히려 약간
의 손해를 본 근위장의 얼굴은 자존심이 상했는지 딱딱하게
굳어 있었다.

깊은 산중에 퍼지는 호각 소리가 잘랭의 마음을 무겁게 만
들었다. 분명 동료를 부르는 신호일 것이니 여기서 오래 싸
워 봤자 험한 꼴만 당할 것이다.

호각을 불어 신호를 보낸 근위장이 다시 싸움에 합류했다.

두 초강자의 합공을 막아 내던 잘랭은 사람들이 더 몰려오
기 전에 자리를 뜨려 했다.

"어딜 가느냐!"

근위장이 호통을 치며 산을 내려가려는 잘랭의 앞을 가로
막고 이글거리는 포스검을 내리쳤다.

우르르릉!

마른하늘에 벼락이 치는 듯한 소리가 나며 잘랭이 있던 자
리가 폭발을 했다.

땅이 깊숙이 파이고 인근 나무들이 박살 나며 뒤로 날아갔
다.

무시무시한 일격이었다.

"근위장, 조심하게!"

대감찰관의 외침이 끝나기도 전에 근위장의 검을 피해 하늘로 솟구쳤던 잘랭이 차가운 얼굴로 허공에서 검을 휘둘렀다.

그의 검 끝에서 부챗살처럼 분출된 수십 줄기의 푸른 검기들이 중간에 하나로 합쳐져 눈부신 빛의 검이 되어 지상의 근위장에게 쏜살처럼 날아갔다.

엄청난 압력을 동반한 잘랭의 검을 근위장은 피하지 않고 맞받아쳤다.

여기서 피하면 잘랭이 산 아래로 내려갈 길을 내줄 상황이었다. 근위장은 손해를 보더라도 잘랭의 발목을 붙잡아야 했다.

콰앙!

귀를 먹먹하게 만드는 굉음과 함께 근위장이 뒤로 주르륵 밀려났다.

머리가 산발이 된 근위장은 입안에 고인 핏물을 뱉어 냈다.

그의 의도와 다르게 잘랭의 검에 밀려나 그만 길을 내주고 말았다.

앞이 뚫리자 잘랭은 땅으로 착지한 뒤 뒤에서 덮치는 대감찰관을 향해서도 곧장 검을 휘둘렀다.

쿠쿠쿠쿵!

땅이 갈라지며 대감찰관의 발밑이 연속으로 폭발했다.

표정이 굳어진 대감찰관은 다급히 들고 있던 검으로 땅을 내리쳤다.

아래에서 솟구치던 날카로운 기운들이 소멸되며 땅의 흔들림이 멈췄다. 놀라운 검술로 대감찰관의 접근까지 일순간 막아 낸 잘랭은 그사이 산 아래 방향으로 전력을 다해 질주하기 시작했다.

대감찰관은 검을 든 채 멍하니 그 모습을 바라봤다.

'진정 놀라운 자군, 우리 두 사람의 합공을 뚫고 도주까지 하다니. 대체 저자는 누구란 말인가?'

대감찰관은 고개를 돌려 부상을 입은 근위장을 쳐다봤다. 달빛 아래 보이는 근위장의 안색이 창백했다.

"근위장, 나는 저자를 추적하겠소. 당신은 근위대들에게 조금 전 상황을 전해 주시오."

"음, 알겠습니다."

근위장은 대감찰관과 함께 산 아래로 내려가고 싶었지만 황제가 머물고 있는 이 산에서 자리를 지키는 것이 더 중요했다.

대감찰관이 잘랭을 쫓아 산 아래 방향으로 내려간 직후, 제1근위장이 세 사람의 근위 장교들과 함께 싸움이 벌어졌던 장소에 나타났다.

입에서 흐른 피로 인해 가슴이 피로 물든 제2근위장의 모습에 제1근위장이 급히 다가와 물었다.

"어찌 된 일인가? 그라일라가 나타난 것인가?"

"아닙니다. 정체를 알 수 없는 자와 싸우다 이렇게 됐습니다."

제2근위장은 조금 전 상황을 빠르게 설명했다. 이야기를 다 들은 제1근위장은 잘랭과 대감찰관이 내려간 산 아래 방향을 지그시 응시했다.

이곳은 산 정상이 구름에 닿을 정도로 높고 큰 산이었다. 대감찰관과 제2근위장의 합공을 막아 내고 도주를 할 정도의 실력자를 이 넓은 산을 추적해서 찾아내는 것은 극히 어려울 것이다.

그것도 캄캄한 한밤중에.

벌써 멀리 달아났을 것이다.

"일단 그자는 대감찰관의 손에 맡기고 위로 올라가 근위대장님께 보고를 하세. 우리가 산을 내려갈 수는 없으니까."

산 아래에는 수백의 감찰관과 황실 호위대가 있었다.

한밤의 불청객은 그들의 손에 맡겨야만 했다.

"두 사람의 합공을 막아 내고 유유히 자리를 떠났다는 것이지?"

잠을 자다 일어난 한스 황제는 등불 아래에서 감찰원의 보고서를 읽으며 담담히 말했다.

근위대장은 고개를 숙였다.

"송구합니다, 폐하. 저희 근위대의 대응이 기민하지 못했습니다."

"너희들 잘못이 아니다. 몇 안 되는 너희들이 어찌 이 넓은 산을 다 지킬 수가 있겠느냐?"

한스 황제는 감찰원의 보고서를 탁자에 내려놓고 근위대장을 바라봤다.

"감찰원장이 보낸 대감찰관의 뒤를 쫓아온 것을 보면 그자의 목적은 애초에 감찰원장에게 있었던 것이 아닌가 싶구나."

"감찰원장 말씀입니까?"

"그래."

한스 황제는 찻주전자를 기울여 찻잔에 차를 따랐다.

"그렇지 않고서야 왜 대감찰관을 미행했겠느냐? 이 산에 내가 있다는 것을 알고 있었다면 그것은 불필요한 행동이었다."

근위대장은 잠시 생각하다가 말했다.

"폐하의 말씀이 옳으십니다."

"근위장과 대감찰관의 합공을 뚫고 도주한 것을 보면 그 내력이 평범한 자는 아닐 것이다."

한스 황제는 찻잔을 들어 입가로 가져갔다. 제국을 통일하며 다섯 왕국을 멸망시킨 한스 황제는 그 과정에서 많은 원한을 쌓았다.

그리고 제국 통일 전쟁 때 가장 큰 활약을 펼쳤던 감찰원장 역시 한스 황제 못지않게 깊은 원한을 많이 사게 됐다.

제국이 세워진 지 30년이 넘었고, 그동안 여러 차례 한스 황제나 감찰원장에 대한 암살 시도가 있었다.

오늘 사건도 그 연장선상이 아닌가 싶었다.

"이번엔 누군지 궁금하군."

멸망한 다섯 왕국의 왕족들 대부분을 처형했지만 일부는 잡히지 않고 도주해서 수십 년을 음지에 숨어 복수를 꾀하고 있었다.

"폐하, 산 아래 황실 호위대들을 풀어 그자를 추적케 하심이 어떠십니까?"

"그럴 필요 없다. 지금은 그 일에 신경 쓸 때가 아니다. 이 보고서를 읽어 봤느냐?"

"아직 보지 못했습니다, 폐하."

근위대장은 대감찰관이 전해 준 감찰원의 보고서를 읽지 않고 한스 황제에게 곧장 전달했었다.

한스 황제는 보고서를 근위대장에게 건네며 말했다.

"그라일라가 움직이고 있다. 조만간 이곳으로 올 것이다."

"예?"

눈이 살짝 커진 근위대장은 한스 황제가 준 보고서를 그

자리에서 빠르게 읽어 내려갔다.

차를 한 모금 마신 한스 황제는 자리에서 일어나 오두막을 걸어 나왔다.

수호자 마을로 들어가는 입구가 가려진 절벽이 달빛 아래에 보였다.

한스 황제는 절벽을 한동안 응시하다가 뒤따라 나온 근위대장에게 차가운 눈빛으로 말했다.

"그라일라가 산을 오르는 것을 발견해도 그녀를 막지 마라. 여기서 내가 직접 상대할 것이다."

"예, 폐하."

어두운 호수의 수면 위로 사람 머리가 천천히 올라왔다.

물속에서 오랫동안 헤엄을 치던 잘랭이 숨을 쉬기 위해 머리를 살짝 내민 것이다.

"푸후!"

긴 시간 잠수를 해서 이동을 한 잘랭은 숨을 몰아쉬며 자신이 헤엄쳐 가는 방향이 맞는지 확인을 했다.

'방향은 어긋나지 않았군.'

잘랭은 호수 중앙에서 바깥쪽을 살폈다. 멀리 감찰관들이 분주하게 움직이며 호수 일대를 수색하고 있었다.

햇불을 든 감찰관들의 움직임을 지켜보던 잘랭은 감찰관들 중 일부가 배를 타고 호수 안으로 들어오자 길게 숨을 들이마시고는 다시 잠수를 했다.

수심이 깊은 호수 아래로 내려간 잘랭은 동쪽 방향으로 계속 헤엄을 쳐 갔다.

산에서 내려온 잘랭은 흔적을 아예 지우기 위해 호수로 뛰어들었다.

방심했다간 동료들이 지내는 집의 위치가 발각될 수도 있었다.

캄캄한 물속에서 감각에 의지해 헤엄을 치던 잘랭은 얼마 후 뭍에 도착했고, 천천히 걸어 나와 쓰러지듯 땅바닥에 몸을 뉘였다.

대감찰관과 근위장은 만만치 않아서 두 사람을 상대로 꽤 큰 힘을 소모한 잘랭은 물속에서 장시간 헤엄까지 쳐서 다소 지쳐 있었다.

달을 올려다보며 체력을 회복하던 잘랭의 얼굴 위로 라이던의 얼굴이 불쑥 나타났다.

"배는 어떻게 하고 헤엄을 쳐 온 것이오?"

"배를 타고 올 여유가 없었어."

잘랭이 자리에서 일어서며 대꾸했다. 물기 젖은 잘랭의 얼굴과 몸을 살피던 라이던의 눈이 커졌다.

잘랭의 왼쪽 팔에서 피가 흘러내리고 있었다.

"다친 거요?"

"심하진 않아. 그저 검에 살짝 스쳤을 뿐이야."

잘랭은 자신의 팔을 내려다봤다. 두 초강자의 합공을 막아
내느라 약간의 부상을 입었다.

"감찰관 녀석들과 싸운 것이오?"

"일단 들어가지. 안에서 말해 줄 테니까."

"아, 미안하오. 어서 들어갑시다."

라이던이 부축을 하려 하자 잘랭이 미간을 찌푸리며 그를
슬쩍 밀어냈다.

"그 정도는 아니야. 팔만 살짝 다쳤을 뿐이라고."

"험, 걱정돼서 그랬소."

라이던은 뻘쭘하며 머리를 긁적였다. 사실 라이던은 잘
랭과 말을 놓으며 친구처럼 편하게 지내고 싶었지만 아직 그
런 관계까지는 가지 못했다.

다미앵에게 복수를 하기 위해서 함께 힘을 모으는 동료의
단계에서 머물고 있었다.

반면에 디일렌과는 고향이 같은 친구 사이였기에 그녀와
는 무슨 말이든 편하게 할 수 있었다.

두 사람이 집 안으로 들어가자 거실에서 마법진에 몰두해
있던 디일렌이 고개를 들어 그들을 쳐다봤다.

마법사인 그녀는 다미앵의 손발을 잠시라도 묶어 둘 수 있
는 마법을 연구 중이었다.

그녀는 온몸이 물에 흠뻑 젖어서 거실로 들어온 잘랭을 바라보다가 팔에서 흘러내리는 피를 뒤늦게 발견하고는 급히 의자에서 일어섰다.

"다쳤어요?"

"조금."

"어디 봐요."

디일렌이 걱정스레 말하며 의자에 앉은 잘랭의 상처를 살폈다.

"꿰매지 않으면 안 되겠어요."

호수를 헤엄쳐 오느라 상처가 제법 많이 벌어져 있었다.

"라이던, 저기 가방 좀 가져다줘."

"어, 그래."

라이던이 가방을 가지고 오자 디일렌은 그 안에서 알베른 외상약과 바늘, 실을 꺼냈다.

"내가 꿰맬 수 있어."

잘랭의 말을 무시하고 그의 상처에 외상약을 듬뿍 바른 디일렌은 바늘을 불에 달구며 대꾸했다.

"혼자서 하는 것보다는 옆에서 해 주는 게 좋아요."

디일렌은 잘랭이 다른 소리를 하기 전에 재빨리 상처를 꿰매기 시작했다.

집중해서 상처를 꿰매는 디일렌의 모습에 잘랭은 더는 만류하지 못하고 다른 곳을 쳐다봤다.

잘랭을 치료하는 디일렌의 모습을 옆에서 지켜보던 라이던은 헛기침을 하며 의자에 앉았다.

"밖에서 무슨 일이 있었던 것이오?"

다음 권으로 이어집니다

짐승 같은 뉴비

예정후 퓨전 판타지 장편소설

모든 게이트 공략법은 머릿속에 있다!
절대자 뉴비(?)가 휘두르는 격노의 철권鐵拳!

차원 역류에 휘말려 야수계로 떨어진 최원호
야수계의 수왕獸王이 되어
게이트 사태를 수습하고
거신의 조각을 얻어 지구에 돌아오니……

레벨이 다시 1?

무리한 마나 운용으로 페인이 된 동생
의식불명, 행방불명에 사망까지 한 친구들
신인류라 주장하는 테러리스트의 위협까지……

모든 걸 돌려놓아야 한다, 게이트 사태 이전으로!

야수계의 구원자, 최원호
업적을 복구해 지구를 구하라!

꿈의 도약, 로크에서 하십시오
(주)로크미디어에서 신인 작가를 모십니다

즐거운 세상, (주)로크미디어는 꿈을 사랑하고 도전을 두려워하지 않는 작가분들의 참신한 작품을 기다리고 있습니다. 21세기 장르 문학계를 이끌어 갈 차세대 선두 주자 (주)로크미디어에서 여러분의 나래를 활짝 펴 보시길 바랍니다.

모집 분야 판타지와 무협을 포함한 장르 문학
모집 대상 아마추어 작가, 인터넷 작가
모집 기한 수시 모집
  작품 접수 시 유의 사항
  1. 파일명은 작가명_작품명.hwp 형식을 갖춰 주십시오.
  1. 파일에 들어갈 내용은 다음과 같습니다.
    ─ 성명(필명인 경우 실명을 밝혀 주세요), 연락처, 이메일 주소.
    ─ 제목, 기획 의도.
    ─ A4용지 1장 분량의 등장인물 소개.
    ─ A4용지 2장 분량의 전체 줄거리.
    ─ 본문.
  1. 작품이 인터넷에 연재되고 있다면, 게시판명과 사이트의 구체적이고 정확한 주소를 기재해 주십시오.

선택된 작품은 정식 계약 후 출판물로 간행되어 전국 서점에 유통됩니다.
작가분은 (주)로크미디어의 전폭적인 지원하에 전속 작가로 활동하시게 됩니다.
※ 자세한 내용은 로크미디어 홈페이지(rokmedia.com)를 참조하세요.

(03920)서울시 마포구 성암로 330 DMC첨단산업센터 3층 318호
(주)로크미디어 편집부 신간 기획 담당자 앞
전화 : 02)3273-5135
www.rokmedia.com   이메일 : rokmedia@empas.com

만렙닥터 리턴즈

13월생 현대 판타지 장편소설

**인생 2회 차 경력직 신입
칼솜씨도, 인성도 '만렙'인 의사가 돌아왔다!**

만성 인력난에 시달리는 흉부외과에 들어온 인턴
메스도 잡아 본 적 없는 주제에
죽을 생명을 여럿 살려 내기 시작한다?

"이 새끼, 꼴통 맞네."
"죄송합니다."
"잘했어!"
"네?"

출세만을 좇으며 살았던 전생
이렇게 된 이상 인생도 재수술 한번 가자!

**무데뽀(?) 정신으로 무장한 회귀 의사
이제부터 모든 상황은 내가 집도한다!**